T0160715

PELIGRO PROFUNDO

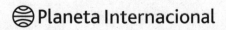 Planeta Internacional

DOT HUTCHISON

PELIGRO PROFUNDO

Traducción de Graciela N. Romero

 Planeta

Título original: *Deadly Waters*

© 2020, Dot Hutchison

Esta edición es posible mediante acuerdo con Amazon Publishing, www.apub.com, en colaboración con Sandra Bruna Agencia Literaria.

Traducido por: Graciela Romero

Diseño de portada: Caroline Teagle Johnson

Derechos reservados

© 2022, Editorial Planeta Mexicana, S.A. de C.V.
Bajo el sello editorial PLANETA M.R.
Avenida Presidente Masarik núm. 111, Piso 2
Colonia Polanco V Sección
Delegación Miguel Hidalgo
C.P. 11560, Ciudad de México
www.planetadelibros.com.mx

Primera edición en formato epub: febrero de 2022
ISBN: 978-607-07-8344-9

Primera edición impresa en México: febrero de 2022
ISBN: 978-607-07-8354-8

Impreso en los talleres de Litográfica Ingramex, S.A. de C.V.
Centeno núm. 162-1, colonia Granjas Esmeralda, Ciudad de México
Impreso y hecho en México – *Printed and made in Mexico*

Para las chicas que susurran y las chicas que gritan, y para las que están hechas de rabia, esas que están en medio, ardiendo.

1

Cuando era más chica, mi abuela juraba que las luciérnagas sabían cuando se aproximaba una tormenta. Entre más luciérnagas había, entre más parpadeaban y brillaban, peor iba a ser la tormenta. Nunca supe bien si en realidad lo creía o solo le gustaba contármelo.

Se pueden creer cosas peores.

Ahora es difícil no pensar en eso: mi abuela meciéndose despacio en su porche trasero, rodeada por una nube de humo mientras se fumaba sus dos cajetillas al día, su voz quebradiza que me pedía que contara las luciérnagas en las tardes húmedas del verano. Esta noche habrá tormenta, un chaparrón, de acuerdo con mi teléfono, y el aire está cargado de humedad y luciérnagas; una primavera más cálida de lo normal adelantó su llegada este año.

Tomo aire y siento cómo la densa humedad se desliza hasta mis pulmones. La ropa empapada de sudor se me pega al cuerpo con una sensación desagradable. Si la primavera es una pista, será un verano largo y miserable. A estas horas de la noche el área de descanso está desierta. Estamos lo bastante cerca del pueblo para que los viajeros decidan hacer una parada, e incluso los camioneros siguen otra ruta. La mayoría tal vez se detuvo una o dos salidas al sur, en el Café Risqué, y saldrán de ahí en la madrugada buscando a las prostitutas que saben dónde pararse a esperar blancos fáciles. Pero por ahora hay un auto en el estacionamiento, uno deportivo de dos puertas que parece demasiado caro para estar aquí.

Está estacionado a buena distancia de los edificios, donde no lo alcanzan las tenues luces amarillas. Hay un par de lámparas más pequeñas a intervalos para que las personas vean los pabellones, para que sepan que el jardín para picnics tiene espacios de concreto y madera en ciertas partes, pero que no deben usarse por las tardes. Esas luces están ahí para indicar, no para iluminar.

Por suerte para mí, y por desgracia para la seguridad general, eso también significa que los pabellones no tienen cámaras de seguridad.

Me recargo contra el poste de madera y observo el bosque más allá del estacionamiento. Es un punto de descanso que se construyó cerca de la cima de una montaña, pero no en lo profundo del bosque; el terreno está dividido por un canal. Hay señalamientos por todas partes de no adentrarse en el bosque debido a la escasa visibilidad y a lo irregular del terreno. Algunos letreros tienen una frase clavada debajo: CUIDADO CON LOS CAIMANES.

—Recuérdame por qué estamos aquí.

Me doy la vuelta hacia la voz y veo al muchacho alcoholizado que va tambaleándose por el camino. Al parecer le cuesta un esfuerzo extraordinario mantenerse relativamente erguido. Pero claro, estaba súper borracho desde antes de que pasara por él con una botella de vodka barato.

—Aún nos falta un tramo en carro, bebé —le respondo—. Dijiste que necesitabas que hiciéramos una parada.

—Sí. —Me mira confundido bajo la luz de la luna y entre las sombras—. Sí, necesito mear. Pero ¿por qué estamos aquí abajo?

—Los baños están cerrados por mantenimiento. —Señalo hacia el bosque con un movimiento de mano—. Eres hombre. Puedes aplicar el plan B.

—¡Claro que sí! ¡Puedo mear en el bosque! —Casi parece que se estuviera echando porras. Podría ser gracioso, pero sobre todo es triste; esta es la mejor conversación que he tenido con él.

Jordan avanza con torpeza. Cuando el sendero se convierte en un montón de hierba pantanosa, se resbala quedando en cuatro y se echa a reír.

—Mierda, voy a tener el pito lleno de lodo. ¿No te molesta?

—Creo que podremos lavártelo en mi casa —digo.

—¿No quieres hacerlo ahora mismo?

—¿Quieres que me llene la boca de lodo y meados? La verdad, no. Vamos, bebé, haz lo que tienes que hacer en los árboles para que podamos seguir con el resto de la noche.

Se vuelve a reír, pero se levanta y se adentra tambaleándose al bosque, más allá de la arboleda, hasta perderse en las sombras. Demoniacas luces rojizas se reflejan en unos ojos cerca del suelo, desaparecen y vuelven a aparecer. Entre el crujido de los pasos de Jordan y el quebrar de las ramitas alcanzo a escuchar un profundo croar, grillos cantarines y de vez en cuando el sonido de un auto que pasa en la carretera al otro lado de la colina. En este silencio relativo, el ruido que hace su cinturón es sorprendentemente fuerte.

Por suerte, un trueno que estalla sobre nosotros ahoga el sonido de su orina cayendo y hace vibrar mis huesos con tal fuerza que siento cosquillas en los dedos de los pies dentro de mis tenis. Aún queda tiempo antes de que caiga la lluvia, las nubes apenas se están reuniendo en el sudoeste y se mueven despacio para cubrir el cielo.

De pronto se escucha un gruñido apagado, el crujido de un hueso al romperse y un grito aterrado y lleno de dolor. Tras sacar la pequeña linterna de mi bolsillo, la enciendo y la apunto hacia los árboles. La luz es apenas lo bastante fuerte para ver a Jordan cayendo al suelo, y se refleja sobre un par de ojos con un resplandor rojizo. El caimán se mueve pesadamente hacia atrás, llevándose a Jordan hasta que lo pierdo de vista. Sus gritos son entrecortados y tensos, pues el alcohol y la impresión se combinaron para atenuar su reacción.

Por lo general, la gente no corre mucho peligro con los caimanes; esos portafolios de cuatro patas nos tienen por lo menos tanto miedo como nosotros a ellos. Los humanos tienen más probabilidades de que los muerda un tiburón que un caimán. Pero es abril, y los caimanes están más animados y hambrientos, pues se acerca la temporada de apareamiento y se les ha comenzado a quitar la modorra de los meses de invierno. El año pasado también hubo problemas con los caimanes en el canal, pero el invierno convenció a la gente de que ya había pasado el peligro.

Por regla general, la gente no es muy brillante que digamos.

Más gruñidos y unos cuantos bramidos se unen al coro de gritos de Jordan, hasta que un repugnante sonido seco seguido de un chapoteo acaba con los alaridos. ¿Tal vez Jordan se pegó en la cabeza con una roca? Obvio no me voy a acercar a averiguarlo.

Aunque la primavera ha estado muy calurosa, también ha sido húmeda; días y días de lluvia que mantienen la humedad a tope y provocan que algunos meteorólogos se pongan nerviosos al pensar en la temporada de huracanes. El agua del canal debe ser lo bastante profunda para que los caimanes puedan dejar el cuerpo de Jordan añejándose ahí por un buen tiempo.

Dato curioso: los caimanes pueden morder, pero no pueden masticar. Dejan que el agua descomponga su comida hasta que esté lo suficientemente suave como para poder arrancarle pedazos y tragarlos enteros.

Mantengo la linterna fija en el punto en el que Jordan desapareció, y no porque crea que servirá para alejar a los caimanes, sino porque quiero ver si vienen hacia mí. Pero la luz no se refleja en sus ojos ni alcanzo a ver escamas. Es probable que pueda moverme sin peligro.

Me alejo del poste, y mientras recorro el sendero hacia el camino principal, me tropiezo con algo en el suelo: las llaves de Jordan.

Llegamos aquí mientras yo conducía, pues él estaba demasiado ebrio. Como medimos más o menos lo mismo, no hizo falta que ajustara el asiento ni los espejos, y me cuidé de desaparecer cualquier señal de que estuve en el auto antes de devolverle sus llaves. Traigo el cabello recogido en una gorra, y pese a lo tarde que es, el metal de los autos se calienta tanto que alcanza a quemar; puede que los guantes no sean una buena elección de moda, pero sí son prácticos. En más de un sentido. Hasta la botella de vodka volvió a mi mochila para deshacerme de ella después, así ningún policía intrépido podrá intentar descubrir quién compró esa marca en los últimos días. (Aunque no serviría de mucho en la investigación; si bien la Universidad de Florida ya no está en el top diez de escuelas con más fiestas, sigue siendo una escuela en la que se bebe, y esta botella es de las más baratas en la tienda).

Pero las llaves… Por algo se las devolví a Jordan. Es importante que parezca que llegó hasta aquí manejando él mismo. Incluso me aseguré de estacionarme peor que él. Y no fue fácil. A Jordan suelen multarlo con frecuencia por ocupar dos espacios en los estacionamientos de la universidad porque es un imbécil al que le importa más su auto estúpidamente caro que cualquier otra cosa. Aunque, claro, esa no es razón para matarlo, pero sin duda es una razón para no tenerle piedad.

Recojo las llaves tomándolas por el aro, cuidándome de que los dientes no se entierren en mis delgados guantes de piel. Supongo que podría aventarlas al bosque con la esperanza de que parezca que se le salieron del bolsillo durante el ataque. El problema con eso es lograr que la ubicación de las llaves encaje con la ruta de la matanza. Eso implicaría acercarme al canal y a los caimanes más de lo que quisiera. Las llaves cascabelean con el movimiento de mis manos mientras pienso en mis opciones.

Tras un rato, vuelvo al auto y me paro junto a la puerta del conductor como si acabara de bajarme y cerrarla. Las llaves caen haciendo un sonido metálico sobre el asfalto y, con una patada casi accidental, terminan medio metidas bajo el carro. Al chico borracho se le cayeron sus llaves. Perfecto.

Tengo que contener el impulso por silbar mientras camino hacia el otro lado del estacionamiento, a la rampa que lleva a la carretera interestatal, manteniendo buena distancia de las cámaras montadas en el edificio principal. Espero a que pase un carro solitario y luego cruzo corriendo los tres carriles hasta el camellón. La suerte está de mi lado, pues no viene ningún auto en el otro sentido, así que puedo cruzar el resto de los carriles sin detenerme. Cuando al fin estoy protegida por las sombras del descanso para autos al otro lado, y aún fuera del alcance de las cámaras, me acuclillo y me quito la mochila.

Cuando me aceptaron en la universidad, mi papá y yo nos pusimos a revisar los pros y contras de intentar conseguirme un auto. Mi beca cubriría casi todo el costo de la escuela, pero los carros son caros. Incluso una carcacha sería un gasto importante teniendo en cuenta las reparaciones, el mantenimiento y la gasolina. Al final decidimos que el sistema de transporte público de Gainesville era suficientemente bueno, así que me compré una bici. Pero no cualquiera; está diseñada para plegarla y almacenarla, lo cual la hacía perfecta para estudiantes con poco espacio. Dos años y medio después, soy capaz de abrirla y alistarla casi con los ojos cerrados.

En menos de cinco minutos ya estoy rodando por la orilla de la carretera hasta llegar a la próxima salida y luego a los atajos que me llevarán a casa. Los truenos que estallan en el cielo me hacen vibrar las costillas. Cuando miro atrás, hacia la desierta área de descanso, alcanzo a notar el destello de un relámpago en una nube, un brillante resplandor rosa y lila que es más un recuerdo de los colores que los colores mismos y que se desvanece tan rápido como los puntos de luz a través de los párpados.

Hermoso.

Mi abuela siempre decía que las luciérnagas saben cuando va a llover. Sé que no es verdad, pero en una noche como esta es fácil creerlo.

2

Rebecca observa al barista preparando sus bebidas mientras juega con un par de portavasos delgados. La mujer que estaba ahí una hora antes no la molestó por pedir tragos sin alcohol, e incluso le dio uno gratis al ver la enorme D escrita en color morado en el dorso de la mano de Rebecca. El nuevo barista la miró con lascivia cuando se acercó, se burló de ella por no emborracharse y luego intentó convencerla de ponerle alcohol a la bebida, como si valiera menos por no querer embriagarse.

A veces se pregunta si hay ciertas palabras que los hombres están genéticamente incapacitados para entender, siendo «no» la más importante.

Observa con cuidado las manos del barista, que hace un gesto cuando se da cuenta.

—Relájate, princesa —le dice, casi gritando sobre la música—. No le voy a poner alcohol.

—Me preocupa menos el alcohol que los borramemorias —responde—, teniendo en cuenta que uno de tus compañeros drogó a una chica de mi escuela la semana pasada. Y como no se ha sabido que lo hayan despedido o arrestado, prefiero estar atenta.

Él la mira con gesto sorprendido. Luego, con las manos donde ella pueda verlas, termina de preparar las bebidas. Cuando deja los vasos con un golpe sobre la barra, el líquido salpica un poco sobre ella.

—No lo han despedido.

—Qué sorpresa —comenta ella, impasible.

—No hay pruebas.

—Claro. Solo hay testigos que hablaron con la policía y una foto de sus drogas detrás de la barra. —Tapa las bebidas con los portavasos para evitar que el líquido se derrame mientras camina. Nota que el gesto molesto de él ha desaparecido, dejando en su lugar el ceño fruncido que es más de preocupación que de ira. ¿En serio creía que la historia no iba a correr por el campus? Ella toma los vasos y se va, abriéndose paso entre la multitud.

Hay gente aplastándola por todas partes, gritando y riéndose y, en algunos casos, llorando, y aunque es un bar y no un antro, hay varias personas intentando bailar al ritmo de la música repetitiva y las televisiones a todo volumen. Le parece que la mayoría son universitarios, o al menos personas que siguen bebiendo como si fueran universitarios. Al estar tan cerca del campus, y en especial siendo un bar barato y propenso a saltarse la revisión de identificaciones como ese, los estudiantes han alejado a cualquier otro tipo de persona que pudiera querer ir.

Rebecca se abre paso entre la gente bailando y le saca la vuelta al grupo de chicos de la fraternidad que están vitoreando e incitando a dos de sus hermanos en competencia por ver cuál puede tomarse una jarra de cerveza más rápido. La esquina que lograron agarrar ella y sus amigas no podría considerarse callada, pero al menos es un espacio un poco menos caótico. Se acomoda en su silla junto a la pared y le entrega la otra bebida a su roomie.

—Lo estabas observando con mucha atención —señala Hafsah, y luego retira el portavasos y huele su bebida.

—Debería estar limpia. —Pero eso no evita que analice la forma en que el líquido se mueve contra el cristal, buscando cualquier cambio en el color o partículas sin disolver. Rebecca siempre ha tenido mucho cuidado con sus bebidas, pero reconoce que lo que le pasó a su compañera la tiene más paranoica de lo normal. Desearía que hubieran ido a otro bar, a uno que no tuviera un historial reciente de borramemorias, pero Ellie quería venir a este.

Ellie, piensa, lanzándole una mirada a su amiga, quiere pelear.

Son cinco en la mesa. Las dos compañeras de suite de Ellie, Luz y Keiko, pusieron de pretexto que tenían que hacer un trabajo en

16

grupo. Debería haber una tercera, específicamente, la roomie de Ellie, pero Kacey ha estado en coma desde el ataque del que fue víctima durante la primera semana del semestre de otoño. Ninguna quiere reemplazarla en la suite, pero Ellie ha sido la encargada de aterrorizar a las nuevas roomies hasta que salen huyendo y los que asignan las habitaciones se rinden. En general, Rebecca desaprueba el acoso.

Pero nunca ha intentado evitar que Ellie mantenga intacto el espacio de Kacey.

Susanna y Delia comparten área de estudio con Rebecca y Hafsah, y las siete comparten baño. Que Dios las ampare.

De hecho, Susanna y Delia son las que querían ir a beber, como automedicación después de realizar sus presentaciones estresantes, pero Ellie fue la que decidió adónde. Ellie, quien se enfundó en sus pantalones de cuero y un top ceñido y escotado, quien se embarró un maquillaje de colores tan brillantes como los de un animal en celo. Ellie, quien ya va en su tercer trago porque el primero se lo tiró en la cara a un tipo que le agarró las nalgas en el bar. Ellie, quien mira con odio por encima de sus lentes a una pareja cercana, al hombre que está invadiendo tanto el espacio de la mujer que ella casi se cae de la silla por alejarse lo más posible.

—Ellie.

—La está acosando —suelta su amiga.

—Sí —reconoce Rebecca.

—¿Y no vas a hacer nada?

—No le voy a romper la nariz, si eso es lo que quieres saber —responde ella con tono neutral.

Delia apoya el mentón en su puño, o intenta hacerlo. Tiene que repetirlo dos veces antes de lograrlo. No siempre se emborracha a la primera, pero cuando se estresa, se le olvida comer.

—A esa nariz le vendrían bien unos golpes —anuncia con tono un poco más fuerte de lo esperado—. Es tan fina y respingona. Le hace falta carácter.

—Y si algo le sobra a Ellie es carácter —agrega Hafsah, y Delia se echa a reír.

Rebecca le da un codazo suave a su roomie.

—No le des más ideas. Lo último que necesitamos es que nos corran de otro bar.

—¿Sabes? Técnicamente… —comienza a decir Susanna, y las otras sueltan un lamento—. Técnicamente —continúa sin inmutarse— nunca nos han corrido de un bar. Solo a Ellie. Y nosotras nos hemos ido con ella porque somos muy consideradas.

Rebecca ladea la cabeza con gesto pensativo.

—Creía que lo hacíamos para evitar que atacara a la gente de la calle.

—Solo a los que sueltan piropos no solicitados —aclara Ellie encogiéndose de hombros.

Delia niega con la cabeza.

—¿Has visto cómo se te ven las nalgas con esos pantalones? Estoy segura de que hasta el papa te chiflaría al verlas.

Hafsah cierra los ojos y dice algo entre dientes. Rebecca no alcanza a escuchar las palabras, pero con lo bien que conoce a Hafsah está segura de que fue una oración pidiendo perdón. Es la respuesta normal de Hafsah cada que alguna de ellas suelta una blasfemia.

Rebecca vuelve la mirada al blanco de la ira de Ellie y ve que el hombre tiene rodeada con el brazo a su compañera, intentando hacer que se vuelva a sentar cerca de él. La mujer no se ve contenta, y su mirada recorre el bar con desesperación.

—Yo me encargo —dice Rebecca.

—¿Segura?

—Hay un concepto del que tal vez no has escuchado hablar: se llama discreción.

—¿Te refieres a la cobardía? Claro, he escuchado al respecto.

Rebecca hace un gesto de fastidio y se levanta de la mesa.

—Ya vuelvo.

Pero no va directo a la otra mesa. Se mueve entre las sombras junto a la pared hacia los baños. Cuando llega al pasillo, camina sin preocupación hacia la mesa, entrecerrando un poco los ojos para dar la impresión de que está por entrar en pánico. Da unos golpecitos nerviosos en la mesa, cerca de la mano de la mujer, para llamar su atención.

—Disculpa, pero ¿de casualidad tendrás un tampón? Se me adelantó, no traje mi bolsa y la máquina del baño ya no tiene.

El hombre que, viéndolo de cerca, queda claro que es mayor, mucho mayor que la chica a la que está intentando ligarse, hace un gesto de asco, pero la chica parece aliviada por la interrupción.

—¿Tienes dónde guardarlo? —pregunta.

Rebecca extiende las manos y señala hacia la delgada tela de su falda. En realidad sí tiene bolsillos, pero es casi imposible verlos si están vacíos.

—Lo siento, no.

—No te preocupes. Voy contigo —dice la chica, alejándose con brusquedad de las manos del tipo—. Así no tendrás que andar paseando un tampón hasta el baño.

—Muchas gracias. Qué vergüenza no traer los míos.

—A todas nos ha pasado. —La chica se acomoda la bolsa sobre el hombro y le da una patada a la silla, provocando que el hombre se aleje un poco más—. ¿Vamos?

Caminan juntas al baño, saltándose la larga fila. Algunas se quejan, pero mientras no se metan a uno de los compartimentos, no cuenta como colarse. Cuando llegan a los lavamanos, la otra chica acomoda su bolsa para buscar el tampón.

—Déjalo —le dice Rebecca—. En realidad no necesito nada.

—Ay, Dios. —La chica se apoya en el lavabo con sus ojos cafés llenos de pesar—. ¿Era muy obvio?

—Parecía que estabas buscando la salida de emergencia más cercana.

—Ay, Dios —repite.

—Perdón por meterme donde no me llaman. Pero parecía que necesitabas una excusa para irte.

—Sí la necesitaba. —Se incorpora y aprovecha el espejo para acomodar su cabello rubio medio rizado. Trae un suéter tejido sobre un vestido ajustado y botas Doc Martens hasta la rodilla—. Las estúpidas de mis amigas deberían haber llegado hace más de media hora, pero la única que llegó a tiempo me abandonó para ir a chupársela a un tipo junto al basurero. —Saca su teléfono para revisar si tiene algún mensaje, y luego niega con la cabeza—. Yo ni siquiera quería venir. Tengo examen mañana temprano.

—Y ¿por qué no te vas a casa? Ellas no están aquí, así que no se pueden quejar.

—Buena idea —abre una app para compartir trayectos en auto, pero luego lo duda—. ¿Y si el tipo me sigue?

—Hay que quedarnos aquí hasta que tu auto esté cerca. Con suerte, él ni siquiera te verá salir.

—De acuerdo. —Pide el auto y apaga la pantalla de su celular, pero no lo vuelve a guardar en su bolsa—. Gracias por salvarme.

—Cuando quieras. Quizá dentro de algunos siglos ya no necesitaremos rescatarnos unas a otras.

—Eso sería maravilloso.

Maravilloso, sí, pero lamentablemente improbable. No si nos basamos en experiencias pasadas.

Rebecca y la chica, quien se presentó como Ashton, se quedan cerca de los lavabos, platicando con tranquilidad sobre nada en especial. Ashton ayuda a algunas chicas con el maquillaje mientras espera un mensaje de su conductor. Por suerte, los conductores de esa app suelen andar cerca de los bares del centro cuando no tienen pasaje. Las chicas no ven al tipo al volver al bar, ni afuera, y Rebecca agita una mano para despedirse de Ashton mientras ella se acomoda en el asiento trasero del auto.

Rebecca se queda afuera unos minutos más, inhalando el aire que no apesta a cerveza barata y calor humano. No está exactamente fresco, más bien denso y cargado de humedad y el hedor a pantano que deja la lluvia. Media ciudad está encharcada por la cantidad de lluvia que ha caído en la primavera.

Vuelve al bar, donde es recibida por más estruendo del que dejó al salir, el sonido de madera al romperse y la imagen de una pelirroja alta pateándole la entrepierna a un tipo.

Otro día ordinario en la vida de Ellie.

3

Rebecca piensa con pesar que al menos no era uno de sus lugares preferidos. Sería peor que las vetaran de un sitio que sí les gustara. Mete el bolso de mano de Delia en la bolsa de Susanna y se la cuelga, seguida de su propia bolsa. Hafsah trae su bolsa y la cartera de Ellie. Hafsah nunca bebe, y Rebecca solo lo hace cuando está en un espacio seguro, así que siempre terminan siendo las únicas responsables cuando salen.

Hafsah está escandalosamente ruborizada por la angustia de que las echen del bar. Es increíble que aún no se haya acostumbrado. O quizá sí está acostumbrada, pero es muy optimista. Sus manos retuercen nerviosas las orillas de su hiyab, como suele hacer cuando está avergonzada y quiere ocultar sus mejillas al rojo vivo con la tela.

Ayudan a Susanna y a Delia a salir con pasos torpes detrás de su amiga, quien está soltando insultos y golpes al aire sobre el hombro del barista. Pese a que antes se portó como un imbécil, la sostiene con cuidado, con un brazo sobre su espalda y el otro en las rodillas para controlar sus piernas. Es bueno que cuide dónde pone sus manos, pues Ellie ni se lo pensaría en golpearlo si le dan la oportunidad, y no le importaría caer casi dos metros hasta el suelo.

Rebecca ignora las risas y los insultos alcoholizados que las rodean. Pasa tan seguido que ya ni le molesta, y no es como que Ellie sea la única persona a la que han echado de un bar en Gainesville. Si fuera de la clase de chicas que se avergüenzan por lo que hacen sus amigas, no se juntaría con Ellie. Aunque debe reconocer que era más fácil cuando Kacey estaba con ellas para imponer la calma.

Afuera, el barista deja a Ellie de pie, dándole un empujoncito para que se recargue en la pared y no en él en lo que recupera el equilibrio.

—Un mes —le dice, con un dedo apuntando hacia el rostro de Ellie, peligrosamente cerca de su boca—. No te aparezcas por aquí en un mes, y no creas que no vamos a poner tu fotografía donde todos puedan verla.

Ellie suelta una mordida y el dedo del barista apenas se salva.

—¿También ponen las de los violadores? —suelta ella—. ¿A los que ponen droga en las bebidas de las chicas para manosearlas?

—Un mes —repite el hombre—. Si no obedeces, se levantarán cargos.

No aclara si esos cargos serán ante la ley o si serán un tema de dinero. Aunque Ellie sí rompió tres sillas, varios vasos y tal vez una mesa. Siempre comienza con una patada a la entrepierna, y el caos parte de ahí.

Cuando el barista desaparece dentro del local, Rebecca se acomoda las dos bolsas contra la cadera y observa a su amiga. Estaría menos harta de las peleas si alguna vez hubieran logrado algo.

—¿Te sientes mejor?

—¡Le metió la mano bajo el vestido! ¡Después de que ella le dijo que no le interesaba!

—Las amigas con las que vino fueron por ella —dice Hafsah en voz baja—. Espero que no las molesten los amigos del tipo.

Ellie suelta un gruñido y se va dando pasos furiosos.

—¡No es por allá, borrachina! —grita Susanna y se echa a reír.

El comal le dijo a la olla.

Hafsah apresura el paso para alcanzar a Ellie y la hace darse la vuelta.

—¿Nos vamos al dormitorio? —pregunta con tono esperanzado.

—¡Más chupe! —grita Delia. Las luces amarillentas de afuera dibujan sombras extrañas sobre su piel oscura.

—Nos vamos al dormitorio —confirma Rebecca, y entrelaza su brazo con los de Susanna y Delia para llevarlas en la dirección correcta. Aceptó salir tres horas y no más, y si aún no se cumplen, considerará la pelea como tiempo extra—. Risitas y Sonrisitas querían beber… y ya bebieron. Todas tenemos clase en la mañana. Eso y que nos echen de un bar por noche es mi límite.

—¿A poco tienen límites? —pregunta una voz masculina—. Qué bueno saberlo.

Delia suelta un gruñido y levanta su spray pimienta. El hombre bajo el farol en la orilla del estacionamiento levanta las manos como respuesta, alejándolas de su cuerpo para verse lo menos amenazante posible.

—¡Det Corby! —exclama Rebecca alegremente, intentando controlar el rubor en su cara—. ¿A quién hiciste enojar que terminaste haciendo rondas?

Ellie se da la vuelta. Y luego repite el movimiento, pues su fuerza le gana a su conciencia espacial.

—¡Det Corby!

El hombre les sonríe.

—¿Ya puedo bajar los brazos?

Delia le lanza una mirada a Rebecca, que asiente.

El detective Patrick Corby, del Departamento de Policía de Gainesville, sigue sonriendo mientras se guarda las manos en los bolsillos de sus pantalones negros. Es uno de los detectives más jóvenes del equipo, apenas en sus treinta y, de acuerdo con tres encuestas informales de Twitter, sin duda el más guapo. Por respeto al calor y la humedad que están por las nubes a pesar de que ya se puso el sol, no trae saco, y lleva las mangas enrolladas hasta los hombros y el cuello desabrochado sobre su corbata suelta, con la esperanza de que eso le dé algún alivio. Su arma y su placa cuelgan de su cinturón.

Ellie y Rebecca lo conocieron por una clase durante el otoño de su segundo año de carrera, cuando una herida lo dejó confinado a un escritorio durante un par de meses, por lo que aceptó dar un seminario para los estudiantes de criminología. La clase terminó hace mucho, pero varios estudiantes siguen en contacto con él, especialmente para tratar temas de otras clases y proyectos. En algún

23

momento pasó de ser el profesor guapo al amigo guapo, o al menos así fue para Rebecca y su muy inconveniente enamoramiento. Aunque dejara de lado la pregunta de si él está interesado en ella o no, Rebecca está casi segura de que es el tipo de hombre que no volvió a salir con estudiantes en cuanto dejó de ser uno de ellos.

Y eso le parece bien, en teoría. Pero en la práctica, en ese caso en específico, es algo que la deprime un poco.

—¿Qué te trae por acá? —pregunta Ellie, acomodándose sobre la espalda de Rebecca. Su mentón se encaja en el hombro de su amiga, pues no logra sostener su propio peso—. Creí que te daba miedo la oscuridad.

—El Departamento de Policía de la universidad está en junta, y nos pidieron que cuidáramos el centro.

—¿En junta? —Rebecca busca el celular en su bolsa para abrir su correo—. Ay no. La universidad mandó un correo masivo.

—¿Qué? ¿Por qué? —pregunta Susanna. Se apoya en el hombro de Delia, pero como es doce centímetros más bajita que ella y unos cuarentaicinco kilos más pesada, lo único que las mantiene más o menos de pie es que Hafsah les da un empujón contra la pared. Parece que Susanna ni siquiera lo nota—. Ay, Dios, dime que no va a haber simulacro de incendio esta noche. No quiero.

—No, hubo otra muerte de caimanes.

—Oh, no. —Delia las mira y su labio inferior empieza a temblar. Es una borracha emocional; cualquier cosa que sienta, la siente al trescientos por ciento—. ¡Ah! ¡Se pueden convertir en zapatos! ¡Eso les dará la oportunidad de vivir de nuevo! —Además, sus sentimientos también cambian con rapidez.

—Un estudiante de la Universidad de Florida murió en la parada de las putas —informa Rebecca, leyendo el correo.

—En el área de descanso de los autos —la corrige el detective con un gesto amargo—. Es una parada para los autos.

—Es una parada para las putas —replican a coro las chicas. Hafsah no lo dice, pero sí asiente. Cuando abrieron la zona de descanso tras una remodelación completa, los arrestos por prostitución se dispararon, dada su cercanía al Café Risqué en Micanopy, y los baños limpios y bien iluminados hacían que las sexoservidoras se sintieran más a salvo. Con el tiempo bajaron los arrestos, pero los policías estatales prefieren no aclarar si fue porque las prostitutas y su demanda disminuyeron, o si simplemente se cansaron de perseguirlas. Es un tema que les encanta discutir a los estudiantes de derecho penal, más que nada porque pone incómodos a sus maestros.

—Traía una identificación de estudiante de la universidad, y su nombre no se dará a conocer hasta que se verifique su identidad y se notifique a la familia —continúa Rebecca—. Ellos... eh.

—¿Qué pasa? —Ellie entrecierra los ojos ante el brillo de la pantalla—. Ya, lee rápido.

—El auto estaba ahí desde el viernes o el sábado —dice—. Eso dio lugar a una búsqueda en el bosque detrás de la zona de descanso. No había reportes de desaparecidos.

—Pero es miércoles.

—Martes.

—Pero es martes.

Ambas miran al Det Corby, quien pese a lo mucho que lo ha intentado en los dos últimos años no ha logrado convencerlas de que le digan Patrick o por lo menos solo Corby.

—Es territorio de la policía estatal —comenta, encogiéndose de hombros—, y apenas esta tarde encontraron el cadáver. Nos pidieron que los cubriéramos esta noche para que los policías del campus pudieran repasar los protocolos de seguridad y armar nuevos equipos de vigilancia.

—Claro, hace dos semanas tuvieron lo del fiambre flotando en el lago.

Rebecca le da un golpecito en las costillas. Ellie hace un sonido al soltar el aire, pero fuera de eso no reacciona.

—Esta primavera ha habido más de una docena de muertes por caimanes, y esas son solo de las que sabemos. —Se talla la frente y se acomoda el cabello castaño rojizo oscurecido por el sudor con los dedos—. Hasta hace poco no se habían visto más de tres en un año.

—¿Y qué esperaban? —dice Susanna con tono burlón—. Los últimos años se ha hecho una invasión al hábitat casi sin precedentes. Cuando los caimanes son puestos en áreas urbanas, es obvio que las muertes van a aumentar.

—Y de qué manera.

—Y de qué manera están destruyendo su hábitat —replica, con un tono sorprendentemente serio para alguien que está tan borracha como ella—. Me sorprende que no hayan habido más muertes en las cercanías del St. Johns, con lo sucias que están muchas partes de ese río.

—Los ríos Crystal y Santa Fe tienen mayor población de caimanes este año —agrega Delia. Se escapa del brazo de Ellie y camina con torpeza hacia su *roommate* y camarada estudiante de ciencias ambientales. Y también hacia la pared—. También el lago Alice tiene muchos más.

—¡Ah! —Susanna mira con gesto sorprendido al detective—. ¡Ah! ¡Por eso es la junta! ¡Por el lago Alice!

—Y por los lagos más pequeños, que también podrían atraer a los caimanes —acepta, y luego lanza una mirada hacia el bar—. Ninguna de ustedes va a manejar, ¿verdad?

Ellie recorre el brazo de Rebecca hasta que encuentra su mano para levantarla y mostrar las enormes letras en su dorso.

—Conductor designado —anuncia, marcando las palabras con exageración.

—Además, nadie va a manejar —agrega Rebecca—. Nos venimos a pie. Pero los meseros se ponen menos nerviosos si saben que al menos una persona del grupo no va a terminar hasta el copete.

El Det Corby lanza una mirada suspicaz a la calle, llena de tráfico pese a lo tarde que es, y luego mira hacia las luces intermitentes del campus a lo lejos.

—¿Quieren que les pida un taxi?

—No hace falta. —Rebecca sonríe con la esperanza de que su rubor no se vea tanto como ella lo está sintiendo. O si sí, que al menos parezca consecuencia de la humedad y el calor—. Solo necesitamos asegurarnos de que Ellie no se vuelva a pelear.

El Det Corby suelta un lamento y niega con la cabeza.

—¿Otra vez, Ellie?

—Ese tipo se lo merecía.

—¿Y también la mesa? —pregunta Hafsah entre dientes.

—Se me atravesó.

—Todo se te atraviesa cuando vas en el qui…

—¡Basta! —el Det Corby levanta las manos en gesto imperativo—. No me digan cuánto han tomado cuando sé bien que ninguna de ustedes ha cumplido los veintiuno.

—Mi identificación dice lo contrario —suelta Ellie.

—Por favor, no sigas.

Rebecca hace un gesto de pesar. Las identificaciones falsas y beber siendo menor de edad son una parte inexorable de la experiencia universitaria. Hasta la policía parece reconocerlo. Si lo haces demasiado obvio o te excedes, te arrestarán, pero fuera de eso parece que les basta con hacer unas cuantas apariciones para que los estudiantes no pierdan el temor de Dios, con la esperanza de que eso mantenga las congestiones alcohólicas al mínimo.

Encontrarse con el único policía que sabe sin lugar a duda que Ellie no es mayor de edad, porque el año pasado les dio una clase sobre cómo diferenciar una identificación falsa bien hecha de una verdadera, es un problema. Y dado que aún están en el estacionamiento del bar…

Rebecca piensa que es una suerte que le caigan bien, y se niega a ahondar más en el tema. Revisa el resto del correo y luego guarda su teléfono. La universidad se la ha pasado mandando mensajes sobre cómo estar alerta y protegerse de los caimanes a lo largo del semestre, y las últimas semanas han estado especialmente obsesivos. Pero claro, eso pasa cuando encuentras lo que queda de la cena de un caimán flotando en el lago más popular del campus unas horas después de que una tormenta revolvió las aguas.

El Det Corby las observa un rato y luego suelta un suspiro.

—Las acompaño una parte del camino.

—¡Estamos bien! —dice Ellie casi gritando.

—Déjenme ayudarlas, aunque sea por darme gusto. Me daría pena que terminaran aplastadas en la Avenida Universitaria. Además, es mejor mantener una proporción equivalente entre sobrios y borrachos. —Hace una reverencia y le ofrece el brazo a Susanna, pero luego tiene que atraparla cuando la genuflexión con la que ella le responde casi la tira en su borrachera. Para ayudarla a mantener el equilibrio mientras camina, ella se acomoda en su brazo y apoya una mejilla contra el bíceps de él, tarareando con alegría con un tono que quizá ni nota lo sugerente que es. Un rato después el tarareo se convierte en una versión errática y bastante desafinada de «Nessun Dorma».

El hermano mayor de Susanna es aspirante a tenor de ópera; las chicas siempre saben qué obra está ensayando por lo que Susanna canta (mal) cuando está borracha.

A Rebecca le impresiona que, pese a las carcajadas disimuladas del Det Corby, el hombro que sostiene a Susanna no se mueve para nada.

Avanzan con lentitud sobre el cruce peatonal, lo cual, a decir verdad, no hubieran hecho si el detective no estuviera con ellas. Delia y Hafsah se sostienen mutuamente por la cintura de la otra; sus alturas son similares lo suficiente como para que eso las ayude a mantener el equilibrio sin grandes problemas. Delia tiende a irse hacia la izquierda cuando está borracha, y todas saben que deben colocarse de ese lado para guiarla con más facilidad. En la retaguardia del grupo, Rebecca se acomoda el brazo de Ellie sobre sus hombros, tomando con fuerza el otro por encima del codo para evitar que se lance contra los chicos que están afuera de los bares y les gritan cosas entre carcajadas mientras pasan. Ellie se queja a gritos del machismo y el patriarcado y las damiselas en desgracia y solo logra darle una patada a un tipo. La pelea la puso de buenas.

Al otro lado del cruce peatonal, el Det Corby les sonríe y deja a Susanna en manos de Hafsah con movimientos cuidadosos.

—¿Seguras que estarán bien si las dejo aquí, señoritas?

—Siempre estamos bien —responde Ellie.

—Estaremos bien —dice Rebecca—. Ya no estamos tan lejos.

—De acuerdo. La junta de la Policía Universitaria debe estar por terminarse, así que si necesitan ayuda, por favor llámenlos. —Extiende una mano hacia Rebecca, pero ella tiene ambas ocupadas con Ellie. Con una sonrisa, el Det le da un golpecito en la punta de la nariz, provocando que ella haga bizcos. Luego se despide de las demás agitando una mano y cruza la calle antes de que el semáforo vuelva a ponerse en verde.

Rebecca lo mira, sintiendo un cosquilleo en la nariz, hasta que desaparece en uno de los bares. Cuando se da la vuelta, se sobresalta al encontrarse con la cara de Ellie casi pegada a la suya.

—Espacio personal. Es algo que sigue siendo necesario, aunque no puedas caminar sin ayuda.

—Te guuuuusta —canturrea Ellie—. Te gusta el Det Cooooooorby.

—Shhh.

—Te gusta muuuuuuucho.

—Te voy a soltar.

—Me agrada la idea —anuncia—. Puedo ser tu cupido. ¿Cupida? ¿Cupide?

Rebecca aprieta los dientes e intenta no ruborizarse. Otra vez. ¿De nuevo?

—Cuéntame sobre la última vez que coqueteaste con alguien sin que la otra persona haya terminado en el hospital, y entonces hablamos.

—¿Quién necesita a los chicos? No necesitas a los chicos. Estás bien.

Susanna y Delia sueltan una carcajada. Hafsah suspira. Hafsah suspira mucho cuando las otras han estado bebiendo.

—Ya vámonos al dormitorio —dice Rebecca—. Y estén alertas por si ven un caimán, supongo. Está claro que la universidad está preocupada.

Ellie se echa hacia adelante, arrastrando a Rebecca con ella.

—¡Veeeengan, caimanes! ¡Vengan a comerse a todos los chicos estúpidos!

Rebecca maldice y se echa a correr detrás de Ellie para evitar que termine estampada en un poste. O en un árbol. O en un edificio.

Otra vez.

4

Rebecca recorre despacio el más reciente correo de la universidad, protegiendo con una mano tanto sus ojos como la pantalla. Sus lentes de sol, que trae sobre la cabeza para detenerse el cabello rojizo-anaranjado, le dificultarían leer, pero el brillo del sol tampoco ayuda. En las ocasiones, que cada vez son más pocas, en que logran convencer a Ellie de beber en sus habitaciones en vez de salir, los pleitos de siempre se terminan convirtiendo en bromas. En una de esas noches Ellie pasó horas discutiendo que ambas eran pelirrojas. Solo para que siguiera discutiendo y riéndose, Rebecca dijo que «castaña rojiza» es diferente de «pelirroja», por las pecas, y desde entonces eso se convirtió en una especie de clave en su suite para la clase de conversaciones que solo ocurren cuando Ellie está rodeada de chicas.

Rebecca suele preguntarse qué le pasó a Ellie que la dejó eternamente enojada. Es algo que empeoró con lo de Kacey, pero no fue ahí cuando comenzó. Nunca se lo ha preguntado. Hay cosas que solo se pueden compartir por iniciativa propia, y Ellie no le debe a nadie ninguna explicación sobre sus traumas. Así que Rebecca se esfuerza por encontrar esas burbujas de simpleza en las que puede hacerla reír sin que salga su furia. Cree que eso ayudará a su amiga a vivir más.

Ellie logró controlar su cruda para ir a sus clases de la mañana, pero se rindió tras el almuerzo y volvió a su habitación para tomar una siesta en vez de irse a su clase de Historia de la Justicia

Criminal en Estados Unidos. Lo cual significa que, pese a su interés, tal vez no ha visto el nuevo correo masivo.

—¿Otra vez estás leyendo pornografía en tu celular? —pregunta Hafsah, parándose junto a ella.

—Esa es Delia —responde en automático. Termina el correo y se guarda el teléfono en el bolsillo, dándole vueltas a la información en su cabeza—. ¿Estás lista?

—¿Dónde está Ellie?

—Durmiendo.

Su amiga chaparrita hace un gesto de fastidio y se acomoda la mochila sobre el hombro.

—No entiendo cómo mantiene esas calificaciones si falta a tantas clases.

—Revisa en cuáles clases importa la asistencia y la participación para la calificación final, y esas son a las que va.

Hafsah se queda sorprendida por un momento, y luego niega con la cabeza.

—¿Qué estabas viendo?

—Llegó otro correo; ya dieron el nombre del estudiante al que encontraron en la parada de las putas.

—¿Quiero saber qué tan completo lo encontraron?

—Probablemente no —reconoce Rebecca—. Además, no dieron esa información. Se llamaba Jordan Pierce, era del último año en contaduría.

—¿Por qué no lo reportaron como desaparecido?

Rebecca se impulsa con la pared para incorporarse y empieza a caminar. El aire acondicionado en los dormitorios es una desgracia, pero hasta eso es mejor que ese calor insoportable. Tras un momento, Hafsah la alcanza.

—Dice que vivía en Fraternity Row; quizá estaban acostumbrados a que saliera a todas horas. O quizá tenía una habitación para él solo, sin compañero. Algunas casas tienen ese tipo de cuartos, ¿no?

—En realidad, no —le dice Hafsah—. ¿Sabes cuánta gente vive en esas casas? Es casi seguro que compartía habitación, y aun así nadie reportó que había desaparecido. Qué miedo pensar que alguien pueda estar perdido por días y nadie lo note.

—Era fin de semana.

—Una parte fue fin de semana. Luego empezó la semana, y nadie notó su ausencia.

—O quizá la notaron pero no lo vieron como algo malo.

—¿Eso es mejor?

—No —responde Rebecca—. Solo es diferente. —Se quita con cuidado los lentes del cabello y sacude los rizos que le llegan hasta la barbilla, sintiendo cómo el sudor le corre por el cráneo. Tras liberar un mechón de la parte donde la pata del lente se junta con el armazón, se los pone de manera correcta. El mundo color ámbar le controla un poco el dolor de cabeza que se le había comenzado a formar detrás de los ojos—. Si desaparecieras, no me tomaría días notarlo; te lo prometo.

—Yo igual. ¿Esto significa que al fin me vas a decir adónde te has estado escapando por las noches?

—¡Ay, Dios! —Apresura el paso, y sus largas piernas de inmediato marcan una buena distancia entre ella y su roomie que está súper contenta.

Hafsah solo se ríe y corre para alcanzarla.

—Me da ternura tu discreción.

—No estoy teniendo un romance secreto con el Det Corby.

—¿En serio? —Hafsah se planta frente a Rebecca, obligándola a detenerse, rodearla o pasarle por encima. Rebecca no se considera una mala persona por sentirse tentada por la última opción. Por un instante. Un poco tentada. Hafsah le pica el estómago con un dedo, con la fuerza suficiente para hacerla soltar un gritito—. Entonces ¿adónde te vas?

—A caminar si está lo bastante fresco. A andar en bici si necesito crear brisa.

—¿Y sientes la necesidad de ocultar eso? —pregunta, cruzándose de brazos. Para ser alguien que mide veinte centímetros menos que Rebecca, Hafsah es extrañamente intimidante.

Rebecca suspira. Tal vez no hay salida.

—No duermo bien. O sea, nunca. Y sé que tú sueles dormir como si estuvieras muerta, pero yo no puedo pasarme la noche dando vueltas en la habitación o la suite. Molestaría a Susanna y a Delia, aunque tú no te dieras cuenta. Y me molesta andar caminando por el pasillo o la sala. Salgo a caminar o me voy en bicicleta y vuelvo cuando ya puedo dormir o al menos quedarme quieta.

—Pero ¿por qué quieres que sea un secreto?

—Porque no quería que me reclamaras por no tomar algo para dormir.

Hafsah pone los ojos en blanco y niega con la cabeza antes de darse la vuelta para que puedan seguir caminando.

—Me hubieras contado. Hay una consejera nocturna en la recepción; me tranquilizaría saber que estás hablando con ella. La verdad, es una pena —agrega—. Nosotras que pensábamos que te escapabas para encontrarte con el detective. El insomnio es mucho menos sexy.

—En especial cuando eres quien lo padece.

—¿Será que tus paseos nocturnos pasan donde él...?

—Cállate.

—¿Te ruborizaste o te está dando un golpe de calor?

—Sí —mascula Rebecca.

—¿Por qué te molesta tanto que hablemos de él? Es lindo. Es joven. Parece ser de los buenos. ¿Qué tiene de malo que disfrutes tus sentimientos?

—¿Que ustedes se la pasan burlándose?

—Solo un poco. Salvo por Ellie, claro.

Rebecca suspira.

—No tienes idea de cómo se burla Gemma.

Hafsah se ríe.

—Bueno, se entiende. Cosas de familia. Me muero de ganas por estar presente cuando Ellie y Gemma se conozcan al fin.

—¡No! ¡Nunca jamás en la vida se van a conocer! —Por Dios, casi se le sale el corazón de solo pensarlo.

—¿Por qué no? Se llevarían explosivamente bien.

—Claro, ¡porque seguro harían explotar algo!

Rebecca ama a Gemma más que a nadie en esta vida, lo cual es mucho decir en su enorme familia muégano, pero también está consciente de que cuando se mete en problemas, sus padres voltean a ver a Gemma intentando descubrir de qué forma es su culpa. Ellie tiene sus propios malos hábitos; por más horrible que parezca el mundo casi todos los días, Rebecca está bastante segura de que no se merece lo que Ellie y Gemma podrían provocar si se juntaran.

Hafsah se echa a reír con tal fuerza que casi se cae. Rebecca mascula algo mientras toma a su amiga por el codo para enderezarla y evitar que le caiga encima a un chico que está agachado a mitad de la banqueta, recogiendo unos papeles que se le cayeron. Las carcajadas se van dispersando pese a que vuelven a darle un par de ataques de risa.

—Entonces, ya terminamos con la conversación sobre el Det Corby, ¿verdad? —pregunta Rebecca al fin.

—De acuerdo. Amargada.

Rebecca le saca la lengua. Quizá si hubiera alguna posibilidad de que pasara algo con el Det Corby en el futuro cercano, no intentaría tanto esconder que le gusta. Pero no basta con que a ella le guste él, y ni siquiera con que a él le guste ella, claro, si acaso es así; la edad de Rebecca y el trabajo del detective descartan por completo esa posibilidad. Ella no cree que sea irracional querer que no le hagan carrilla sobre una relación que no puede existir.

Caminan entre grupos de estudiantes en Turlington Plaza, sacándole la vuelta a un tipo que está soltando discursos de odio y a alguien que posa con pintura corporal, ya corrida por el sudor, en lo que parece ser un intento de performance artístico. Hace casi un mes que pasaron los exámenes parciales, y las entregas de proyectos y tareas finales no son hasta dentro de otro mes, lo cual significa que la sensación de pánico apenas contenido que se apodera del campus en esos tiempos ya casi ha desaparecido por completo. Pero Rebecca alcanza a escuchar por aquí y por allá a algunos grupos hablando sobre los correos con la noticia.

Mientras esperan para cruzar la calle observan a un grupo de chicas alrededor de una estudiante de primer año que está llorando. Todas llevan letras griegas en alguna parte, ya sea en la blusa o en sus enormes bolsas, y la chica de en medio se está riendo a carcajadas entre las lágrimas. Hafsah se acerca a una de las que está más afuera del grupo y la toca con suavidad en el codo para llamar su atención.

—¿Está bien? —susurra.

—¿Casi? —dice la chica—. Solo está en shock.

—¿Por el caimán?

—Por el imbécil.

Antes de que Rebecca pueda preguntar a qué se refiere, o decidir si quiere saber, la chica que está llorando les sonríe.

—Está muerto. Yo... ¡está muerto! ¡Ya no le podrá hacer daño a nadie más!

Hafsah y Rebecca comparten una mirada alarmada antes de volver a ver a la chica.

—¿Le hizo daño a alguien? —pregunta Rebecca con tacto.

—Jordan es un desgraciado —les informa una de las chicas del grupo.

—¡Era! —la corrige la que está llorando, y luego se echa a reír alegremente hasta que vuelve a estallar en sollozos.

—Era —reconoce la otra, acariciando el cabello trenzado de su amiga—. Empezó un tablero de las bragas conquistadas en su fraternidad, y a él y sus amigos les gusta incluir nombres y fotografías, a veces hasta números de teléfono. No les importa si a la chica le parece bien o no.

—¿Si no le parece bien el tablero? —pregunta Rebecca—. ¿O la manera en la que consiguen las bragas?

La respuesta es una sonrisa retorcida. Rebecca frunce el ceño y se mira los pies. Se puede imaginar varias formas en las que una chica puede perder su ropa interior sin desearlo. Y al parecer algunas de las que están ahí no se lo tienen que imaginar.

—Llamé a la policía durante la fiesta —les cuenta la chica que está llorando—. Fui con amigas de la escuela, no con mis hermanas, y necesitaba ayuda para ir al hospital. Y luego el, ya saben, el examen y el *kit*. Me dijeron que ellos se encargaban de crímenes, no de borrachas universitarias que se sentían culpables por no haber conservado su pureza.

—¿Y fue Jordan? —pregunta Rebecca. Supone que pudo haber sido alguno de sus hermanos de fraternidad, pero la fuerza de la reacción de la chica sugiere que probablemente sí fue él mismo.

La chica asiente.

—Y no fue solo a mí. Algunas de mis hermanas, algunas chicas de mis clases, y me han contado sobre otras. Él... él simple-

35

mente lastima a los demás, y solo porque quería hacerlo, y nunca recibió castigo. Siempre se salía con la suya.

—Pues ya no más —dice Hafsah con tono suave—. Ya no podrá hacerle daño a nadie más.

Rebecca mira de soslayo a su amiga. El cretino no tiene que estar cerca, y ni siquiera vivo, para seguir lastimando a la chica; los recuerdos se encargarán de eso. La sociedad se encargará de eso.

—No. —Las risas se van perdiendo entre los sollozos—. No, pero tampoco va a responder por lo que hizo. ¿Y nosotras? ¿Qué clase de justicia tendremos?

—Es más de lo que hubieran tenido si siguiera vivo —señala una de sus hermanas—. No hay justicia con tipos como él. Se vuelven parte de la Suprema Corte o terminan siendo presidentes.

Todas las chicas responden con sonidos de rabia, y Rebecca no es la excepción. Al estar estudiando criminología y periodismo, le gustaría creer que las cosas no están tan mal. Vaya, como parte de una familia enorme en la que más de la mitad de sus miembros son parte del sistema de justicia, solía creer que no estaba tan mal. Pero tuvo que descubrir a la mala que sí.

Y a una de sus primas le fue peor.

Por instinto, se revisa el tobillo para asegurarse de que el brazalete tejido siga ahí. No todos obtienen justicia, y ni siquiera algo que se le parezca.

—No sé qué estaba haciendo Jordan allá —dice una de las chicas de la sororidad—, pero le doy gracias a Dios. No sabía que los milagros podían venir en forma de reptil.

—¿Los caimanes se comen al hombre? —sugiere una de sus hermanas.

—¡Y la mujer hereda la tierra! —responden las demás a coro, y se echan a reír. Pero detrás de la risa siguen el dolor y el miedo, la rabia y la amargura. Tras un momento, la del centro se echa a llorar de nuevo.

Rebecca mira alrededor, pues ya no quiere estarse metiendo en un momento privado. El semáforo se pone en verde y, con un jaloncito a Hafsah y una inclinación de cabeza para despedirse de las demás, se van. Las chicas griegas se quedan en la banqueta, apoyando a su hermana. El sonido de sus sollozos sigue a Rebecca mientras cruza la calle.

—Eso no se parece en nada al obituario que escribió la universidad —señala Rebecca, mirándose los zapatos.

—*Quelle surprise.*

Rebecca patea una hoja de palma para moverla a una parte de la banqueta donde sea menos probable que provoque un tropiezo.

—Me pregunto cuántas chicas más están sintiendo alivio.

—¿Y el dolor?

—También. —Kacey tampoco tendrá justicia, piensa Rebecca, y por el gesto de dolor de Hafsah puede ver que ella piensa lo mismo.

Tres muchachos con un enorme flotador en forma de cocodrilo van corriendo y soltando rugidos hacia un par de chicas, quienes gritan sorprendidas y se caen sobre el pasto. Los tipos se van riéndose en busca de su próxima víctima.

—¿Sabes? Es raro —dice Rebecca de pronto.

—¿Qué?

—La universidad dio un número de teléfono para reportar avistamientos de caimanes, y ha estado saturado. Llevan dos semanas atiborrándonos de advertencias y consejos de seguridad, y la mayoría de los profesores ya se rindió de poner retardos a los que toman rutas alternas hacia sus clases para no tener que acercarse a ningún cuerpo de agua que sea más grande que un charco. Y ahora hay un muerto, y... —Se detiene un momento, buscando las palabras que puedan expresar esos sentimientos que aún no logra identificar del todo—. Un caimán acaba de matar a alguien, pero esas chicas no tienen miedo... tienen rabia. Y no contra el caimán. Es una reacción extraña, ¿no?

—Sí —dice Hafsah, con tiento—. Puede ser que estén en shock.

—Claro. —En parte, quizá. Cuando pase el shock, ¿la alegría seguirá siendo mayor que el miedo? Decide fijarse en la gente que pasa para ver cómo reaccionan. Alguien, en alguna parte, debe estar triste. En alguna parte hay personas que le tienen más miedo al caimán que al hombre.

¿Verdad?

Para cuando llegan a su dormitorio, Rebecca ya puede sentir cómo el sudor le corre por la espalda y hace que la blusa se le pegue a la piel. Se recuerda a sí misma que apenas es abril, y apenas los primeros días. Se va a poner peor en los próximos meses. Saca su cartera y toma su credencial de estudiante, que es la llave para entrar al edificio. La puerta muestra una luz verde y suelta un bip antes de abrirse para que el aire fresco del interior reciba a Rebecca. A veces se pregunta cómo pueden seguir teniendo un sistema inmune funcional con esos cambios drásticos y constantes de temperatura.

Aunque ya se están acercando al tercer piso, la mayoría de las conversaciones que vienen de los pasillos siguen tratándose sobre Jordan Pierce y el caimán que fue casi un servidor público. Hay algo triste en eso, piensa. Está segura de que las cosas deben ser distintas en la fraternidad de Jordan; supone que sus hermanos estarán en duelo, y su familia también, pero qué desperdicio fue tu vida si tu muerte es recibida con tanto alivio. Es triste y, bueno… horrible.

Hafsah saca sus llaves para entrar a la suite y ambas chicas dejan sus mochilas sobre el escritorio con un gemido. El área de estudio está abarrotada, lo cual no sorprende a nadie teniendo en cuenta que la tienen que compartir cuatro estudiantes. Como ya terminaron su presentación, a Rebecca le parece razonable pedirle a Susanna y Delia que arreglen un poco. En general no le molesta un poco de desorden, pero la basura debe recogerse y los trastes deben lavarse. Los insectos de Florida siempre están ansiosos por visitarte; no hay necesidad de hacerles una invitación.

—Me voy a dar un baño con agua fría. Esto está horrible —dice Hafsah, despegándose su túnica de tela delgada.

—Espérate a julio.

—Claro, pero para entonces ya estaré de vuelta en Minnesota, en un infierno distinto de calor, humedad y mosquitos.

—Dan ganas de visitarlo. —Rebecca toma dos botellas de agua del frigobar con el que Delia contribuyó a su lado de la sala común y se pasa una por la frente en una especie de saludo militar hacia Hafsah, sintiendo la frescura de las gotas frías que se quedan en su piel—. Voy a ver cómo está Ellie y a asegurarme de que se hidrate.

—Qué bueno que lo hagas tú. Yo no la soporto cuando está cruda.

—Es difícil —reconoce—. Pero al menos no tenemos pito. Ahí sí estaría imposible.

Hafsah la mira con un gesto que podría ser de reproche por la vulgaridad o un recordatorio de que Ellie en general es imposible.

Rebecca sonríe y se va al baño, que huele un poco a humedad y moho pese a que el personal de aseo lo limpia cada viernes por la mañana. Las chicas lo mantienen limpio, secan las regaderas después de bañarse y cuelgan sus toallas. Al parecer ese olor lleva décadas ahí, y por más que se esfuercen no lograrán sacarlo de entre los mosaicos.

En la suite de al lado, la parte del estudio de Luz y Keiko está cubierta por restos de su proyecto y una cantidad en verdad alarmante de envolturas de Pop-Tarts. La de Ellie, por su parte, está muy bien organizada y limpia. Hasta los libros de sus clases de esa mañana están en la repisa, organizados por materia y luego por tamaño. Su habitación se ve igual; no hay ni un calcetín perdido ensuciando la escena.

Al menos hasta que te fijas en las paredes. El espacio está lleno de artículos impresos de blogs, periódicos y revistas digitales, sostenidos con adhesivo azul por las orillas. Unas cuantas páginas son brillantes y se nota en sus orillas que las arrancaron de revistas impresas. Las partes subrayadas saltan a la vista entre las notas garabateadas con furia y tinta roja. Son los titulares los que muestran más correcciones iracundas.

MUJER BALEADA POR EX DOLIDO SE RECUPERARÁ está tachado y corregido para que diga HOMBRE VIOLENTO Y AFERRADO LE DISPARA A UNA MUJER EN LA CARA; LAS CICATRICES SERÁN PERMANENTES.

MIEMBRO DEL EQUIPO DE NATACIÓN PIERDE SU BECA Y ES SENTENCIADO A TRES MESES se convirtió en VIOLADOR CONVICTO ES SENTENCIADO A UN MANOTAZO Y MIRADAS DE DECEPCIÓN.

En un sentido periodístico, los «nuevos» titulares no son los mejores, pero sí más honestos.

Fuera de las ventanas y las puertas corredizas del clóset, lo único que interrumpe la decoración mórbida y furiosa está sobre la cama al lado derecho, donde una foto tamaño póster cuelga sobre una pequeña repisa de Plexiglás con dos velitas LED. La chica en la foto tiene una brillante sonrisa que le marca unas arruguitas en las orillas de los ojos, y una corona de flores anaranjadas posada sobre su cabello naranja como un atardecer que le cae sobre un hombro.

Kacey Montrose.

La cama está cubierta por la montaña de almohadas en las que Kacey al volver de clases simplemente se dejaba caer, y entre las que se hundía, como si se estuviera enterrando en la arena de la playa, si le daba frío. Tras el ataque que dejó a Kacey en una institución de cuidados médicos, Ellie se llevó los cojines a su casa durante las vacaciones de invierno y los trajo de vuelta cuando comenzó el siguiente semestre, para preservar el espacio de Kacey. Varias chicas de la suite eran agradables, o bastante agradables, pero Kacey era gentil. Kacey era buena.

El anuario de los ataques nacionales no estaba ahí cuando Kacey seguía con ellas. Rebecca toca los bordes de la foto enmarcada y cierra los ojos, haciendo una oración por Kacey y su familia. «Por favor, que despierte. Por favor, que se recupere». Luego exhala despacio y se da la vuelta para darle la espalda a la foto y quedar de frente a Ellie.

Su amiga está tirada en la cama al lado izquierdo del cuarto, bajo una sábana azul claro con la cobija hecha bolas a sus pies. A juzgar por la ropa muy bien doblada en la silla cerca de la cama, Rebecca está casi segura de que su amiga está casi desnuda, aunque prefiere no pensar en eso. Deja ambas botellas de agua en una de las mesitas de noche y pasa junto a la chica dormida para rebuscar en el clóset y las canastas de ropa.

Lo maravilloso de medir lo mismo y tener una complexión similar a la de Ellie es que se pueden prestar la ropa. Lo terrible de medir lo mismo y tener una complexión similar a la de Ellie es que pueden robarse la ropa. Mientras Rebecca se siente culpable si no devuelve la ropa que toma prestada en cuanto la lava, Ellie tiene la costumbre de guardar las prendas junto con las suyas. Por eso Rebecca ya se acostumbró a hacer redadas periódicas para recuperar su ropa. Para su sorpresa, esta vez no está tan mal: cuatro blusas, dos pares de shorts, un par de jeans, siete calcetines, una sudadera delgada y dos pares de calzones que va a dejar ahí porque no es algo que le guste compartir. Tras poner su ropa sobre la cama de Kacey, Rebecca voltea a ver a su amiga.

El cabello de Ellie está por todas partes, enredado y esponjado y, por suerte, un par de tonos más oscuros que la sangre, para que no parezca eso en las partes en que corre por su espalda desnuda y la cama. La sábana está arrugada a la altura de su cintura y tiene un brazo sobre la cabeza y el otro doblado sobre su cuerpo, sosteniendo una botella casi vacía. Arrugando la frente, Rebecca le quita la botella y lee la etiqueta que la humedad ya casi desprendió del cristal.

Nunca le ha gustado la idea de tener alcohol en las habitaciones. Una cosa es llevarlo para tomárselo en ese mismo momento. Aunque eso también está contra las reglas y contra la ley, pero es menos probable que tenga consecuencias a largo plazo porque las inspecciones, que de por sí son muy poco frecuentes, suelen hacerse durante el día. Pero tener el alcohol guardado es buscarse un problema. Ella prefiere no arriesgarse a que las expulsen de la escuela o de los dormitorios solo porque su compañera de suite está experimentando con el alcohol. Hace un gesto de desagrado viendo la etiqueta y deja la botella sobre la mesita de noche. Está bastante segura de que la gasolina debe saber mejor. Si Ellie se va a arriesgar a que la cachen, al menos podría hacerlo con algo que sepa bien.

Abre una de las botellas de agua, vierte un poco del líquido frío en la tapa y luego lo rocía sobre la espalda desnuda de Ellie, quien se incorpora, se retuerce y maldice y se enreda tanto en la sábana que termina volviéndose a caer en la cama antes de lograr siquiera abrir los ojos. Luego mira a Rebecca con modorra y espera a que sus ojos logren enfocarse.

—Qué crueldad, nena —se queja.

—Lo sé —responde Rebecca con una sonrisa de satisfacción—, pero ya dormiste suficiente y con seguridad estás deshidratada. —Le ofrece la botella.

Ellie se impulsa para sentarse en la cama y hace un sonido de hartazgo, pero igual toma la botella y comienza a beber.

A una parte de Rebecca le maravilla la absoluta falta de pudor de Ellie. Quizá hasta le dé un poco de envidia. No tanta como para querer andar por ahí desnuda, pero sí admira su seguridad. Sentirse tan cómoda en su propia piel es una seguridad muy distinta a la de saberte las respuestas en una clase. Toma la otra botella y se acomoda en la cama de Kacey para tomársela. El agua está tan fría que le lastima la garganta y el estómago.

—¿Has oído sobre un tal Jordan Pierce? —pregunta cuando Ellie se ve un poco más despierta.

—Es uno de esos ladrones de bragas culeros —responde con el ceño fruncido—. ¿Te acuerdas de la redada de bragas de septiembre?

—No, porque no estuve ahí, pero sí me acuerdo de que te fui a sacar de la estación de policía por meterte ilegalmente a una de las casas de Row.

—Nos atraparon desmantelando su tablero de puntuaciones. ¿Sabes lo del tablero?

Recuerda la mezcla de shock, culpa, alivio, alegría y furia de la chica de la sororidad que encontraron llorando.

—Sí —dice con pesar—, algo he escuchado al respecto. Te voy a hacer la pregunta que no le podía hacer a la chica que estaba llorando: ¿cómo termina un calzón en el tablero?

Ellie frunce aún más el ceño y Rebecca se prepara para recibir una respuesta que sabe que no le va a gustar.

—El tablero tiene filas por rango, lo cual les da distintos puntos a los chicos. Si se acuestan normal con alguien es lo que menos puntos da. ¿La chica es virgen? Más puntos. ¿En público? Más puntos. ¿Tríos o grupos? Más puntos. Es asqueroso, pero posiblemente consensual.

—¿Pero? —pregunta Rebecca, con el estómago revuelto.

—Hay una fila para menores de edad. Y todo lo que aparece debajo de esa fila es inmoral o ilegal. Drogar a una chica o emborracharla. Tomar fotos o video. Tener público. Violación. Otras cosas.

Rebecca no quiere preguntar qué son otras cosas.

—Luego, con un Sharpie, ponen su nombre en las bragas, además del de la chica, su teléfono y a veces hasta su dirección. Muchas veces también les engrapan una foto de la víctima. Al final del semestre, quien tenga más puntos se gana algún premio. Arreglaron una puerta para esconder el tablero cuando tuvieran visitas, pero de todos modos se supo. —El plástico de la botella reclama por la presión de los dedos de Ellie. Su mano aún no está en puño, pero lo estaría si la botella no se le estuviera interponiendo.

Rebecca observa cómo el nivel del agua sube por la presión de la mano de Ellie.

—O sea que Jordan era uno de los que participaban en ese juego.

Ellie suelta un resoplido burlón.

—Jordan comenzó el juego cuando entró al segundo año. Supongo que pensó que al ya no ser de los nuevos, podía imponerse en la casa.

—¿Necesitaba imponerse en la casa para eso?

—Con los de la vieja guardia, sí. Durante algunos años esa sección intentó mantenerse libre de escándalos, pues la mayoría de las secciones del estado habían tenido problemas fuertes. Los que anduvieron con cuidado se graduaron, y los de ahora son unos cretinos imbéciles. Si te llegan a invitar a una fiesta ahí, no vayas.

Rebecca asiente. En realidad no es de las que van a fiestas, y especialmente no a las de Row. Sabe que varios, quizá incluso la mayoría de los griegos son bastante decentes, pero también muy dados a caer en la presión social y las influencias de grupo. Solo se requieren un par de manzanas podridas para que toda la casa se convierta en un lugar tóxico y peligroso para la gente de afuera. En especial en las fraternidades. Debe ser algo con la testosterona y el patriarcado.

—Pero ¿por qué me preguntas sobre Jordan?

—Es el cadáver de la parada de las putas.

—¿En serio? —Ellie se ríe y se recarga en la pared, con la botella de agua fría contra su esternón—. Me pregunto qué diablos estaba haciendo ahí.

—Bueno, no quisiera señalar lo obvio, pero… ¿fue a la parada de las putas?

Pero Ellie niega con la cabeza.

—Lo dudo. En teoría criminal hay un par de tipos de la fraternidad y, de acuerdo con ellos, a Jordan le gustan las prostitutas como le gustan los carros: despampanantes, costosas y llamativas.

—La verdad no he visto su carro.

—Claro que has visto su carro —dice Ellie—. Esa mierda cuadrada color jitomate que siempre está ocupando dos espacios en Gerson Hall.

Rebecca no suele ponerles mucha atención a los autos, más que nada por el gusto de molestar a varios de sus primos que están obsesionados con ellos. Se encoge de hombros y da otro trago a su agua, esta vez más pequeño, y lo guarda en su boca hasta que está lo suficientemente tibia como para pasárselo sin dolor.

—Como sea, ya está muerto. ¿Alguna razón en particular por la que estás bebiendo a mediodía?

—La cruda estaba asquerosa.

—Para eso es el agua —dice con tono regañón.

—Claro. Y el alcohol ayuda en la espera de que el agua haga efecto. —Se rasca la cabeza, incorporándose apenas lo suficiente para echarse hacia atrás el cabello que le cae sobre los hombros—. La verdad es que funciona mejor cuando no me quedo dormida antes de tomarme el agua.

—Y tal vez también hubiera sido bueno que tomaras algo que no pudiera servir también como insecticida.

Ellie mira la botella casi vacía sobre la mesita de noche y sonríe con picardía.

—Sabe a culo, pero el precio es inigualable. —Disimula un bostezo tras su mano—. Si no tienes planes esta noche, podemos conseguir algo mejor.

—Tenemos examen mañana.

—¿Y?

—Y voy a estudiar en la noche —dice Rebecca con firmeza—. Estás invitada a ir conmigo a la biblioteca.

—Estudio mejor con tequila.

—Ya te he visto con tequila. No haces nada mejor con tequila.

Ellie solo sacude una mano para desestimar las palabras de su amiga.

—Que lo disfrutes, pues —comenta Rebecca—. Yo me voy a llevar mi ropa y leer un poco antes de ir a la biblioteca. Si cambias de parecer, sigues invitada a ir conmigo. —Se levanta y toma la pila de ropa. Uno de los calcetines se escapa mientras ella se levanta. Cuando se agacha a recogerlo, la mano de Ellie la toma por la muñeca. Levanta la vista y se encuentra a su amiga estirada sobre la cama.

—¿Qué?

—¿Por qué lo haces?

—¿Por qué hago qué?

—Obsesionarte tanto con la tarea y los exámenes y esas cosas. Cuando terminas la clase a nadie le importa.

—Sí, pero primero tienes que terminar la clase. —Descansa la barbilla sobre el colchón, cerca de la rodilla de Ellie—. Tus calificaciones en unas clases influyen en tus posibilidades de entrar a otras. Lo mucho o poco que te esfuerces afecta tu relación con los profesores, sus recomendaciones y referencias y becas. Pero más que eso… —Se lame los labios y busca las palabras que quiere usar—. Fui yo quien eligió esas clases —dice al fin—. Fui yo quien las aceptó como pasos necesarios para llegar a hacer lo que quiero, y pagué bastante para tener esta oportunidad.

—No inventes. Tienes becas —dice Ellie—. Estás gastando el dinero de otras personas.

—Con más razón debo tomármelo en serio. Si no me voy a esforzar, si no voy a dar lo mejor de mí, ese dinero habría estado mejor invertido en las metas de alguien más. Al aceptar ese dinero, prometí merecérmelo.

—¿Has pensado que estás trabajando con más fuerza que inteligencia?

—Si no estoy dispuesta a hacerlo bien, no debería estar aquí. —Se mueve para darle un golpecito en la rodilla a Ellie con la nariz—. Pero entonces ¿tú por qué estás aquí?

—Porque mis padres no me dieron otra opción —responde Ellie entre risas—. ¿Qué más iba a hacer?

—Conseguir un trabajo, aprender un oficio, casarte, viajar…

—Si viajara sin chaperón, me arrestarían. Y sobre lo demás: paso.

—Entonces ¿no te importa nada?

—Solo las cosas importantes, lo cual excluye casi todos los choros que sueltan en las clases.

Rebecca la mira con gesto confundido, intentando comprender sus palabras. La escuela es tan cara y exigente y, aunque puede entender que alguien no pueda o no quiera ir, se pregunta por qué estaría ahí alguien que solo la va a desperdiciar. A su familia le importan menos las calificaciones que el esfuerzo; sea cual sea el resultado, debes dar lo mejor de ti. La quemarían viva si se saltara clases con frecuencia o pusiera el menor esfuerzo en todo. Se suelta de la mano de Ellie con el ceño fruncido, se estira para tomar su calcetín y el meñique se le atora en una agujeta, sacando un zapato de abajo de la cama.

En la punta afilada de la bota de gamuza gris se pueden ver unas salpicaduras café rojizo. Rebecca las observa, intrigada.

—Ah, sí. —Ellie toma la bota y la avienta hacia la puerta, haciéndola volar hasta el estudio—. Me tropecé con la nariz de un imbécil en la fiesta de cumpleaños de Kentaya.

—Y me imagino que pasó cuando ibas caminando inocentemente por ahí.

—Tan inocentemente como él le estaba metiendo la mano bajo la blusa a una chica.

Rebecca suspira y voltea a ver el lugar donde cayó el zapato.

—¿Te detuviste tras romperle la nariz?

—Casi.

Pese al número de veces en el año escolar que han llamado a Rebecca desde la estación de policía para que vaya a recoger a su amiga, le sigue sorprendiendo que nunca hayan arrestado a Ellie.

—Por favor limpia la bota antes de que atraiga insectos —dice al fin.

—Qué obsesiva.

Curioso, viniendo de alguien que organiza su colección de DVD por apellido de los directores.

—Cualquier insecto que encuentre será colocado de la manera más humana posible dentro de la funda de tu almohada. Tómate el agua.

—Sí, mamá.

Rebecca sonríe y se levanta, le planta un beso en la frente a Ellie y se reacomoda el montón de ropa entre los brazos.

—Y cómete tus verduras.

Pero al volver a su habitación no puede evitar hacerse esta pregunta, considerando la cantidad de problemas en los que se mete Ellie cuando ella está de testigo: ¿en qué cosas se meterá cuando Rebecca no está presente?

5

Gainesville es un pueblo que florece y se marchita en ciclos. Un área muere mientras otras partes de la ciudad se desarrollan y crecen; con el tiempo, los trabajos de renovación vuelven para transformar la fila de tiendas que están por cerrar y restaurantes vacíos, y el ciclo empieza de nuevo. La fiesta de esta noche es en una de esas áreas que están muriendo, un estacionamiento maltrecho y lleno de maleza entre lo que solía ser una tienda departamental por la que se entraba a un centro comercial con un cine de cuatro salas. Al fondo aún quedan algunas tiendas y oficinas que abren tarde y cierran temprano, pues no pueden pagarles a sus empleados para que trabajen en mejores horas, pero de ese lado ha estado vacío por años. Un gimnasio intentó ocupar el espacio del cine, pero murió casi al instante; los vecindarios que apenas pueden mantener viva una tienda de abarrotes no tienen la clase de ingresos necesarios para un centro de entrenamiento caro.

Todo esto ha hecho que el estacionamiento se convierta en un buen lugar para aprender a manejar durante el día y para hacer fiestas durante la noche, incluso entre semana. Los árboles por el lado de la calle filtran la mayor parte de la luz exterior, así que la fiesta está compuesta por un montón de sombras apenas iluminadas por unas cuantas camionetas y carros viejos que están dispuestos al riesgo de quedarse sin batería por tener los faros encendidos. No es un *rave*, pero hay cientos de palitos neón

48

haciendo las veces de brazaletes, collares, cinturones y coronas sobre unas pelucas de plástico en colores imposibles. Es algo bastante anónimo.

Con una peluca azul neón corta con fleco largo y unos mechones que cuelgan a los lados, además de una coronita brillante acomodada sobre mi cabeza de modo que crea aún más sombra sobre mi cara, literalmente podría ser cualquiera. Supongo que es lo atractivo de fiestas como esta. Es difícil saber con quién estás bailando, a quién estás besando, con quién te estás metiendo a un auto, y en la mañana tienes un misterio del cual arrepentirte junto con la cruda. Quizá es valor.

O estupidez.

Tal vez es estupidez.

Me abro paso entre la multitud, mirando a un montón de figuras que se mueven de aquí para allá. De sus cinturones cuelgan unas estrellas brillantes; quizá aún ni siquiera las han notado. Es difícil darse cuenta cuando te tocan en una fiesta como esta por la forma en que las manos recorren las cinturas y las costillas y se aferran a las caderas y a las nalgas para bailar. Es casi imposible notar que alguien te colgó un mosquetón de la presilla para el cinturón, y aunque lo notes, pensarás que te hicieron un regalo. ¿Quién se quejaría de recibir otro diseño de neón?

El suelo irregular está pegajoso por la cerveza derramada que se va secando poco a poco. Los sonidos de zapatos al despegarse del piso casi parecen parte de la música que sale a todo volumen de unas bocinas sobre la caja de tres *pickups* estacionadas cerca de lo que queda de la tienda departamental. Unas extensiones corren hasta una ventana rota, donde desaparecen al interior del edificio, pues al dueño le exigen tener electricidad por si hay una emergencia.

Dos de los portadores de estrellas están con una chica muy maquillada que parece demasiado joven. No solo para la cerveza que salpica de su vaso rojo mientras baila, sino para estar aquí; demasiado joven para la universidad y para este tipo de fiestas. Con gesto confundido, pasa la mirada de uno a otro, que se agachan para hablar con ella más de cerca. Uno pone la mano sobre el vaso de la chica, como para que no se le vaya a caer; bajo la luz amarilla como orina del brazalete neón del tipo, el polvo que echa en la bebida brilla cual nieve fresca al caer. Él se acerca aún más y la chica da un paso atrás, lo cual solo la deja pegada al otro tipo.

Puede que sea joven y esté borracha, pero no es tan estúpida; su expresión está cambiando rápidamente a una de preocupación. Como si pudieran oler sangre en el agua, los chicos se acercan aún más, y sus hombros casi se tocan, tapando la cara de ella, para que los demás no puedan verla.

Separo con un empujón a los chicos y envuelvo los hombros de ella con un brazo, haciendo que su vaso se caiga y nos salpique los tobillos y los zapatos.

—Nunca te metas con dos chicos —le digo, casi gritando para que me escuchen entre la música—. Si necesitan andar en pares para lograr lo que quieren, seguro son pésimos en la cama.

—¡Oye! —protesta uno de ellos—. ¡No necesito a este imbécil para poder coger!

Su compañero suelta una risita.

—Pinche cobarde. Sabes que si se ponen a comparar, sabrán lo patético que es tu pito.

—¡Tu pito es el patético!

—¡Retira lo dicho!

Mientras se dan unos empujones que anuncian los golpes, me llevo a la chica a un espacio mejor iluminado frente a un semicírculo de autos con los faros encendidos. Ella no deja de lanzar miraditas hacia los chicos que están peleando, y tiembla pese al calor asqueroso. Cuando nos detenemos, doy un paso atrás y la tomo por los hombros.

—¿Vino alguien contigo?

—¿Qué?

Demasiado borracha.

—¿Viniste con alguien? ¿Alguien en quien confíes para que te lleve a tu casa?

Ella solo me mira.

Saco su teléfono de su bolsillo, marco al 911 y luego se lo pongo en la mano. Tras un instante, le llevo la mano hacia la oreja. La voz metálica de la operadora le hace una pregunta, y la chica responde por reflejo. Con eso basta.

Me alejo, buscando las estrellas neón. La mayoría de los chicos que las traen han estado bastante tranquilos esta noche. Quizá no siempre son unos desgraciados; aunque eso no importa realmente. Pero ese par… ellos son la razón principal por la que vine a esta fiesta. No han logrado drogar ni abusar de nadie en fiestas en las que los he ido a observar, pero no porque no lo hayan intentado. Sería una persona terrible si no hiciera algo por ayudar a sus víctimas en cuanto dan el primer paso y dejan al descubierto sus intenciones.

Siguen peleando entre las sombras. Y está bien. La policía llegará pronto para ponerle fin a la fiesta, y con suerte llevarán a la chica a casa de sus padres. Es hora de que me vaya, para no terminar involucrada en todo esto. Miro por última vez a los chicos y me alejo con mi mente llena de posibilidades. Sé quiénes son, dónde viven, qué carros conducen. Casi siempre andan juntos; haga lo que haga, tengo que considerar eso.

Mientras corro entre la oscuridad, alcanzo a escuchar el aullido de las sirenas, seguido de los gritos de pánico que salen de la fiesta para llenar la noche. Llego adonde está mi bicicleta, encadenada con candado a un poste junto a lo que algún día fue un Dairy Queen y que ahora se encuentra entre reencarnaciones que nunca logra ser nada más que un Dairy Queen remodelado a medias. Tiro las barras neón y la peluca en el basurero detrás del edificio, me subo a mi bici y me voy haciendo planes en la paz de mi mente. Los rumores no bastan, pero ya perdí la cuenta de cuántas veces he visto a esos chicos echando algo en las bebidas de mujeres.

Se les acabaron las oportunidades.

6

Pese a que quería pasar una noche de viernes tranquila, algo que no requiriera más que galletas y quizá una pizza para darle un descanso a su mente tras un examen pesado, Rebecca termina metida en una butaca en un bar deportivo con todas sus compañeras de suite salvo por Hafsah, quien se quedó en el dormitorio para llamar a su casa porque es cumpleaños de su abuela. Le tiene mucha envidia a su roomie. Hafsah puede irse a la cama cuando quiera. Hafsah no tiene que intentar descifrar conversaciones a gritos entre media docena de partidos de beisbol en la televisión, una selección musical espantosa y los parloteos de unas cien personas.

Al padre de Rebecca le gusta decir que su niñita nació siendo vieja. En noches como esta, la misma Rebecca cree que su padre podría tener razón. Preferiría ser una viejita en pijama que estar «disfrutando su juventud» en, bueno… trae uno de los vestidos de Ellie, y no tanto por gusto como por resignación. Cuando intentó ponerse su propia ropa, Ellie se plantó frente al clóset y se negó a moverse hasta que Rebecca se pusiera el vestido que le dejó sobre la cama. Ahora se lo está jaloneando en un intento desesperado por dejarlo a un largo un poco más cómodo.

Pero se le vuelve a subir en cuanto suelta la tela.

Suspira y se cruza de brazos sobre la mesa, dejando que su frente descanse sobre ellos. De haber sabido que estaría en peligro de enseñar los calzones cada que se moviera, se habría preparado. Quizá se hubiera puesto crema. Y se habría rasurado más arriba. O se hubiera ido a la biblioteca al salir de clases para no volver a la suite hasta que Ellie ya no estuviera. Una mano le acaricia la espalda que trae demasiado desnuda para su gusto. La mano es pequeña, así que debe ser de Delia, quien tiende a ofrecer consuelo aunque no sepa qué pasa, pero siempre se sorprende un poco cuando alguien hace lo mismo con ella.

Luz y Keiko están felices por haber terminado con éxito su proyecto del semestre en una de sus clases de arte multimedia. De vez en vez, Keiko se vuelve a acordar de que en serio ya terminaron y lo presentaron y ya nunca tendrá que volver a preocuparse de eso y se echa a llorar. Las demás ya dejaron de hacerle caso, salvo por Luz, su novia, quien al menos le pasa una servilleta aunque siga hablando.

Puede sentir que alguien más, tal vez Susanna, a juzgar por el ángulo, jala las orillas de la enorme calcomanía que trae en el dorso de la mano. La otra chica lee lo que dice en voz alta: «Hola, me llamo Sobria». Y Rebecca confirma que se trata de Susanna.

—¿Qué tenía de malo escribirte DD, como solías hacerlo?

—Me preocupa que la tinta no se borre —dice Rebecca, sin levantar la cabeza de sus brazos, y luego se acomoda para apoyar la mejilla en vez de la frente en ellos—. Y ya estaba harta de los chistes sobre chichis.

—No creo que los hombres sepan en realidad lo que significan las tallas de brasier —comenta Susanna con un suspiro.

—Pero eso no evita que hagan chistes y comentarios vulgares.

—Porque los hombres no son más que chistes y comentarios vulgares —le informa Ellie, pronunciando cada palabra con cuidado, lo cual indica con claridad que no ha comido, no se ha hidratado y que tal vez precopeó con otra de sus botellas de aguarrás que hace pasar por vodka. Dado que Ellie está tan comprometida con su alcoholismo, Rebecca no logra entender por qué está dispuesta a consumir alcohol que cuesta menos por galón que la gasolina.

—Me prometiste que habría comida —le recuerda Rebecca.

—Pedimos comida. A menos que quieras que invada la cocina, no hay más que yo pueda hacer.

Rebecca suelta un gruñido y mira hacia el bar. Nadie parece estar particularmente interesado en los juegos, pero el basquetbol ya terminó, el futbol también, y a la gente se le olvida cuántos años ha tenido un equipo de beisbol decente la Universidad de Florida. Aunque, claro, ella tampoco tiene idea de si este es uno de esos años. Hay una despedida de soltero en una de las áreas reservadas, o al menos la primera etapa de una despedida de soltero. El área que más destaca es la de un grupo de chicos de fraternidad con camisetas iguales que están rodeando a lo que parecen ser sus miembros más jóvenes, los cuales están compitiendo por ver quién se toma con más rapidez jarras enteras de cerveza clara. Rebecca ni siquiera intenta identificar las letras griegas que traen en la camisa; nunca logra recordar cuál es cuál.

Ellie los mira con odio.

—¿Por qué no los arrestan por hacer eso? —pregunta con asco.

Rebecca se incorpora un poco y levanta una mano para señalar a las que están en la mesa.

—Todas en esta mesa. Menores de edad.

Las otras la callan con tono desesperado y miran a su alrededor con gesto para nada sospechoso intentando asegurarse de que nadie más la haya escuchado.

Ellie solo pasa su gesto enojado hacia Rebecca.

—Es diferente. No estamos obligando a nadie a beber. Podrían ponerse muy mal.

—Es claro que nunca te has conocido cruda —responde Rebecca—, o no hablarías de lo mal que se puede poner alguien si bebe.

—Sobria chismosa.

—Alcohólica criticona.

Keiko suelta una carcajada y luego pone un gesto ligeramente avergonzado.

Un mesero se acerca a la mesa y coloca con cuidado una bandeja de canastas con entradas. Luz suelta un hurra y jala una de las canastas para acomodarla frente a ella.

—¡Mozzarella! —canturrea, pronunciando las z como s y la ll como y. Ha bebido lo suficiente como para no saber si lo dice en broma o no.

Cuando el mesero se va, Rebecca toma un pedazo de quesadilla y se lo mete a la boca para masticarlo mientras se sirve un pequeño plato con cosas de las canastas que Luz no se ha agenciado, incluyendo la segunda orden de palitos de queso.

—¿Mucha hambre? —pregunta Ellie entre risas.

Rebecca solo asiente y toma otro pedazo de quesadilla. Se saltó el desayuno y el almuerzo por estudiar para el examen, y está a punto de atacar a alguien si con eso deja de sentir que tiene el estómago pegado a las costillas.

Solo se quedan el tiempo que les toma devorarse las entradas. Casi todas las chicas tienen tantas ganas de coquetear como de beber, y los hombres de ahí están demasiado concentrados en sus propios amigos como para dar lugar a eso. Ahora que ya tiene comida en el estómago, a Rebecca no le molesta tanto el cambio de bar. Igual preferiría irse a su casa a ver Netflix, pero ahora que no se muere de hambre, al menos está un poco más animada.

Al menos hasta que llegan al lugar que eligió Ellie.

—No —dice Rebecca, plantándose en su lugar para evitar que Delia y Susanna la metan a rastras a Tom and Tabby.

—¿Cómo que no? —pregunta la pelirroja.

—Te vetaron por un mes, ¿recuerdas?

—Eso fue hace siglos.

—¡Fue el martes!

—¡Pero el cretino del barista no trabaja hoy! Ya revisé. —Saca el teléfono de su bolsa y lo ondea frente a Rebecca, como si eso significara algo.

—Tienen tu foto en el tablero de los vetados —dice Rebecca, con las manos sobre la cadera. Su postura seria se arruina un poco cuando el vestido se le sube y tiene que volver a jaloneárselo.

Ellie solo se encoge de hombros.

—Sí, pero ¿quién se fija en eso?

Los empleados. Los empleados se fijan en eso.

Y Rebecca también, cuando las otras logran meterla. Más vale asegurarse de que solo Ellie esté ahí y no todo el grupo. Cuando encuentra la foto de su amiga, resopla. La otra empleada la tomó en un momento hermoso: cuando el barista tenía a Ellie colgando sobre su hombro, y Ellie iba aferrada a su espalda para poder seguir discutiendo. Saca su teléfono y toma una foto de la imagen para enviársela a Hafsah, quien le responde con una foto de ella en pijama.

A diferencia del bar deportivo, donde había una mezcla de edades, este lugar está casi lleno de estudiantes, y tiene más gente de la que aprobaría el jefe de bomberos. Rebecca tiene que abrirse paso entre la multitud para alcanzar a sus amigas. Una mano detrás de ella le agarra las nalgas y se las aprieta. Ella gruñe, pero lo piensa mejor y sigue adelante en vez de reaccionar, por el riesgo de golpear a la persona equivocada. No quiere que su foto termine junto a la de Ellie.

Durante la siguiente hora, las cinco chicas tienen que hacer su parte para evitar que Ellie se meta en tres peleas distintas, incluida una con el mesero, quien se les queda viendo con lascivia al llevarles sus bebidas. Ellie ha estado llena de ira desde antes de que Rebecca la conociera, y sí, también es violenta, pero antes no era tan destrampada. Tan insensata. Hasta que pasó lo de Kacey. A veces Rebecca piensa que si hubiera conocido esta versión de Ellie en el primer año, su grupo sería muy diferente ahora. Y tal vez no incluiría a Ellie. Pero la lealtad es una droga dura, al igual que el dolor compartido en una amistad. Muchas veces Ellie la agota, pero no va a dejarla.

Rebecca observa su bebida, la huele, sopesa su aspecto inocente con la mirada perversa del tipo, y decide no arriesgarse.

—Cobarde —dice Ellie.

—Es obvio que nunca te han puesto droga en la bebida.

—¿Y a ti sí?

Rebecca asiente y mantiene sus ojos puestos en las partículas que dan vueltas en la bebida. Podrían ser simplemente azúcar o saborizante sin disolver, pero más vale prevenir.

—En la prepa. Jugaba futbol, y hubo una gran fiesta para ambos equipos de la universidad. El equipo de los chicos convenció a una de sus fans de poner algo en nuestras bebidas.

El grupo se queda en silencio. Rebecca puede sentir la atención como si fuera algo vivo, como algo desagradable que repta sobre ella pese a que se siente en confianza con sus amigas. Piensa que esa es la sensación que precede a la lástima, y por eso nunca lo había contado. Por eso y porque no quería hablar de la desgracia mayor que ocurrió esa noche.

—¿Qué te pasó?

—La chica no logró drogar a todo el grupo. Mis amigas nos ayudaron a volver a la casa donde teníamos planeado pasar la noche. —Cruza las piernas y se estira bajo la mesa hasta que alcanza a meter las puntas de sus dedos en el brazalete tejido que trae en el tobillo. Pero no basta para evitar que sus manos tiemblen.

—¿Qué le pasó a ella?

—Hicimos que se supiera lo que había hecho, y ninguna chica volvió a confiar en ella durante la prepa. —Suspira y cubre el vaso con una servilleta para no tomarle por accidente—. Cuando se te pasa el efecto estas desorientada y tienes lagunas en tus recuerdos… se siente horrible. Y a mí me fue bien. Desperté entre amigas, en un lugar que reconocía, con la promesa de que estuvieron conmigo todo el tiempo y nada me pasó. Aun así es aterrador saber que hay una laguna en la que pudo haber pasado cualquier cosa.

Ellie se queda callada por un largo rato, con el ceño fruncido y un gesto de rabia. El sonido del bar lucha por romper la solemne burbuja de su conversación.

—¿Qué les pasó a los chicos?

Rebecca la mira con una sonrisa triste.

—¿Tú qué crees?

—Nada —dice Ellie, con asco.

—Exactamente. Primero dijeron que había sido una broma. Cuando se dieron cuenta de que no los iban a castigar, dijeron que no tuvieron nada que ver. Las más grandes sabían que tenían que ser extracuidadosas en fiestas donde estuvieran ellos, pero siempre había nuevas estudiantes listas para aprender de la peor manera. Es difícil proteger a todas. Y también conseguir pruebas. Que todos lo sepan no significa que alguien pueda probarlo.

Ellie sostiene su vaso contra el foco que se mece casi al ritmo de la música y observa el líquido. Lo pidió derecho y sin hielos, así que no debería tener nada. Rebecca se pregunta si su amiga sabe siquiera en qué debe fijarse. Ella y sus primas tuvieron la ventaja de haber crecido en una familia de policías que les enseñó al respecto ayudándose de material confiscado. Pero sin verlo de primera mano, los tutoriales de YouTube y los sermones al respecto no son de gran ayuda.

La conversación acaba con la poca alegría que le habían dado los aperitivos, y no pasa mucho tiempo antes de que ser la única persona sobria en la mesa se vuelva más molesto que divertido. Por eso ella y Hafsah suelen mantenerse sobrias juntas. Tras guardar el clip que sostiene su efectivo, identificación y tarjeta de débito en el bra, en la copa en la que no trae el teléfono, se levanta de la mesa.

—Voy a tomar aire —anuncia.

—¿De qué sabor? —pregunta Susanna.

—A pantano y humedad con un dejo de vapor de gasolina y, si hay un poco de brisa, quizá un toque de *eau* de basurero.

—Ah, no, yo no quiero, gracias.

Rebecca pone los ojos en blanco y sale lentamente del bar abarrotado. Pese al aire acondicionado, la puerta que se está abriendo de manera constante y el calor humano hacen que no haya gran diferencia entre el interior y el exterior. Pese a todo, en el estacionamiento Rebecca siente que al menos puede respirar. Elige un espacio a un costado del edificio, iluminado tanto por la entrada como por la tenue luz de una lámpara del estacionamiento. El ladrillo atrapa sus rizos cuando echa la cabeza hacia atrás, permitiendo que la poca brisa que sopla seque el sudor en su garganta y pecho. Cierra los ojos y toma aire nerviosa para luego dejarlo salir lo más lento que puede.

No le gusta pensar en esa fiesta. No le gusta recordar cómo despertó confundida, intentando, sin éxito, abrirse paso hacia la claridad y los recuerdos. Sus amigas estuvieron con ella todo el tiempo, y eso la ayudó un poco a saber qué pasó, pero no le quitó el pánico por esas horas perdidas. Porque en la fiesta hubo cerveza y ponche con piquete, porque todas habían tomado alcohol aunque no las hubieran drogado, sus amigas tuvieron miedo de llamar a su familia o llevarla al hospital.

Si lo hubieran hecho, la policía habría ido a la fiesta para encontrar el alcohol y las drogas, y también habrían encontrado a la prima de Rebecca, Daphne, quien llegó un poco después de que el grupo de Rebecca se fue. Daphne acababa de entrar al equipo júnior y daba grandes señales de que estaría con Rebecca en el equipo principal al año siguiente. Como jugadora, Rebecca era sólida y confiable, pero Daphne tenía esa clase de talento que te gana becas. Ella y sus amigas del equipo decidieron aparecerse en la fiesta, que se suponía era exclusiva para jugadores del equipo y sus parejas, pero en realidad era como todas las fiestas de deportes: abierta a quien quisiera.

Rebecca se lleva una mano al estómago para contener la revoltura de sentimientos que siempre se agita en ella cuando piensa en esa noche. O peor aún, en el día siguiente.

Las amigas de Daphne no la protegían tanto como a Rebecca las suyas. La mayoría eran de segundo y estaban divididas entre la admiración y el resentimiento por el talento de la chica. Querían ser vistas por los chicos mayores, querían que las invitaran al baile. Llegaron a la fiesta y se fueron cada una por su lado, y ninguna se dio cuenta cuando Daphne empezó a tropezarse. Una de las chicas de último año, que no sabía que habían drogado a Daphne, pensó que había tomado demasiado ponche y la acomodó sobre una paca de paja en el granero donde se llevaba a cabo la fiesta, de acuerdo con lo que esa misma chica le contó después a Rebecca.

Nunca nadie ha contado la verdad sobre lo que pasó después de eso. Rebecca llamó a sus padres desde la casa de su amiga para pedirles que la llevaran al hospital. Una hora después de que llegaron, su tía, la madre de Daphne, llamó para decirles que Daphne no había llegado en toda la noche. El doctor ya había tomado una muestra de sangre para lo que se pudiera necesitar, así que Rebecca se fue del hospital con su padre y le dio indicaciones de cómo llegar a la granja. El terreno pedregoso que la noche anterior había estado lleno de carros se encontraba vacío salvo por los aparatos que seguían en una esquina. Entraron en el granero, acompañados de policías que no eran parte de su familia, por cualquier cosa. La basura de la fiesta aún seguía ahí, latas y vasos rojos por todas partes. Bolsas y cajas y platos de papel regados sobre mesas plegables a punto de caerse, e incluso había un gato dormido sobre un plato de queso casi vacío; su hocico grasoso y su panza abultada eran una buena pista de qué le pasó al queso que quedaba.

Un policía encontró la bolsa de Daphne sobre la paja, con su teléfono y cartera intactos. Dijeron su nombre a gritos una y otra vez y, viendo pasar los minutos, Rebecca fue a pararse junto a su padre, jugando nerviosamente con el brazalete de plástico amarillo del hospital. Luego escucharon un gemido que los hizo callar en el intento de descifrar de dónde venía, y la cabeza de Daphne se asomó desde el tapanco al que no tenían permiso de subir durante la fiesta. El policía pronunció el nombre de Daphne, quien se dio la vuelta para intentar verlo…

… y se cayó.

Rebecca aún puede escuchar sus gritos a veces, el sonido de Daphne al estrellarse sobre la mesa con los cuencos de ponche. Aún puede ver a los policías corriendo hacia su prima, la voz ahogada y temblorosa de su padre al pedir una ambulancia. Sabe que no es justo, pero Rebecca nunca logró perdonar a las compañeras de equipo de su prima por su egoísmo. Casi a nadie le hubiera molestado que los menores de edad estuvieran bebiendo, pero ellas sabían que había otros peligros en esa fiesta. Si tan solo le hubieran contado a alguien, a quien sea, los policías o los padres habrían encontrado a Daphne antes de que se la llevaran al tapanco. Antes de que la violaran. Antes de que la dejaran ahí como si fuera basura, tan cerca de la orilla.

Antes de que se cayera. Antes de que los doctores tuvieran que decirle que el daño en su columna la había dejado paralizada, que la violación, con botellas y latas y herramientas de la granja, cualquier cosa que estuviera a la mano para no dejar el ADN de su atacante o atacantes, la había lastimado tanto que sería necesario hacerle una histerectomía completa. Daphne pasó el resto del año escolar en el hospital. Cuando llegó el momento de volver a la escuela, en otoño, tanto Daphne como Rebecca se quedaron a recibir sus clases en casa por parte de una de sus tías.

Nunca les pasó nada a los atacantes de Daphne. La investigación se atoró porque los miembros del equipo decidieron apoyarse entre ellos. Todos sabían, y nadie podía probarlo, y Daphne nunca tendrá justicia por lo que le hicieron.

Rebecca piensa en la chica de la sororidad con sus hermanas, riéndose y llorando y sintiendo todas las emociones al mismo tiempo, porque la acción que consiguió que ella y las otras chicas se sintieran un poco más seguras hizo trampa, les robó. Es fácil compararla con Daphne, que se pasa las noches despierta y tejiendo joyería cuando las pesadillas no la dejan dormir; toda la familia usa algo que ella hizo. Rebecca entiende que no hay una solución correcta. Ni siquiera la prisión borraría el daño que se hizo. Las multas, el encarcelamiento, la muerte… no hay consecuencia posible que sea equivalente al daño. Y entonces ¿qué es la justicia?

—Mira nada más, qué bonita…

—No —interrumpe ella. La rabia hierve en su interior, y requiere un gran esfuerzo para controlarla. Es la clase de rabia que no es segura para una chica sola, al contrario de Ellie.

—¿Qué?

—Lo que sea que fueras a decir —le responde a la voz masculina—. No me interesa escucharlo.

—Pero no tienes por qué portarte tan perra.

—Pues no te estás yendo, o sea que creo que sí tengo que ser perra. —Abre los ojos y se incorpora, obligándose a no hacer un gesto de dolor al sentir que el ladrillo no quiere soltar algunos mechones de su cabello.

El tipo, que está más cerca de lo que ella quisiera, viene solo, o al menos no está rodeado de amigos que la intimiden en número. Trae el cabello rubio relamido hacia atrás y su colonia llena el aire de por sí denso. Si no la estuviera mirando con ese gesto despreciable, hasta podría considerarse guapo. Una vocecita al fondo de la cabeza de Rebecca dice que no va a durar.

—Solo quería hacerte un piropo —se queja él.

—Salí para estar sola y disfrutar de un poco de silencio. Sea cual sea tu intención, me estás molestando.

—Mira, perra, deberías estar…

—¿Agradecida? —suelta ella con tono burlón—. Para nada.

—No todos son tan amables como yo, ¿sabes?

—Amable, claro. Ya me dijiste perra dos veces.

El tipo pone un gesto que es algo más feo que simple arrogancia. Quizá Rebecca debió seguirle la corriente hasta que pudiera estar dentro del bar, dejarlo creer que sus piropos eran agradables. Pudo ser lo más seguro. Pero está cansada y abrumada por los recuerdos y solo quiere estar en su casa en pijama, y en general no tiene ganas de darle nada de lo que él quiere. No debería estar obligada a hacerlo. La rabia vuelve a hervir en su interior y se mezcla con el miedo y la molestia que se han vuelto su respuesta estándar para tantos chicos de la universidad que creen que sus pitos son la llave que les abrirá las puertas del mundo. Observa sus botas Doc Martens rosas, intentando encontrar la mejor salida al problema.

Se sobresalta al ver por el rabillo del ojo esa mano que termina aferrándose al escote de su vestido al no atinarle a su cuello, que era lo que intentaba.

—Suéltame —le gruñe.

—Deberías ser más agradecida con la gente que se toma el tiempo de hacerte un cumplido —ordena él, jalándola por el vestido para acercársela.

—Suéltame —le grita Rebecca, intentando llamar la atención de cualquier persona que esté afuera del edificio. Escucha cómo su vestido se empieza a rasgar mientras ella lucha por librarse de los jaloneos. Se apoya en la pared con una mano para no perder el equilibrio. Entre el golpeteo de los latidos de su corazón retumbando en sus oídos, alcanza a escuchar unos pasos que vienen corriendo hacia ellos, pero quién sabe si sean para ayudar. O a quién vienen a ayudar. ¿Traerá un arma? ¿Si Rebecca se defiende se pondrá más en peligro?

—Te voy a enseñar…

Rebecca lanza una patada y la placa metálica dentro de la punta de su bota conecta con la entrepierna de él con un sonido seco. El tipo exhala, adolorido, y su rostro se pone casi púrpura mientras su cuerpo se dobla, pero no suelta el vestido. El ruido que hace la tela al rasgarse es aterradoramente escandaloso pese a la música que sale del bar. Los dedos de él se encajan en la piel de Rebecca cuando su mano cae con el resto de su cuerpo. Ella se lleva el brazo libre al pecho para cubrirse el brasier. Intenta alejarse, pero sus pasos arrastran al tipo, que sigue con la mano aferrada a la tela.

—Te vas a arrepentir, perra.

Ella recupera el equilibrio y levanta el pie para patearlo de nuevo.

—Suéltala —ordena una nueva voz, masculina y seria.

Rebecca se arriesga a desviar la mirada para encontrarse con el Det Corby junto a un policía de la universidad uniformado. Ninguno ha sacado su arma, pero el oficial tiene la mano izquierda sobre el garrote que cuelga de su cinturón, detrás de su arma.

—¡Esta perra me atacó!

—Dile eso a alguien que no lo haya visto. Suéltala.

Aunque no se ve muy convencido, abre la mano para soltar el vestido rasgado.

Ella se aleja de inmediato, acercándose al Det Corby y la seguridad que representa, y se lleva la tela caída hacia el cuello. Puede ver que los hombros del detective se mueven como si intentara quitarse el saco que no trae para dárselo. Con cuidado, acomoda una mano sobre el codo de ella para alejarla aún más, dejando que el policía de la universidad continúe con la conversación.

—¿Estás bien? —pregunta en voz baja.

Ella se mira el vestido y el brasier con estampado de cachemira y encaje que se asoma pese a los esfuerzos de sus manos temblorosas por ocultarlo.

—Ellie me va a matar. Es su vestido. —Parpadea, sorprendida, bastante segura de que eso no era lo que quería decir. Odia el efecto de la adrenalina desapareciendo cuando el peligro se ha ido. Odia sentirse tan débil y tan aliviada siendo que, carajo, es fuerte, y ya está a salvo.

Él se ríe un poco y la suelta del codo, sin retirar la mirada de su rostro.

—¿Algo además del vestido?

—No, el bra es mío. —No es hasta que ve el rubor en las mejillas de él que Rebecca entiende que no era eso lo que él le estaba preguntando—. Ah. Eh, sí. Quería agarrarme por el cuello, pero solo alcanzó el vestido. Fuera de eso, no me tocó.

El detective le lanza una mirada a su colega, que tiene la identificación del chico en una mano y su teléfono en la otra, luego suspira y niega con la cabeza.

—Me alegra que estés bien, pero…

—Pero eso significa que no hay motivos para arrestarlo —agrega ella con pesar—. Lo sé.

Porque ¿por qué sería diferente esta vez? ¿Por qué castigar a alguien por el daño que quería hacer si puedes simplemente regañarlo un par de veces? Cierra los ojos y descansa su frente sobre el hombro del Det Corby. Su mano se siente tibia y firme en el codo de ella, sosteniéndola sin utilizar la fuerza. No es su culpa que no pueda llevarse al tipo. Los problemas son mucho más grandes que eso. Rebecca se concentra en calmar el ritmo de su respiración desbocada, intentando seguir el suave movimiento del dedo de él sobre su brazo.

Sospecha que esa podría ser la razón por la que lo está haciendo. Él no se acerca más, no intenta tocarla fuera de eso, solo deja que ella use su hombro para equilibrarse y respirar, y Rebecca se siente patéticamente agradecida por ello.

Le da la impresión de que conoce al policía de la universidad al escuchar sus preguntas tranquilas y las respuestas truculentas del chico. El oficial Kevin, como se le conoce en el campus, siempre está ahí para acompañar a los estudiantes, en especial a las chicas, de vuelta a sus autos o dormitorios cuando ya es de noche. Siempre parece encantado de que se lo pidan.

—Fue una buena patada —murmura el Det Corby—. Ellie estará orgullosa. Quizá hasta te perdone por lo del vestido.

Ella sonríe apenas, lo más que puede en un momento así.

—Está adentro.

—Me lo imaginé —dice él—. Este no es un lugar al que vendrías sola. ¿Quieres que vaya a buscarla?

Rebecca niega con la cabeza y se incorpora, aunque sin ganas. Estaría bien, pero preferiría que él no viera a sus amigas menores de edad bebiendo. Por lo general está dispuesto a pasar por alto las cosas que puede ignorar, pero es probable que verlas bebiendo o comprando alcohol rebase los límites de su buena onda.

—Les voy a mandar un mensaje.

Luego recuerda dónde está su teléfono y sus mejillas se acaloran y se ruborizan casi con dolor.

—Voy a ver cómo van Kevin y el imbécil ese —dice el detective con alegría y así lo hace.

Rebecca saca su teléfono a toda velocidad, limpia el sudor de la pantalla con su vestido y le dice a Hafsah que ignore los próximos mensajes. Luego abre el chat grupal. En vez de mandar un solo mensaje, escribe varios, con la esperanza de que la repetición de alertas llame la atención de alguien, pues una sola podría ser fácilmente ignorada.

«Estoy afuera».

«Necesito irme a casa».

«Un imbécil me atacó».

«Por favor llévenme a casa».

«Por favor».

«Por favor».

«Por favor».

«Por favor».

«Oigan, le pateé la verga a alguien».

Ese es el que consigue una respuesta. De Ellie, lo cual no la sorprende.

«¡Qué genial! No lo del imbécil. Lo de que lo pateaste. Buen trabajo».

Y luego, otra de Delia:

«Vamos en 2 seg».

Con eso basta. Se guarda el teléfono de nuevo en el brasier, mira al Det Corby y busca algo que decir, algo que los distraiga del tipo que la acaba de atacar.

—Tus horarios han estado algo raros últimamente. ¿Te van a cambiar de turno?

—Tuve una junta —responde él, no con desdén o brusquedad, pero hay algo en su tono que indica que no debe preguntar más al respecto. Ella murmura y se reacomoda en su lugar, pues no sabe qué más decir. Un segundo después, él suspira y niega con la cabeza—. Perdón. Ha sido un día largo.

—Vaya que sí.

—Va a salir por la mañana —dice él en voz baja—, pero ya identificamos el cuerpo del lago Alice.

Rebecca cruza un brazo bajo su pecho para sostenerse el vestido y se lleva la otra mano a lo que queda de los tirantes para mantenerse lo más decente posible.

—¿Consiguieron identificar el ADN? ¿O al fin encontraron la cabeza?

—Ambos, de hecho —responde él con un gesto de pesar—. Aunque la cabeza fue la segunda confirmación. El reporte de persona perdida mencionaba que la familia había comprado uno de esos *kits* para rastrear tu ascendencia, por si necesitábamos comparar las muestras.

El imbécil que está con el oficial Kevin de pronto suelta una grosería a todo volumen, y Rebecca se sobresalta. Aunque odia haber reaccionado así, la mano del Det Corby vuelve a su codo, apretando apenas lo suficiente para hacerla recuperar la calma.

—¿Persona desaparecida? —pregunta, porque es más fácil enfocarse en eso que en el calor de su mano o en el imbécil que sigue demasiado cerca como para que ella se sienta cómoda—. ¿Lo reportaron antes o después de que encontraron el cuerpo?

—Después. —El tono de él es lúgubre—. No volvió a sus clases después de las vacaciones de primavera, pero lo vieron por aquí y por allá en la semana y media después de eso. Aparentemente su familia y amigos pensaron que estaba intentando no llamar la atención.

Lo cual plantea la pregunta obligada.

—¿Por qué?

—Tuvo algunos problemas legales durante las vacaciones.

Rebecca reconoce esa frase formada con cuidado por las cientos de conversaciones que ha tenido con su familia de policías. Se le ocurren dos razones posibles. La primera es que, cualquiera que sea el problema en el que el tipo se haya metido, podría estar relacionado con su muerte, de modo que la policía no puede hablar de eso. La segunda es que la familia es profundamente litigiosa y está lista para demandar a cualquiera que se atreva a difamar a su niño… O ambas.

Sea como sea, no tiene caso insistir en la pregunta si no hay más información en general.

—Entonces ¿era estudiante? —dice al fin Rebecca.

—¿Qué?

—El fallecido. ¿Era estudiante? —Se encoge de hombros ante la mirada curiosa del detective y luego decide que prefiere no saber si eso implica poner en riesgo el acomodo de por sí precario de su vestido—. Si un profesor no regresa tras las vacaciones de primavera, todo el campus hablaría de eso. Si alguien de prepa no vuelve, toda la ciudad se pondría como loca.

—Cierto. Podría ser administrativo.

—¿Los de administración y el personal de asistencia tienen vacaciones de verano?

El detective suelta una risita y se pasa una mano por el cabello, que pronto vuelve a caerle sobre la cara.

—La verdad, no lo sé. Y sí, sí es estudiante. O era, supongo. Por la mañana darán a conocer su nombre.

—¿Estabas en junta con su familia?

—No, con mi capitán, intentando convencerlo de que abra una investigación. —La sorpresa de Rebecca debe notársele en la cara, porque el detective la mira con un gesto tanto apenado como desafiante—. Desde el punto de vista estadístico, el hecho de que dos estudiantes varones de la Universidad de Florida, casi de la misma edad, hayan sido aparentemente asesinados por caimanes en menos de dos semanas es más que extraño. Conozco la teoría medioambiental, pero aun así es improbable.

—Teoría medioambiental —repite ella despacio—. ¿Te refieres a la invasión a su hábitat?

El detective Corby asiente.

—La pérdida de su hábitat lleva unos años. Si ese fuera el único factor, habríamos visto un aumento en los casos cada año, y no un pico de pronto.

—O sea que crees que… ¿qué?

—Con honestidad, aún no lo sé. Quizá haya un nuevo reto entre los de la fraternidad, como tomarse una foto con un caimán o algo estúpido como eso. Quizá solo estaban borrachos y eran tontos.

—¿O quizá…? —pregunta ella con tiento.

—O quizá no es ni coincidencia ni estupidez. —Casi parece que se está preparando para recibir la respuesta de Rebecca, lo cual la hace darse una idea de cómo recibió su hipótesis el capitán.

Ella lo piensa una y otra vez, calculando.

—Eso parece… complicado —dice al fin.

—Esa es la versión más amable de la opinión general. —El detective no parece enojado, pero tampoco se ve feliz—. En cualquier otro año, el estado tiene un promedio de tres muertes por caimanes. En un año. Ni siquiera los ataques no fatales de caimanes son tan comunes. Y por alguna razón este año tenemos media docena en el estado, cuando la temporada de apareamiento apenas empieza, y dos de esos ataques les ocurren a dos personas bastante similares en la misma escuela… Las anomalías estadísticas existen, pero suelen tener una explicación.

—Y tu explicación es que se trata de un asesino serial. —Pese al tema, Rebecca no logra evitar una pequeña sonrisa. Parece una locura. Asesinatos por caimanes suena como algo sacado de una película de Bond, y no de la vida real.

—No te olvides de las teorías de que haya sido un accidente o estupidez —dice él, con pesar—. En este momento también las tengo en mente.

—¿Eso te hace sentir un poco menos bobo?

—Sí —confiesa él con una carcajada—, pero puede que solo sean mis ganas de creer en algo.

Las amigas de Rebecca salen por la puerta del bar haciendo mucho ruido, y luego rodean a Rebecca hasta hacer a un lado al Det Corby, quien sonríe y levanta las manos como quien se rinde y se va hacia donde están el oficial Kevin y el tipo alebrestado.

Mientras Delia y Susanna hacen sonidos de sorpresa por el vestido rasgado, Ellie se agacha para revisar las botas de Rebecca.

—No hay sangre —señala.

Por qué habría…

—Le di en la entrepierna, no en la nariz o en la boca —aclara Rebecca.

—De todos modos.

Rebecca la observa, intentando no visualizar cómo podría pasar algo así.

—Me perturba un poco pensar en la fuerza que tendría que usarse en la patada para que terminen sangrando de ahí.

—La fuerza suficiente para que no vuelvan a atacarte.

—La fuerza suficiente para que termines pagando la cuenta por su testículo roto.

Ellie hace un gesto de desinterés ante eso.

—No te pueden cobrar algo así sin una orden judicial. Vamos. Te llevaremos a casa para que te cambies y luego regresamos. No dejes que los bastardos te arruinen la noche.

—Me voy a poner la pijama y a quedarme en casa —dice Rebecca con tono decidido—. No está abierto a discusión, ni a acuerdos, ni a súplicas. Cuando entre a la habitación, ya no volveré a salir.

—Les puedo dar un aventón, si quieren, señoritas —ofrece el Det Corby, que ya volvió junto a las chicas—. Kevin se va a quedar para ver si puede meterle miedo a Merolico.

Las seis chicas lo miran fijamente, y luego se dan la vuelta para ver al atacante, que cada vez está más asustado.

—¿Merolico? —pregunta Delia al fin. Rebecca se muerde el labio inferior, pero de todos modos se le escapa una risita.

—Según su licencia, así se llama.

Rebecca al fin estalla en risas, lo cual provoca la misma reacción en las demás. Si sus carcajadas están un poco mezcladas con histeria, es comprensible, ¿verdad? Tiene en la punta de la lengua la pregunta sobre si la licencia es real, pero no lo dice, porque eso invitaría a revisar las de sus amigas.

Pero Ellie, claro, no es tan prudente.

—Por favor, es tan ridículo que casi tiene que ser real, ¿no? ¿Cómo un nombre tan elegante y distinguido como ese no le abriría puertas en las mejores universidades?

En vez de intentar responder, Rebecca ahoga su risa, le da las gracias al detective y acepta el aventón. Ninguna de las chicas trae suéter ni chamarra, y no quiere regresar a pie al dormitorio con el vestido agarrado con las manos. Y tampoco tiene la seguridad, o quizá la estupidez, necesaria para dejar que la parte de arriba le cuelgue sobre la cintura y fingir que no le molesta. Ellie sí lo haría. Bueno, Ellie lo vería como una medalla de honor. «Si crees que me veo mal, deberías ver cómo lo dejé a él». Rebecca está más acostumbrada a calmar las situaciones que a lucir los restos de prendas con orgullo. Solo quiere llegar a casa, donde pueda cerrar al menos una puerta que la separe del resto del mundo y soltar las aprehensiones que la tienen catalogando cada sombra y cada movimiento en el estacionamiento.

—Mi auto está a un par de cuadras —anuncia el detective—. Denme unos minutos.

Cuando vuelve, en el sedán azul oscuro que podría ser suyo o del Departamento de Policía, Rebecca se acomoda en el asiento del frente mientras las otras se van atrás. De inmediato, Ellie comienza a quejarse de que las están tratando como detenidas.

El Det Corby hace un gesto de fastidio y luego le pasa a Rebecca una sudadera azul con el logo de los Royals al frente en azul claro y blanco.

—Te prometo que está limpia. La lavé hace apenas unos días.

Rebecca se la pone, sin soltarse el vestido hasta que está totalmente cubierta del frente.

—¿Fanático obstinado o solo la usas por convivir?

Él se ríe y empieza a conducir.

—Ninguna de las dos. La regla en la familia Corby es que tu equipo es el del lugar donde estén los padres. Se mudaron a Kansas City hace un par de años.

Ella se acomoda la sudadera por la espalda, saca su cabello y esconde los dedos en las mangas. Es raro que una sudadera que solo huele a detergente pueda darle la misma sensación de seguridad que el dormitorio. O quizá, piensa, mirando de soslayo la sonrisa tranquila del detective, no es tan extraño como satisfactorio.

7

Como Rebecca se niega a volver al bar y Hafsah se niega a salir por primera vez en la noche, a las otras cinco no les queda nadie sobria para que evite que terminen muertas en una zanja. A ninguna le alegra eso, pero parecen resignarse cuando Ellie recuerda que tiene otra botella de su veneno para ratas escondida bajo la cama. Las chicas vitorean y se van a su habitación para seguir tomando.

Hafsah niega con la cabeza.

—¿Estás bien?

—Un poco asustada, pero fuera de eso, sí. —Se quita el vestido y lo observa. Probablemente una buena costurera podría arreglarlo, pero siempre se verá remendado. Lo avienta a la cama y suelta un suspiro molesto. Ni siquiera quería ponerse ese maldito vestido, y ahora tendrá que comprar uno nuevo con el dinero que preferiría no gastar. Sus becas cubren casi todo lo que necesita, y sus padres por lo general pueden mandarle un poco más para ayudarla con otras necesidades y su vida social, pero no le gusta arriesgar su colchón para reemplazar un vestido que la obligaron a usar—. Me voy a bañar.

—Prepararé chocolate caliente para cuando salgas.

Con una sonrisa de agradecimiento a su roomie, se va al baño con su pijama en los brazos. Aunque el agua está fresca, revela los rasguños rosados en su pecho donde los dedos del tipo se le enterraron antes de arrancarle el vestido. Rebecca frunce el ceño y los toca con cuidado. ¿Se van a amoratar? Pero, claro, quizá sea algo bueno. Al tener el recordatorio físico del ataque tal vez pueda sentirse menos avergonzada por estar nerviosa durante los próximos días. Si el ataque deja marcas visibles es menos probable que las personas le digan que ya lo supere, porque ni la lastimaron de verdad.

Nunca ha creído que los ataques necesiten un mínimo indispensable para merecer empatía, pero ha notado que es parte de la minoría que piensa eso.

Como nadie está esperando por usar el baño y nadie le grita por gastarse el agua caliente, se recarga en la pared y deja que el agua se lleve el sudor y el olor de la colonia del tipo. La presión está un poco mejor que otros días, tal vez porque no hay mucha gente bañándose a esas horas de la noche.

Una parte de ella quiere gritar por la rabia ante las injusticias de esa noche, por el horror de no poder castigar a ese imbécil de ninguna manera. No puede levantarle cargos y, aunque pudiera, no llegarían a nada. ¿Quién se molestaría en abrir un juicio por un ataque que solo terminó en miedo y un vestido roto? En especial si el tipo intentó ignorar el hecho de que dos policías fueron testigos de lo que pasó y se atrevió a asegurar que ella lo atacó primero. Rebecca actuó con inteligencia y cuidado, estaba sobria, y nada de eso hizo la diferencia cuando un hombre decidió que tenía derecho a su tiempo y atención.

Pero no puede quedarse para siempre en la ducha. Cuando se termina de secar y se pone cómoda con sus shorts de algodón y una playera de manga larga, vuelve al estudio, pasándose la toalla con cuidado sobre sus rizos mojados.

La silla rechina cuando se deja caer sobre ella. La sudadera del Det Corby está doblada sobre su escritorio, junto a los contenidos no anatómicos de su bra. Toma el teléfono, lo enciende, y se queda con el dedo sobre la pantalla por un momento.

¿A quién debería contactar primero? Su instinto le dice que a Gemma, quien sin duda querría que Rebecca se lo contara antes de que le llegue a través de la red de chismes de la familia Sorley, pero Gemma se duerme temprano. Ya debe llevar un par de horas en la cama, con el teléfono apagado. Es obvio que debería llamar a sus padres, por más tarde que sea. Pero antes de eso, abre el chat con Daphne.

Su prima está en Pensilvania, cursando su segundo semestre en Bryn Mawr, en la carrera de trabajo social. Un ochenta por ciento de su comunicación desde octubre ha estado ocupado por quejas sobre el frío y la nieve. Eso ya es bastante difícil para una chica de Florida, pero aprender a andar por banquetas congeladas en silla de ruedas ha sido tema de varias conversaciones furiosas. Definitivamente no debería enterarse del incidente por la familia.

«Primero que nada, estoy bien», escribe Rebecca. «Salí con las chicas y un tipo me atacó en el estacionamiento, pero te prometo que, fuera de un moretón en mi pecho, no me lastimó y estoy bien».

«¿Me lo juras?». La respuesta llega de inmediato.

«Sí. Unos policías andaban cerca, me escucharon gritar y se acercaron. Ya estoy en el dormitorio».

«¿Ya le contaste a la familia?».

«Eres la primera».

«¿Antes que Gemma?».

«¿A esta hora de la noche?».

«Claro. Gracias por tenerme en cuenta».

Se mandan mensajes por unos minutos. En apariencia, Pensilvania se saltó la primavera y pasó directo del invierno al verano, lo cual significa que Daphne al fin se siente en casa. Luego las roomies de Daphne la presionan para que vuelva a lo que están jugando. Rebecca llama a sus padres, pero el teléfono de su mamá la manda a buzón y el de su papá igual, así que termina dejándoles un mensaje a ambos. Estrictamente hablando, no necesita hablar con ellos, pero de todos modos se siente un poco triste, así que llama a Gemma, sabiendo que también la mandará a buzón, y le deja un mensaje parecido al de sus padres, aclarando que puede llamarla a cualquier hora loca de la mañana cuando lo escuche.

Aún con el teléfono en mano, Rebecca se aleja del escritorio y cruza la habitación. Se detiene en la puerta y suspira al ver a Ellie tumbada sobre su cama individual.

—Tienes tu propia cama —le dice—. Al parecer hasta incluye alcohol.

—No incluye alcohol —responde la pelirroja con un puchero—. Ya me había tomado la botella que creía tener. Y solo queda una cerveza terrible.

—¿Por qué tienes cerveza terrible?

—Porque estaba barata y no pedían identificaciones.

—¿Has pensado que quizá no piden identificaciones para las peores bebidas con la esperanza de que al tomarlas te sepan tan mal que dejes de beber?

—Pero si me emborracho con lo bueno, puedo seguir borracha con lo horrible cuando ya no me sabe a nada.

Rebecca se rinde. Ya es bastante difícil discutir con Ellie sobria; cuando está borracha es solo dar vueltas para llegar a nada, y esta noche no puede con eso. Se sienta al pie de la cama de Hafsah en vez de intentar mover a Ellie y se pone a secarse las orejas y el cuello.

Hafsah le da una humeante taza de chocolate en polvo; el vapor sale en volutas que rodean el mango de la cuchara. En la habitación, con dos puertas cerradas entre ella y los no *mahram*, no trae su hiyab, y sus muchas trencitas cuelgan sobre sus hombros, algunas de ellas con listones neones entretejidos en su cabello.

Ellie tiene una fuerza que todos pueden ver, la cual se manifiesta en gestos, insultos y puños listos para atacar. Pero a Rebecca siempre le ha impresionado más la fuerza de Hafsah, que anda por la vida del campus, y la vida en general, en un tiempo que suele ser poco agradable o simplemente peligroso para las mujeres negras y musulmanas. La fuerza de Hafsah es más discreta, pero igual de obstinada. A Rebecca le parece que es más difícil ser valiente que solo vivir sin que nada te importe.

Sostiene su taza mientras Hafsah se acomoda en la cama junto a ella.

—¿Te acuerdas dónde compraste el vestido, Ellie?

—Sí, ¿por?

—Para comprarte otro.

Ellie suelta una risa burlona y patea el vestido para quitarlo de la cama y dejarlo convertido en un charco de tela brillante sobre la alfombra.

—No.

—Pero lo arruiné.

—Merolico el Imbécil lo arruinó. Tú te lo pusiste porque yo te obligué. —Se acomoda de espaldas y sus brazos se mueven con la falta de coordinación suficiente para que a las otras les quede claro por qué ya no está bebiendo. Por más que a Ellie le gusta sentirse embriagada, no le gusta perder el conocimiento o caerse de borracha, y casi siempre deja de tomar justo antes de llegar a ese punto—. Si de verdad se llama Merolico, debe ser fácil encontrarlo. Él me puede comprar otro vestido.

—No lo va a hacer.

—Yo creo que puedo obligarlo.

—¿Vale la pena? —pregunta Hafsah.

Ellie la mira con gesto confundido.

—Pagué ochenta dólares por ese vestido. Ochenta dólares, Hafsah, ¡y estaba en oferta!

—Y ¿qué crees que va a hacer el tipo? ¿Darte un cheque?

—Puede que no, pero el abogado de su papi quizá sí lo hará. Los tipos así dan muchos cheques, ¿no?

Rebecca y Hafsah se miran entre ellas poniendo los ojos en blanco. A una parte de Rebecca le maravilla la capacidad de Ellie de decir «papi» sin un ápice de vergüenza. Recuerda que alguna vez llamó así a su papá, pero está muy segura de que empezó a decirle «papá» como en segundo de primaria. Es del sur, pero no es tan del sur, no como Ellie. Tras envolverse el cabello con la toalla, se recarga en la pared para tomarse su chocolate.

—Perdón por no haber estado contigo —dice Ellie tras unos minutos de silencio, con una voz inesperadamente suave.

—¿Por qué tendrías que haber estado?

—Porque no debimos dejarte salir sola. No es seguro, y lo sabemos, y debimos haber estado contigo.

—Yo elegí salir sola. Elegí ir a tomar aire.

—Y eso no debería ser peligroso.

—Lo sé —dice Rebecca, suspirando—, pero lo es, y eso no es tu culpa. —Es culpa del tipo y de la sociedad. Como está muy consciente de la culpa irracional que carga por el ataque a Daphne, Rebecca se cuida mucho de cómo asigna responsabilidades a los demás.

Ellie se acomoda de lado y abraza una almohada contra el pecho.

—Nos estabas dando gusto al ir con nosotras aunque no querías salir. Debimos haberte cuidado más.

—Para la próxima vez, volvamos al sistema de andar en parejas —sugiere Rebecca—. No debimos dejar de hacerlo. —Espera que Ellie no empiece a llorar. Casi nunca es una borracha sentimental, pero a veces pasa, y pone de nervios a todos los que lo ven.

—¿En serio? ¿Volverás a salir con nosotras?

—Aún nos queda un poco más de un año de clases; estoy bastante segura de que encontrarán la manera de sacarme de nuevo. Además —continúa, entre risas—, *illegitimi non carborundum*, ¿no?

Ellie se ríe y hunde la cabeza en la almohada.

—Oye, ¡esa es mi frase! —se queja con la voz ahogada por la tela.

Hafsah niega con la cabeza.

—No solo no es así la cita, sino que ni siquiera es latín real.

—A mi tía no le gusta la palabra «bastardo» —dice Rebecca.

Hafsah pone los ojos en blanco.

Mientras Rebecca y Hafsah se beben su chocolate caliente, ya que a Ellie, la filistea, no le gusta el chocolate en ninguna presentación, la plática cambia hacia las clases de geología y oceanografía de Hafsah. Su meta es entrar a la NASA y, de ser posible, llegar a Marte, si lo logran antes de que se le pase la edad aceptada. En el cumpleaños pasado de Hafsah, Rebecca le regaló un osito de peluche con traje de astronauta de la NASA y le pintó las botas, rociando pintura en aerosol a cierta distancia, de modo que parecía que estaban manchadas de polvo de Marte. El peluche está en la mesita de noche, junto con el Marte de tela que le dio Susanna.

De vez en vez, Rebecca se lleva la mano al cuello y la piel adolorida debajo de este. Bajo su blusa, las marcas rosadas han empezado a oscurecerse. Está segura de que va a despertar con moretones. Una parte de ella está furiosa, pero lo que más siente es gratitud de que no haya sido algo peor. Lo cual, extrañamente, solo le genera más furia. Es probable que Merolico el Imbécil la haya olvidado mañana. ¿Por qué ella tiene que recordarlo? ¿Por qué tiene que cargar el peso de las cosas peores que pudieron haber pasado?

Cuando Hafsah comienza a bostezar, Rebecca se levanta de la cama y lleva las tazas al baño para lavarlas. Tal vez debió hacerlo hace una hora, antes de que los restos se secaran, pero no quería irse a media conversación. Ya que está ahí, aprovecha para lavarse los dientes y considera cepillarse el cabello, pero sus rizos casi secos la hacen decidir que no lo hará. Hafsah ya está bajo las cobijas y casi dormida cuando vuelve a la habitación. Duerme con más profundidad que cualquier persona que Rebecca haya conocido, y le tiene un poco de envidia por eso.

Ellie, que sigue con la almohada abrazada a su pecho, está en la orilla de la cama de Rebecca y la mira, con el cabello alborotado alrededor de su cabeza.

—¿Me puedo quedar? —pregunta en voz baja. Es un eco de la Ellie que vivía con Kacey, la Ellie que convivía diario con alguien tan buena y llena de luz, que era casi imposible estar cerca de ella y no buscar algo de esa luz dentro de ti misma. Todas la echan de menos, pero Rebecca está segura de que Ellie es la que más la extraña, o al menos la que más la necesita.

—¿Quieres el lado de la pared o la orilla?

Ellie sonríe, mete las piernas bajo la sábana de la Capitana Marvel y se recorre hasta quedar contra la pared. Rebecca apaga la luz, conecta su teléfono a tientas y se mete a la cama. Ellie se le acerca, acalorando la espalda de Rebecca, pero no le pide que se mueva. La cama es apenas lo bastante ancha como para un tamaño individual; no está hecha para dos personas. Aceptar eso implica aceptar que va a despertar acalorada, sudorosa y tal vez de malas con el horrible aire acondicionado, porque pudo haberle dicho que no. No sabe bien cuál de las dos necesita la compañía, es probable que ambas, pero le trae recuerdos de su vida compartiendo camas, colchones inflables y bolsas de dormir con su horda de primos cercanos y lejanos, solo porque podían hacerlo. Porque hacía que se sintieran menos solos en el mundo.

Un poco menos asustados.

—Odio esto —susurra Ellie.

—Tú quisiste —le responde Rebecca, con la cara contra la almohada.

—No, no esto; *esto*.

—¿*Esto* qué, en específico?

El resoplido de frustración de Ellie retumba en el oído de Rebecca y la hace retorcerse.

—Me refiero a lo que pasó esta noche. Odio que no estemos seguras. Odio que aunque estemos bien, aun cuando no pasa nada, nunca nos sentimos seguras, porque no lo estamos. Odio que tengamos que fijarnos en todos los hombres a nuestro alrededor, que no podamos confiar en nuestras bebidas, que no podamos salir un par de minutos sin que nos ataquen. Odio que pasemos la mitad de la noche intentando proteger a otras chicas de la manera en que fuimos educadas todas.

—¿Cómo nos educaron?

—Para ser amables. —Suelta la palabra como si fuera una maldición—. Tú también lo haces; a todas nos enseñaron a ser así. Amables, aunque quieras correr con todas tus fuerzas. Intentamos distraerlos mientras balanceamos la necesidad de vernos halagadas sin parecer que nos interesa. Intentamos no lastimar sus egos para que no nos lastimen ellos a nosotras. Odio a los hombres. Odio lo que les enseñan y cómo los crían y las razones por las que siempre se salen con la suya.

—No siempre —protesta Rebecca, sintiéndose extrañamente a la defensiva. Quizá por su familia, o por su propio sueño tonto de un mundo más justo.

—Pero casi. No le va a pasar nada a Merolico el Imbécil, pero tú sí te quedaste con un vestido roto y otro mal recuerdo, y eso es… —Abraza a Rebecca por la cintura y sigue hablando con la boca muy cerca de la piel de su amiga—. Los odio a todos. Hay tantos que hacen cosas horribles y se salen con la suya, y todos se benefician de ese privilegio. Todos. ¿Cómo es que no nos hemos organizado para matarlos a todos?

A Rebecca se le pone la piel de gallina.

—¿Porque va contra la ley?

—La ley no siempre tiene la razón.

—No —reconoce—, pero hay una diferencia entre no respetar leyes injustas y organizar una matanza.

—A veces es difícil detenerse a pensar en eso.

A la larga, es más difícil no pensarlo. Pero Ellie nunca ha sido buena en pensar a la larga.

Se quedan en silencio. Rebecca escucha las respiraciones pausadas de Hafsah al otro lado de la habitación y se va perdiendo en sus pensamientos hasta llegar a un punto en el que no está exactamente dormida, pero tampoco despierta.

Y entonces Ellie vuelve a hablar, con una voz más suave pero no menos amarga.

—Estoy harta de que todos elogien al maldito Jordan Pierce. Era un violador. Le hizo daño a la gente una y otra y otra vez, y labró un camino para que sus amigos lastimaran a otras personas a cambio de puntos, pero nadie habla de eso.

—Sí se habla de eso —señala Rebecca. Se pregunta cuánto tiempo tendrá grabado en la mente el recuerdo de las risas y llantos de la chica de la sororidad. Ni siquiera sabe cómo se llama—. Puede que no lo escriban, pero sí hablan de eso.

—Y ¿qué dura más? Las historias que pasas entre susurros de boca en boca no sirven para nada si nadie las registra. Las cosas que ve la gente, las cosas que los desconocidos llegan a conocer sobre él, vienen de su familia y su fraternidad, y se están imprimiendo las palabras de esas personas sin revisar si son reales o no. Dentro de cinco años ¿qué se va a saber? Nadie ha hablado en público sobre las chicas a las que lastimó. Solo se menciona su gran potencial y la terrible tragedia que es haberlo perdido, como si fuera alguien que mereciera la pena. Como si el mundo sin él valiera menos, cuando la verdad es que estamos más a salvo desde que murió. Todas estamos más a salvo cuando se mueren los tipos como él.

Hay cosas que son más fáciles de decir en la oscuridad, pero otras simplemente no deben ser dichas. Rebecca pone una mano sobre el brazo de Ellie y siente la rabia que la tiene con los músculos tensos y convulsos.

—¿Qué te pasó? —susurra, rompiendo su propia regla—. Antes de la universidad. ¿Quién te hizo daño?

Ellie se queda callada por tanto tiempo que Rebecca cree que no le va a responder, así que la risa ahogada que sale de su amiga la toma por sorpresa.

—Somos chicas bonitas, Rebecca. ¿Qué es lo que nos pasa siempre? —Hunde la cara en el cabello de Rebecca y comienza a roncar, con esos ronquidos falsos y escandalosos que la dejan creer que ya no escuchará nada de lo que le digan.

Está bien. De cualquier modo, Rebecca no sabe qué más decir.

Quizá no hay nada más que decir.

8

Tiene toda la intención de estudiar.

Pero claro, Ellie tiene la increíble habilidad de alterar las cosas aunque no esté, así que quizá no debería ser sorpresa que Rebecca haya pasado las últimas horas observando la pila de libros y deseando poder estudiar como tenía planeado, pero se la ha pasado pensando en ese problema tan particular que es Ellie.

—Si no estás haciendo nada, ¿vamos a cenar? —pregunta Hafsah.

Rebecca hace un gesto sorprendido y quita la mirada de sus libros. Le toma un momento lograr enfocarse en su roomie.

—¿Qué?

—¿Cenar? ¿Y quizá platicar un poco?

Suspirando, señala hacia sus libros.

—Tengo que estudiar. —Y si pudiera poner sus ideas en palabras, tal vez ya no la tendrían tan distraída.

—No vas a poder estudiar hasta que hables de lo que traes en la cabeza.

—¿Tú no necesitas estudiar?

—He estado estudiando. —Hafsah se levanta y empieza a guardar sus cosas en la mochila con orden, como siempre—. Además, a diferencia de ti, yo no tengo exámenes la próxima semana. ¿Adónde vamos a ir a cenar?

Rebecca se rinde. Quizá su cruz en la vida sea estar siempre rodeada de personas mucho más obstinadas que ella. A veces es bueno; al estar lejos de su familia y su manada de primos, suele necesitar que le recuerden que debe relajarse un poco. La escuela es su obligación, pero ella se la toma muy en serio. Exageradamente en serio, de acuerdo con Ellie. Pero otras veces queda aplastada entre la pared imperturbable de Hafsah y la mole inamovible de Ellie y se pregunta qué va a ser de ella.

Guarda sus libros y cuadernos y se cuelga la mochila, dando dos saltitos para que se acomode bien. No trae el pequeño paraguas que suele llevar en un bolsillo de la mochila, sino uno de los grandes que la hacen sentir como si fuera cargando una porra. Sabe que lo de anoche aún la tiene un poco afectada, y si eso se manifiesta en estar más a la defensiva y más dispuesta a reaccionar con violencia, pues ¿qué se le va a hacer? Por más ligero que sea el paraguas, su peso la reconforta.

La biblioteca no está en silencio, sino llena de murmullos; las conversaciones mantienen un volumen tan bajo como el rumor del aire acondicionado. La diferencia entre la biblioteca principal y la entrada es obvia, como si la entrada fuera un filtro que mantiene afuera la humedad y el calor. Las chicas se detienen en un bebedero para llenar sus botellas de acero inoxidable. A veces parece imposible ganar en Florida. Adentro está frío y seco por el aire acondicionado; afuera está asquerosamente caluroso y húmedo, así que te la pasas en un estado constante de deshidratación por razones opuestas.

Hace no tanto, Rebecca pasaba los veranos corriendo por el rancho a todas horas con sus primos y amigos, y casi ni notaba el calor, aunque estaban a un par de horas al sur y a la misma distancia del mar. ¿Qué pasó en la última década que la volvió más intolerante?

Hafsah inhala profundo mientras salen del edificio.

—Extraño el invierno.

—¿Cuál invierno?

—Mi invierno. Cuando regreso con mi familia y hace frío y hay nieve y hielo y temperaturas soportables.

—O sea ¿cuando tienes que dejar encendido el auto para evitar que el motor se congele y se descomponga?

—También hay verano en Minnesota, ¿sabías? Igual de húmedo y caliente que aquí.

—Sí, pero los otros nueve meses son de nieve —se burla Rebecca.

—Cuando hace frío puedo ponerme más ropa. Si estás desnuda y te sigues muriendo de calor ya no queda salida. —Hafsah busca algo en su mochila y saca un abanico de plástico con rosas pintadas en colores brillantes. Lo abre de golpe, con una firme sacudida al nylon que sostiene las piezas. No crea gran brisa, pero hace tanto calor que cualquier movimiento en el aire es un alivio.

Rebecca sonríe al recordar las horas y horas que pasó una de sus primas intentando aprender el lenguaje antiguo de los abanicos con un artefacto muy parecido al de Hafsah. Su lucha terminó cuando el plástico barato se rompió sobre la cabeza de otra prima, y la primera prima decidió que los espadazos eran un lenguaje mucho más directo.

—¿Qué se te antoja de comer?

—El restaurante de Moe está bien y no queda lejos.

—Y está abierto.

—También.

Todo está muy tranquilo para ser sábado por la tarde, al menos en su sección del campus. Siempre hay algo, pero algunos eventos son mucho más discretos que otros. Pasan junto a un edificio de ladrillo con un cartel de doble vista al final de las escaleras. Las patas que sostienen el cartel están rodeadas de flores y velas, y hay un par de Sharpies colgados con cuerdas para que la gente escriba mensajes alrededor de la enorme fotografía de Harrison Mayne, el chico al que encontraron en el lago Alice. Se dio a conocer su nombre por la mañana, como dijo el Det Corby, y en menos de una hora se montó eso. Sobre su rostro, con enormes letras rojas, alguien escribió VIOLADOR Y PEDAZO DE MIERDA.

Al parecer su familia y amigos no fueron los únicos que se enteraron de sus problemitas legales durante las vacaciones. O si los chismes que corren por el campus son atinados, quizá es solo un resumen general de su vida. Tras pasar la mañana entre tareas, pendientes y recibiendo mensajes de apoyo de sus familiares, Rebecca se pasó el resto del día en la biblioteca, así que aún no le han llegado los detalles del asunto.

Se pregunta quién habrá escrito eso en la fotografía. ¿Alguien que fue su víctima? ¿Alguien que lo amó y a quien él le hizo daño? Aunque sea sábado, esa parte del campus es muy transitada, en especial durante las últimas semanas del semestre. Quien sea que haya rayoneado el homenaje, alguien debió haberla visto. Y la vieron pero no la detuvieron. No han reemplazado la imagen; no hay nadie haciendo guardia ni merodeando para vigilar el sitio.

En general, los estudiantes pueden ser groseros, irreverentes y hasta soeces, con un sentido del humor colectivo que suele encontrarse más entre niños de catorce años, pero suelen respetar los memoriales. O al menos los dejan en paz; claro que ha habido desacuerdos, en especial cuando se trata de figuras públicas controvertidas, pero Rebecca no recuerda otro memorial en el campus que haya terminado tan destruido como ese.

¿Sería raro si se detuviera a leer el resto de las notas en el póster? Tal vez. Pero le da mucha curiosidad. Cuando alguien tiene el valor, o la furia, o el dolor, suficiente para decir algo sin tapujos, siempre le siguen comentarios más discretos.

Ella y Hafsah avanzan en un cómodo silencio. No es hasta que se acercan al restaurante de Moe que empiezan a ver a más de una persona perdida por ahí. Casi todos los lugares de comida en el campus cierran temprano, en particular durante los fines de semana, lo cual significa que los que permanecen abiertos tienden a abarrotarse. Hafsah retoma la conversación hasta que les entregan su comida y se acomodan en una esquina razonablemente tranquila del lugar.

—¿Por qué has estado tan distraída?

Rebecca le da una mordida enorme a su quesadilla para darse tiempo de pensar en su respuesta. Tal vez debió hacerlo durante el camino, pero, claro, la mitad de su distracción era intentar convencerse de no pensar en eso.

—¿No te preocupa Ellie a veces? —pregunta cuando ya no puede seguir masticando más.

—Todo el tiempo —responde de inmediato Hafsah—. ¿O te refieres a algo en específico?

Rebecca hunde un totopo en el queso, toma aire y lo suelta con lentitud.

—¿No te preocupa que un día se le bote la canica y nos mate a todas?

—No.

El queso gotea desde el totopo cuando su mano se queda inmóvil sobre el plato.

—¿En serio? —Hubiera querido que la respuesta de Hafsah solo le trajera alivio, pero también despertó una buena dosis de incredulidad.

—Claro. Cuando se le bote, solo va a matar a los hombres. Casi solo va a matar a los hombres —aclara Hafsah—. Puede que se cuelen algunas mujeres por apoyar de manera voluntaria al patriarcado. Pero las demás vamos a estar bien. Cómete tu totopo.

Rebecca obedece, pero sigue sobresaltada, viendo cómo Hafsah muerde con tranquilidad su burrito.

—Ellie es así —continúa Hafsah cuando se pasa el bocado—. Su ira tiene un blanco.

—Odia a todos los hombres.

—Exacto. A todos los hombres. No es ambiguo ni arbitrario. Odia a todos los hombres y, por tanto, cuando se le bote…

—Noto que dices «cuando» y no «si se le bota».

—… se va a dejar ir sobre ellos. Mientras las mujeres se mantengan fuera de su camino, estarán bien.

—Por lo menos hasta que todos los hombres estén muertos y las mujeres que apoyan el patriarcado ocupen el mismo espacio tóxico en las nuevas jerarquías —señala.

—Bueno, sí. Pero ese es un problema para el futuro. Primero tendrá que matar a todos los hombres, y como hay más de quinientos millones de ellos en el mundo en la actualidad, le va a tomar un buen tiempo.

Rebecca apoya la barbilla sobre su mano grasienta, hace un gesto de asco y toma una servilleta.

—Estás preocupantemente tranquila con esto.

—He tenido casi todo un año escolar para pensarlo —reconoce. Toma un poco de queso y lo pone sobre una orilla de su burrito—. Sé que siempre hemos bromeado con que Ellie va a estallar, pero apenas este año lo sentí inevitable.

¿Desde lo de Kacey? Rebecca observa el rostro de su amiga buscando alguna señal de que esté bromeando, algo que indique que es un chiste, pero Hafsah tiene la misma expresión de serenidad atenta que usa en cualquier conversación con sus amigas.

—¿Y eso no te molesta?

Hafsah no responde de inmediato, y Rebecca no insiste. Las conversaciones serias con su amiga tienen cierto ritmo: una oleada de palabras seguidas de un silencio tan inexorable como la marea. Cuando lo que está diciendo es importante, Hafsah no acepta que la apresuren. Siguen comiendo en silencio, compartiendo los totopos y el queso. Hay una larga fila en el mostrador y cada vez hay más mesas llenas con estudiantes que se preparan para beber y bailar. La mayoría de los que planean estudiar saben que deben tomar su comida e irse como a esta hora; es súper ruidoso y está súper lleno para que tenga sentido quedarse ahí.

—Creo que casi todos son capaces de matar a alguien en las circunstancias correctas —dice Hafsah al fin, y se limpia los dedos con una servilleta—. La persona correcta, la razón correcta, el detonante correcto… todos somos capaces de hacerlo. Y no hablo solo de matar a alguien, me refiero a un asesinato hecho y derecho.

Rebecca piensa en la diferencia entre una cosa y otra, la intención, y asiente.

—Pero hay una línea entre ser capaz de cometer un acto y que sea probable que lo cometas. La mayoría estamos lejos de esa línea, me parece. Por ejemplo, se necesitarían muchos factores para que tú o yo la cruzáramos.

Rebecca sonríe y levanta su vaso para brindar con Hafsah, quien le responde con el mismo gesto.

—Pero eso no nos hace menos capaces —continúa Hafsah—, solo es menos probable. La furia constante y explosiva de Ellie la mantiene mucho más cerca de esa línea que la mayoría. Ya es violenta, y está dispuesta a moler a golpes a cualquiera que la haga enojar, lo cual, francamente, no es muy difícil. Y es todavía más violenta cuando siente que está protegiendo a alguien que no es ella misma.

—¿En serio?

—¿Te acuerdas del tipo que manoseó a Keiko el año pasado?

Rebecca apenas se acuerda de lo que pasó la noche anterior. Los manolarga en un bar son un elemento inevitable, la transacción social de salir. Si intentara recordar cada vez que un pendejo la nalgueó, no tendría espacio en su cerebro para las cosas de la escuela. Pero, por como lo dice Hafsah, por el peso que llevan sus palabras, supone que ese momento debió ser memorable.

—¿Cuando salimos después del partido de Georgia? —pregunta, dudosa—. El que terminó en el hospital con la mano rota. Kacey llamó a la mamá del chico y lo acusó cuando intentó levantarle cargos a Ellie.

Hafsah asiente.

—A Ellie también la jalonearon un poco antes, con tanta fuerza que le quedó una marca en la cadera, pero a ese solo le dio una patada.

Teniendo en cuenta la fuerza de las patadas de Ellie y adónde las apunta, Rebecca no sabe si un hombre clasificaría esa experiencia como «solo», pero supone que ese no es el punto. Fuera de que terminan en posición fetal, está a kilómetros de aplastarle la mano a alguien con una puerta, vitorear, y enseguida hacerlo dos veces más.

—Es fácil ver como si fuera cualquier cosa la violencia diaria de Ellie, combinada con su enojo generalizado y su mala actitud. Como es algo tan obvio y tan lejano a la consecuencia real, es fácil pensar que eso es todo lo que hay. Es cuando Ellie tiene su rabia en calma que da miedo.

—¿Cómo?

—Porque ahí es cuando empieza a pensar. Cuando solo está reaccionando a algo, queda satisfecha con facilidad. Un tipo manosea a una chica, Ellie patea al chico, el chico ya no puede manosear a nadie más, Ellie vuelve a beber y bailar y divertirse. Y se acabó. Claro que lo recordará, pero será parte de una increíblemente larga lista de eventos similares y no tendrá ningún significado especial. Es como una multa de tránsito. Cometes una infracción menor, pagas la tarifa y casi te olvidas del asunto, salvo por las personas que bromean con eso para molestarte. Nada de vida o muerte.

Rebecca hace un gesto de dolor, pero no se opone a la metáfora.

—Pero anoche fue distinto, ¿verdad?

—Anoche no tocó al tipo, ni siquiera habló con él —aclara Rebecca—. Estaba enfocada en mí.

—Te llevó a casa.

—Sí.

—Te ayudó a calmarte.

—¿Sí?

—Y ¿cuánto tiempo le tomó susurrarte que quería matar a todos los hombres?

—Mierda. —Rebecca gime y dobla los brazos sobre la mesa, golpeándose la frente contra la muñeca un par de veces. Suspira y levanta la cabeza para ver a su amiga—. Esperaba que esa aparente sinceridad hubiera sido un decir.

—No lo creo. —Hafsah le da un trago a su bebida y vuelve a ponerla sobre la pila de servilletas dobladas con una precisión casi obsesiva—. Pasaste mucho tiempo con la familia de Kacey después de que la… luego de su… —Vacila, luego toma aire y exhala lentamente por la nariz—. Después de que la atacaron —continúa con firmeza—. Entre tus clases y el hospital y luego la institución de cuidados médicos, casi no te vimos el semestre pasado. A nadie, ni siquiera a Ellie, le molestó eso… Los Montrose te echaron encima demasiado trabajo emocional.

Rebecca pasó casi todas las vacaciones de invierno en una profunda crisis emocional. Su mamá, su papá y Gemma tomaban turnos en una orilla del sillón para que ella pudiera hundirse en las cobijas tejidas a mano y llorar sobre sus regazos, y cuando Daphne volvió a casa de Pensilvania, se la pasaron juntas para darse apoyo, ambas reviviendo los recuerdos del ataque a Daphne. Pero antes de eso Rebecca se había hecho responsable de los padres de Kacey, encargándose de que comieran, durmieran, se bañaran y en general que se cuidaran. Fue hasta que empezaron a sentirse mejor, o al menos un poco más adaptados a su nueva y terrible realidad, que ella pudo darse permiso para desmoronarse.

Si lo piensa, fue entonces cuando Ellie se obsesionó más con arrastrar a Rebecca en sus salidas. Quizá Rebecca aún lo necesita, aunque no siempre le guste.

—La familia de Kacey te necesitaba —señala Hafsah—, así que ninguna nos íbamos a enojar por tu ausencia, pero fue difícil sentir que las habíamos perdido a las dos. Y por todo eso no estuviste ahí para la gran debacle.

—Por contexto, deduzco que no hablas de uno de los tejidos de Luz —dice, con la esperanza de sacarle una sonrisa a Hafsah, pero su amiga solo la mira hasta que Rebecca siente el impulso de disculparse.

—Fue aterrador, en serio —le cuenta Hafsah en voz baja—. Ellie estaba por completo fuera de control. Y sí, lo digo en comparación a como está ahora. Sea lo que sea que hicieras, eras una buena influencia para ella, pero no estabas ahí para controlarla, y Kacey no estaba ahí para hacerla querer ser mejor persona, y ella... —Mueve nerviosa la canasta de comida, las servilletas y los tickets, sin dejar de fruncir el ceño ni un segundo—. Si hubiera dado señas de que estaba conteniendo toda esa rabia, la hubiéramos internado para que vigilaran que no se quitara la vida. Pero, como siempre la sacaba, solo hicimos nuestro mejor esfuerzo por mantenerla en el dormitorio y evitar que matara a alguien, y creo que todas nos sentimos aliviadas al irnos a casa durante las vacaciones de invierno. Te puedo decir que yo sentí que podía respirar por primera vez desde que atacaron a Kacey. Y luego regresamos y Ellie era... pues, como es ahora. Más enojada y más temeraria, más lista para pelearse que antes, pero mejor. Más estable. Eso es bueno, ¿no?

Rebecca frunce el ceño, sopesando el tono de Hafsah.

—No suena a que lo creas realmente.

—Quería creerlo. Y quizá sí lo creí, al principio.

—¿Qué te hizo cambiar de parecer?

—La semana previa a los finales pasaste más tiempo en el dormitorio para estudiar y hacer tus tareas. ¿Te acuerdas del día en que llegó sin blusa? ¿En bra y shorts?

—Claro. Dijo que había perdido una apuesta.

—Me atacó el predicador del odio de Turlington Plaza. No el que está ahora, que se la pasa queriendo tirar a la Papa porque la considera obscena, sino el viejo que estuvo ahí hasta el año pasado. Me arrancó el hiyab y le prendió fuego. Ellie se quitó la blusa y me la dio para que pudiera cubrirme el cabello de nuevo. En vez de irse contra él, se aseguró de que volviera sin contratiempos al dormitorio. Se quedó conmigo y me revisó para asegurarse de que no me hubieran lastimado los seguritos cuando me arrancó la tela. Yo estaba llorando y temblando por el bajón de la adrenalina, pero ella estaba tranquila, confiada y haciéndome sentir segura. —Rebecca empieza a sonreír, pero Hafsah niega con la cabeza—. O eso creí hasta que escuché lo que estaba diciendo y no solo el sonido de su voz.

Rebecca siente cómo su cena se convierte en un peso incómodo dentro de su estómago. Espera. Sea lo que sea que esté sintiendo, es algo que Hafsah ha cargado durante mucho más tiempo que ella.

—Estaba diciendo que ese tipo no me iba a volver a hacer daño, que no iba a tener la oportunidad de volver a lastimar a nadie. Que ella se encargaría de eso. Que yo estaría segura, y que nadie se iba acordar de él.

Eso suena por completo a algo que diría Ellie, y quizá sería fácil pasarlo por alto como palabras huecas de consuelo, salvo por… Mira la expresión solemne en el rostro de Hafsah, sus ojos café oscuro fijos en los de ella, y piensa que quizá no quiere hacer la pregunta. También sabe que va a hacerlo, porque Hafsah es su amiga, y Ellie también, y parece que es algo importante.

—Después de las vacaciones de invierno apareció un nuevo predicador del odio —dice despacio.

—Sí.

—¿Qué le pasó al otro?

Hafsah se encoge de hombros, pero no es un gesto casual, y Rebecca no sabe si es por el tema o porque su amiga puede haber tenido algo que ver.

—Desapareció. Nadie que yo conozca sabía cómo se llamaba o dónde vivía. Solo era una parte más del paisaje, moviéndose de aquí para allá por todo Turlington con sus pósteres y su micrófono y su veneno. Estaba ahí y luego ya no, y nunca volvió. Tras unos días de paz y quietud, apareció el que está ahora y se puso a lo suyo.

—¿Y Ellie?

—La primera vez que pasamos juntas por donde estaba el nuevo predicador, sonrió.

—Mucha gente sonrió. Todos odiaban al viejo. Decía que las mujeres están condenadas porque sangramos y cargamos con el pecado original. Una vez correteó a Luz y Keiko, amenazándolas con su cartel, hasta que se fueron de la plaza, porque se atrevieron a tomarse de la mano en público.

—Cierto.

Pero eso es diferente porque el contexto es algo que existe e importa, y ambas lo saben.

—¿Estás diciendo que Ellie…? —No termina la idea. Una cosa es tocar el tema por las orillas, y otra es decirlo de manera directa y en voz alta. Hay muchas cosas que es mejor dar por entendidas sin nombrarlas.

Hafsah se vuelve a encoger de hombros.

—La verdad, intento no pensar mucho en eso. Sé que es capaz. Yo… Es mi amiga. No quiero saber si es algo más que eso. No quiero tener esa seguridad.

Rebecca se muerde un labio y observa a la chica al otro lado de la mesa.

—¿Crees que yo soy capaz?

—Como dije, creo que todos somos capaces.

—Y no se lo habías dicho a nadie. —Se acerca a su amiga, cargando casi todo su peso en la mesa más que en la silla—. ¿Por qué no?

—Hasta donde sé, Ellie no ha hecho nada. Hasta que sí lo haga… Tener la capacidad de hacer algo no significa que lo hayas hecho. Con seguridad te han hablado al respecto en tu carrera de criminología.

Sí, pero le cuesta trabajo superar una de las capas de lo que está diciendo Hafsah. «Hasta que» estalle, «cuando» lo haga… no «si». Como si fuera la conclusión esperada que un día su amiga y roomie sin duda se convertirá en asesina, si no lo es ya. Piensa en todas las entrevistas que ha leído, los documentales que ha visto para sus clases, donde alguien hace una matanza o se descubre que es un asesino serial desde hace décadas, y todos sus amigos y familia, todos sus vecinos y compañeros del trabajo, aparecen con gesto triste, negando con la cabeza, confundidos y sorprendidos. Siempre dicen «no lo sabíamos». «Ni siquiera lo sospechábamos». Rebecca tiene que admitir que desde antes de tener esa conversación con Hafsah no se habría atrevido a decir eso sobre Ellie sin reírse.

—Pero sigues siendo su amiga —dice al fin, intentando acomodar todas esas piezas afiladas en su cabeza.

—No hay pruebas.

—No, esto no se trata de pruebas, se trata de amistad. —Levanta un dedo para callar las protestas de Hafsah—. Estás al menos un cincuenta por ciento segura de que mató al predicador, de otro modo no lo habrías usado como ejemplo. —Mira a su alrededor, observando las mesas más cercanas. Nadie parece estarles poniendo atención, pero de todos modos baja la voz—. Llevas tres meses casi segura de que mató a un tipo, pero sigues siendo su amiga. No solo la toleras. No te mantienes lejos de ella, no le tienes miedo, no se lo has dicho a nadie. La estás protegiendo. ¿Por qué?

—Es posible que solo lo haya amenazado, ¿sabes? Lo asustó tanto que se fue.

Rebecca se incorpora y se acomoda las manos sobre el regazo, moviendo sus pulgares con gesto preocupado—. Puede ser —reconoce—, pero no lo crees.

Hafsah recoge despacio toda la basura para ponerla en una canasta y acomoda las demás perfectamente debajo de esa. En vez de discutir contra esa señal tan clara, Rebecca va a rellenar las bebidas. Cuando se van, con sus botellas metálicas meciéndose sobre sus muslos y los vasos de papel sudando entre sus manos hasta que las gotas les caen sobre la ropa, ya es de noche. Salen a la humedad nocturna y se alejan de las luces y el ruido del restaurante.

Cuando al fin están las dos solas en un punto entre dos faroles, Hafsah se detiene y se vuelve hacia Rebecca, con casi todo su rostro escondido por las sombras.

—Porque me sentí más segura cuando el hombre desapareció. Así fue. El nuevo también está loco, pero está tan enfocado en el sexo y la masturbación que no parece importarle si una mujer usa hiyab o no. Es una molestia, pero no una amenaza.

—Hafsah…

—¿Cómo puedo condenar a Ellie por hacer algo terrible, por quizá haber hecho algo terrible, si estoy tan agradecida por los resultados?

9

Rebecca piensa que hay ciertas cosas que invariablemente llevan a una conversación a su fin con un profundo silencio. El recuerdo de una persona fallecida, por ejemplo, o la confesión de un evento traumático. Preguntarle al resto de los miembros de un equipo si ya tienen su parte del trabajo terminada.

Descubrir que una de tus amigas podría ser una asesina.

O, más precisamente, descubrir que tu roomie piensa que una de tus amigas podría ser una asesina.

Ninguna de las dos intenta hablar mientras caminan de vuelta al dormitorio, apresurando el paso de modo automático en las partes oscuras donde los faroles no alcanzan a iluminar. Frente a ellas, una lucecita que le llega como a la cintura a Rebecca se aproxima con un movimiento tan firme que no puede ser una linterna manual, y que está demasiado baja como para ser la luz de un casco.

—¿Una bicicleta? —murmura.

Hafsah baja la velocidad para detenerse en un espacio bien iluminado.

—Tal vez. No suena como algo motorizado.

Rebecca se lleva una mano a la espalda y toma el mango de su paraguas con la mano libre. Unos segundos después, las tiras reflejantes de la bicicleta, el casco y la ropa de la persona en la bicicleta sueltan flashazos hacia ellas. Pasa casi un minuto antes de que el ciclista entre en la zona iluminada por el farol de la calle y se vuelva reconocible.

—Oficial Kevin —exclama Rebecca. Le alegra que no se las haya encontrado un rato antes, cuando la conversación estaba en el área de las Cosas que No Hay que Decir Cerca de la Policía.

El oficial no frena, solo deja de pedalear, esperando a que la velocidad baje lo suficiente para poder plantar los pies en el piso.

—Te llamas Becky, ¿verdad?

—Rebecca.

—¿Cómo estás? ¿Todo bien después de lo de anoche?

—Estoy bien —dice ella—. Un poco nerviosa, pero no fue la primera vez… y es probable que no sea la última.

—Qué lamentable.

Asiente junto con Hafsah, que está mucho más cerca de ella que antes de que se apareciera el ciclista. Al darse cuenta de eso, Rebecca nota también que no hay nadie más a la redonda, y un escalofrío le recorre la espalda. Tal vez están condicionadas por la sociedad y sus propias experiencias; hay un miedo inherente a estar solas con cualquier hombre al que no conocen bien.

El oficial Kevin es un tipo alto y flacucho que va vestido con el uniforme de camisa azul oscuro de manga corta y shorts de la policía del campus. Unas tiras reflejantes corren por los costados de sus shorts y de su camisa, más sobre su pecho que sobre las costuras. Un par de centímetros de sus shorts de ciclista negros se asoman bajo los del uniforme, dando paso a unas piernas largas y bronceadas que desembocan en sus tenis negros industriales. Rebecca observa por un momento los tenis, y concluye que debe ser difícil andar en bicicleta con botas. Ella lo ha hecho más de una vez con tacones enormes, pero de las mujeres suele esperarse que hagan más cosas ridículas en nombre de la moda que los hombres. La placa e identificación del oficial brillan sobre el bolsillo de su pecho y, sobre ellas, la luz roja de su cámara está parpadeando.

—¿Te ha molestado hoy? —le pregunta a Rebecca.

—No. Anoche fue la primera vez en mi vida que lo vi, y dudo que vuelva a verlo.

—Y ¿adónde van, señoritas?

Rebecca y Hafsah se miran.

—Creo que nos vamos a descansar —dice Rebecca tras pensarlo un poco más de lo debido, haciéndolo evidente. Espera que

95

parezca un gesto elegante en vez de evasivo. Hasta este otoño, ni siquiera le había dicho al Det Corby dónde vivía, y no lo hizo hasta que tuvo que aceptarle un aventón durante una tormenta al salir de su visita a Kacey en el centro de cuidados. Llevaban más de un año conociéndose antes de que ella le permitiera saber en qué edificio estaba su dormitorio.

—¿Alguna de las dos trae linterna?

—Tenemos linterna en nuestros celulares.

—No iluminan mucho —comenta él, con el ceño fruncido—. Si viven en el campus, puedo acompañarlas hasta su edificio.

—Nos sentimos bastante seguras en el campus —responde Hafsah con naturalidad—. Solo en los bares hemos tenido problemas.

—De todos modos. No es muy seguro que dos chicas bonitas anden solas a estas horas de la noche. Si no son los chicos, los caimanes también podrían pensar que se ven buenas para la comida.

Rebecca aprieta su puño alrededor del paraguas y el mango de plástico rechina, un sonido escandaloso para una sección tan callada del campus. Mientras suelta cada dedo, se ordena dejar ir el coraje. Algunos hombres no pueden evitar ser paternalistas.

—Gracias por la oferta, pero estamos bien. Estamos juntas.

—¿Saben dónde están las casetas para hacer llamadas de emergencia? ¿Por si necesitan ayuda?

—Sí, señor.

—¿Y si ven un caimán?

—Nos echamos a correr —responden a coro.

—En zigzag —agrega él, y si se siente ridículo al decirlo, no se nota—. Los caimanes son rápidos, más de lo que creen, y treparse a algo no las va a ayudar. No van a ser más rápidas que ellos, así que sean más listas.

—Sí, señor —dice Rebecca—. La escuela ha estado enviando correos.

—De acuerdo. —El policía se cruza de brazos, con una mano dando golpecitos sobre sus costillas y la otra sosteniéndose el codo. Rebecca no puede evitar notar que ese gesto bloquea la cámara que trae en su uniforme—. Cuídense, señoritas.

—Sí, señor. Que pase buena noche. —Las dos se quedan quietas, mirándolo, y pueden ver con claridad el momento en que él se da cuenta de que están esperando que se vaya primero. Con una sonrisa, se lleva dos dedos al casco en una especie de saludo militar, patea el suelo y se va pedaleando.

—¿Siempre es así de insistente? —susurra Rebecca.

—Es el oficial Kevin.

—¿… esa es una respuesta?

—No todos en la policía son como el Det Corby, Rebecca.

Rebecca creció rodeada de policías; varios tíos y primos por el lado de su madre son parte de la oficina del *sheriff* y otros tíos, un par de tías y aún más primos están en la policía de su ciudad, y todas las reuniones familiares están llenas de amigos y colegas que discuten, casi todos de buena gana, cuál policía es la mejor hasta que terminan echando montón a los pocos parientes que se fueron con los federales. Su tío Mattes siempre le ha dicho que nunca confíe a ojos cerrados en un uniforme y una placa, que las chicas bonitas siempre tendrán que ser un poco más cuidadosas, aun con quienes se supone que deberían protegerlas.

Pero hasta ahora se da cuenta de que esa recomendación nunca se le transformó en miedo. No como de manera clara y comprensible le ocurre a Hafsah.

—Vámonos a casa —dice, sin soltar su paraguas.

No sabe bien en qué momento comienza la sensación, ese cosquilleo por su columna que podría ser el inicio de una erupción por el calor, pero se siente más pesado. Quizá fue un par de minutos antes. Se acomoda detrás de Rebecca mientras se apresuran para llegar al siguiente farol y nota una lucecita que se refleja en el letrero de alto en la esquina. Al voltear, ve la bicicleta y su conductor acercándose a la misma velocidad de sus pasos un poco más atrás.

—¿Oficial Kevin? —pregunta Hafsah en voz baja.

—Sí.

Las chicas están tan cerca una de la otra que Rebecca alcanza a sentir cómo Hafsah toma aire y luego lo suelta lentamente. Se detienen bajo un farol. La bicicleta se detiene y un poco después escuchan un jadeo y ven al oficial Kevin caminando junto a su bicicleta hacia la luz. Su expresión es algo entre tímida y desafiante.

—Es que no es seguro —dice sin más, con una sonrisa amigable que les suplica que lo entiendan.

Hafsah mira primero a Rebecca y luego al oficial con una sonrisa tensa pero agradable.

—Vivimos en Thomas —comenta—. No está nada lejos.

Rebecca pone un gesto confundido.

—Entonces no será problema para mí acompañarlas hasta allá.

Como no tienen más opción, las chicas le agradecen entre dientes. Rebecca se asegura de ir entre Hafsah y el oficial Kevin.

—Y ¿qué están estudiando, señoritas? ¿Becky?

—Rebecca —lo corrige ella en automático.

—Pareces que vas para… déjame adivinar. ¿Maestra?

Rebecca apenas puede controlar el impulso de hacer un gesto de fastidio. Si no estuviera consciente de la tensión que emana su roomie, lo hubiera hecho.

—Estudio criminología y periodismo. —Y él ya debe saber algo de eso, si es que sabe que fue alumna del Det Corby.

—Oh. O sea que vas a ser una de esas personas que escriben artículos contra la policía.

Como no le gusta su tono, Rebecca repasa las respuestas posibles.

—Ya soy una de esas personas que felicitan a la policía por hacer lo que hacen bien y que la señalan cuando hace las cosas equivocadamente o con malicia. Tengo mucha familia en la policía, y los respeto como no tiene una idea, pero eso no significa que no haya espacio para mejorar en el sistema.

Él no parece convencido, y a Rebecca en realidad no le importa. Pasó dos veranos como voluntaria en la recepción y los archivos tanto de la policía de Gainesville como en la oficina del sheriff del condado de Alachua, y recibió felicitaciones del jefe de la policía y del mismo *sheriff*. Está segura de lo que hace y de lo que quiere hacer.

—¿Y tú? —pregunta, estirando el cuello para ver a Hafsah—. Creo que no me dijiste tu nombre.

—Ah, yo estoy en ciencias de la tierra —responde Hafsah con alegría.

Rebecca hace un gesto de pesar. Su tono alegre se escucha exagerado y sin duda lo hace para distraer al oficial.

—Es increíble, ¿sabe? —continúa con tono cantarín—. ¿Sabía que el monte Etna hizo erupción el año pasado y no se ha detenido hasta hoy? No ha sido terrible ni destruyó nada, solo una especie de… ay, ¿cómo se dice?… ¡Cuando hay un chorrito constante de lava y un año después sigue corriendo! Es increíble pensar en cuántas culturas y civilizaciones han cambiado o incluso han sido borradas por completo por los volcanes. Sabemos de Pompeya, claro, y luego está la erupción en Santorini que provocó el colapso de la civilización minoica en Creta, y algunas personas creen que el tsunami que presuntamente destruyó la Atlántida fue causado por el terremoto que se generó tras una erupción. ¡Piense en todas las culturas de las que encontraríamos rastros si pudiéramos excavar entre las piedras de lava!

Rebecca tiene que morderse el labio para no reír al escuchar a su amiga parloteando su monólogo. Mira de reojo al oficial Kevin, que parece tan confundido como sorprendido. Todas las que viven en la suite tienen la capacidad de hablar largo y tendido sobre sus áreas de interés, pero nadie puede convertirlo en un arma como lo hace Hafsah.

Las luces cada vez son más y se ponen más intensas conforme se acercan a los dormitorios, y el ruido de los carros que pasan por la avenida de la universidad también aumenta. Hafsah se detiene en una de las puertas de Thomas Hall, suelta una risa y estira una mano hacia Rebecca.

—Te detengo tu bebida en lo que sacas mi cartera.

Rebecca le entrega el vaso sudado y abre con obediencia el bolsillo frontal de la mochila de su amiga, donde se encuentra con dos carteras. Qué raro.

—¿Echaste tus dos carteras por error? —pregunta tras un momento.

—Ups —dice Hafsah como si nada—. Es la rosa.

Rebecca saca la cartera rosa claro con un logo de caimán cosido a la tela y se acerca a la puerta antes de sacar la credencial de estudiante. Pasa la tarjeta, escucha cómo la puerta se abre y empuja la puerta para que Hafsah entre.

—Gracias, oficial Kevin. Llegamos sanas y salvas. —Rebecca sostiene la puerta hasta que Hafsah está adentro y luego la sigue, soltándola hasta que el oficial les desea buenas noches.

Luego mira la identificación en su mano.

—¿Quién diablos es Yasmin al-Nasir y por qué tienes su cartera?

Hafsah le intercambia la cartera por la bebida y guarda la tarjeta en su lugar.

—Yasmin está en algunas de mis clases, y ayer la dejó en una mesa de la biblioteca cuando terminamos de estudiar. Como salió el fin de semana, le dije que se la guardaría.

—¿Y por qué estamos en Thomas? —pregunta, enarcando una ceja—. ¿O nos cambiamos de Sledd mientras estaba en la biblioteca?

—Rebecca, soy joven, mujer, negra y musulmana, ¿en qué mundo podría sentirme cómoda al estar casi sola con un policía en la noche? —Niega con la cabeza y se guarda la cartera rosa en la mochila—. Thomas era lo más cercano.

—¿Y el oficial Kevin es insoportable?

—También eso.

Saludan al hombre en la recepción, que está tras el escritorio bebiendo un refresco; no parece importarle que haya unas desconocidas en su edificio. Las chicas se van hacia la puerta al final del lobby y cruzan la breve distancia que las separa de la puerta lateral que lleva a Sledd. Rebecca está segura de que podría escupir semillas de sandía más lejos que eso. Y si ella no puede, Gemma definitivamente sí.

Cuando llegan a su piso, Susanna y Delia están en su habitación, jugando algo de carros en la consola de Delia, lo que las tiene en medio de un ataque de risa. Rebecca va al baño y moja un trapo, con el cual se limpia la piel hirviendo para quitarse la capa pegajosa que ocasiona el vivir en Florida. Luz está en el estudio al otro lado, con una sola luz encendida mientras lee algo de las clases, la mejilla recargada en un puño y un marcatextos dando vueltas despacio en la otra mano. Le sonríe a Rebecca y se lleva un dedo a los labios.

—Keiko está dormida —susurra.

—Apenas son las nueve de la noche.

—Fue una semana larga.

Rebecca asiente y mira hacia la otra puerta.

—¿Y Ellie?

Luz se encoge de hombros.

—No la he visto desde el almuerzo. Pero no está ahí. Revisé porque se me hizo raro que no empezara a quejarse cuando Keiko se puso a llorar.

—Eso también fue porque se acabó el estrés, ¿verdad?

—Sí. Te prometo que no hubo ninguna tragedia. No sé dónde está Ellie. No nos ha mandado mensaje.

—Con que no me vuelvan a llamar de la estación de policía.

Luz se ríe con discreción y se quedan platicando un rato más antes de que Rebecca la deje para que siga con su lectura.

Al volver a su habitación, Rebecca se sienta en la orilla de su cama. Hafsah está en la suya, con el hiyab sobre el regazo, frotando suavemente un trapo sobre su cabeza. Rebecca piensa un poco en lo que va a decir y luego se muerde el labio.

—Ellie no está.

—No sabemos nada, Rebecca.

—¿Y eso basta?

Hafsah lanza el trapo hacia donde está su bolsa de ropa sucia, y cae haciendo un sonido casi audible, quedando con una esquina fuera de la bolsa de malla.

—Debe bastar. Por ahora. Es nuestra amiga.

—¿Y Merolico?

Hafsah se queda inmóvil por un momento, y es evidente que le cuesta trabajo volver a relajarse. Aun cuando lo logra, Rebecca sigue notando su tensión.

—No sabemos nada —repite al fin.

Eso no basta.

Rebecca sabe qué tanto puede soportar. Le tomó mucho tiempo, una terapeuta muy paciente y una Gemma no tan paciente para superar las capas de culpa por el ataque a Daphne y entender qué cosas era razonable achacarse y cuáles necesitaba dejarlas ir. Repitió muchos de esos aprendizajes cuando Kerry, la supervisora del tercer piso, las despertó en septiembre para decirles que Kacey estaba en el hospital.

Si algo le pasa a Merolico y ellas pudieron haberlo evitado, ¿Hafsah podrá vivir con eso? ¿Y Rebecca?

Se toca los moretones con forma de dedos en su pecho y siente cómo sus músculos siguen tensos por la fuerza con la que él la agarró. Veinticuatro horas atrás, la respuesta hubiera estado mucho más clara.

10

Es difícil reírse cuando el auto va coleteando por el estacionamiento, a punto de salirse de control. Forrest está totalmente
borracho para manejar, pero cuando su primo Nathan lo retó
a una carrera insistió en que él debía manejar, y lo dejé. Nathan
está igual de borracho y viene a varios metros detrás de nosotros.
Su pequeño Pontiac no funciona tan bien en el estacionamiento
maltrecho como el fuerte Corolla de Forrest.

Pero me obligo a reír porque Forrest estalla en carcajadas
cuando un giro final hace que nos detengamos cerca de un muro,
con el auto de frente al resto del estacionamiento. Es increíble lo
poco que se necesita, tan solo una sonrisa y un comentario píca-
ro, para que los chicos estén dispuestos a ir a la mitad de la nada
con una desconocida. Me acerco a él, con una mano en lo alto
de su muslo, pero está muy ocupado asomándose por la ventana
como para notarlo.

—¡Manejas como abuelita! —grita Forrest.

Tras estacionarse en perpendicular al cofre del Corolla, Nathan hace un gesto de enojo y apaga el motor.

—¡Eres un bastardo tramposo!

—¡Mis papás se casaron antes que los tuyos!

Nathan se pone colorado.

Drama familiar.

Los chicos se bajan del carro y se van uno contra el otro. Yo
me tomo mi tiempo, asegurándome de que no queden cabellos

en el asiento ni en el cinturón de seguridad, que mis zapatos no hayan dejado marcas en el tapete. Forrest no tiene su carro lo bastante limpio como para que pueda sacudir el asiento, pero no veo nada. Me reviso las suelas para ver si no llevo nada pegado: polvo de Cheetos o mariguana, a juzgar por el resto del carro, pero las bolsas de plástico que cubren el suelo fueron una buena barrera. Me acomodo los guantes y contengo las ganas de tocarme el cabello, que llevo guardado en uno de esos gorros de fieltro que intentan ser algo entre vintage e irónico, pero terminan siendo feos esquina con horribles. Un montón de clips y pasadores hacen el resto del trabajo, sosteniendo los mechones rebeldes dentro del gorro y evitando que se atoren en los respaldos, cinturones y ventilas del aire acondicionado.

Lo de los guantes es más fácil. Habla del miedo a quemaduras por el metal y el vinil que han pasado todo el día cocinándose bajo el sol de Florida, y nadie juzga que traigas guantes de ciclista para proteger tus dedos y palmas. Es práctico, aunque casi nadie lo haga. Y si evita que dejes huellas, pues qué mejor, ¿no?

Antes de cerrar la puerta saco las llaves de la ranura de arranque y las reboto un par de veces en mi mano para sopesarlas. Para el montón de porquerías que trae en el llavero, son sorprendentemente ligeras. Tomo una de las docenas de colguijes y lo doblo para ver qué es.

Oh. Es un boleto de concierto enmicado. Reviso lo demás y veo que son boletos de otros conciertos, películas, festivales de música, clubs e incluso un par de ballet. Eso es… es algo…

Por Dios, no puedo creer que lo esté pensando, pero la verdad es algo dulce.

Los chicos ya están a los empujones. Forrest se sigue riendo, pero Nathan se ve de verdad enojado; es claro que a ambos ya se les olvidó que hay una chica a la que querían impresionar. Hicieron lo mismo en la fiesta en el estacionamiento y en un club antes y en otra fiesta también. Los criaron como hermanos más que como primos, y por eso pelean más como hermanos que como primos. Lo cual, por suerte, es tan útil como molesto.

Me acomodo la falda y me siento en la parte trasera del auto, del lado del conductor para poder verlos mejor.

—Chicos —digo con voz risueña—. ¿No se están olvidando de alguien?

Ambos me miran, sorprendidos.

Idiotas.

En serio me impresiona que hayamos llegado hasta aquí enteros, teniendo en cuenta lo borrachos que están.

Forrest se acerca a mí, menos interesado en el pleito y la historia que comparten. Siento sus manos calientes y sudorosas sobre mi cadera, pese a la falda y los shorts de ciclista.

Oye, nena, ¿vas a darle una recompensa al campa... al campón... al que ganó?

—Ah ah ah. Esto apenas fue la mitad de la competencia —le recuerdo, sacudiendo las llaves junto a su oído—. Acuérdate de que el regreso también es parte de la carrera.

—Por favor —suelta él con tono burlón—. Todos saben que Nathan no es bueno ni para manejar ni para darle placer a una chica.

Casi me impresiona que haya logrado decirlo con tanta claridad.

Nathan se acerca corriendo y me arranca las llaves de la mano. Se tambalea un poco al retroceder, pero luego recupera el equilibrio y avienta las llaves hacia el otro lado del muro. Las llaves caen en el agua al otro lado, trayéndonos un olor fétido. Es lo que yo tenía planeado hacer, solo que yo no pensaba ponerlo como un ataque de ira. Mi plan era gritar «¡una víbora!» y sacudir los brazos en el aire, aventando las llaves conveniente y «accidentalmente» en el proceso.

Pero esto también está bien. Me funciona.

Forrest me suelta de inmediato y se voltea hacia su primo, con los puños apretados a sus costados.

—¡Nathan! ¿Por qué hiciste eso, pendejito?

—¡Hiciste trampa! —suelta el otro—. Me dejaste atorado detrás de esos viejos lentos, y no digas que no. ¡Vi cómo bajaste la velocidad para hacerlo!

—¡No lo hubiera podido hacer si no fuera delante de ti!

—¡Pero no fue una carrera justa!

—¿Cómo diablos vamos a volver a casa, imbécil? —pregunta Forrest—. ¡No cabemos todos en tu mierda esa!

Nathan voltea a ver su Pontiac con gesto confundido, hasta que se da cuenta de que quizá sí fue una mala idea. La luz del estacionamiento más cercana está a varios metros, pero su reflejo contra la pared basta para dejarnos ver la desazón en su rostro.

—Bueno, ya —dice tras pensarlo un poco—. Vamos al otro lado del muro a recuperar tus llaves. Por cierto, ¿dónde estamos?

—Es una especie de granja —les digo, intentando parecer indiferente—. El camino está bien y tiene este estacionamiento lo bastante grande para el final.

Forrest se para junto al muro, levantando la cabeza para ver hasta dónde llega. Debe medir unos tres metros; no es imposiblemente alto, pero sí se requiere algo de esfuerzo para cruzarlo.

O trabajo en equipo.

—Ven para acá —le dice a su primo—. Vamos a tener que hacerlo los dos.

—¿No me quieres dejar tus llaves, bebé? —le pregunto a Nathan—. Lo último que necesitamos es que se caigan mientras escalas y tengamos que buscar esas también.

—Sí, gracias, es buena idea. —Nathan se saca las llaves del bolsillo y me las avienta. Al igual que su primo, trae un montón de papeles enmicados en el llavero. Pero resulta que los suyos son versos de la Biblia a los que les escribieron «en la cama» sobre el plástico tras cada frase. ¿Ahora se usan frases de la Biblia para las galletas de la fortuna? Qué locura.

Me acomodo el llavero en un dedo para que no se me caigan, y observo a los chicos discutir sobre cuál de ellos debe trepar primero y por qué. Intento no reírme ante sus argumentos cruzados. Ambos defienden un lado y otro, y ninguno parece darse cuenta de eso. Yo me burlo de los dos de forma imparcial. Al fin, Forrest logra convencer a su primo de que, como Nathan fue el que aventó las llaves, él debería ser el que se esfuerce más. Nathan no parece contento con eso, pero igual se acomoda contra la pared para que su primo pueda treparse a sus hombros y agarrarse del borde del muro.

La pared no es lo suficientemente ancha como para montarla con comodidad, lo cual significa que también es difícil acomodarse para jalar a alguien. Forrest logra subir a Nathan, pero ambos pierden el equilibro y se van de espaldas, cayendo al otro lado entre golpes secos, gemidos y unos cuantos insultos de uno al otro.

Tengo que morderme la lengua para no soltar la carcajada. Claro, estaba bastante segura de que las cosas me saldrían bien esta noche, pero esto es fantástico.

Los chicos maldicen un poco más al ver la siguiente barrera, pero si mal no recuerdo de mis visitas anteriores, esa barda no debe llegarles más arriba de la cintura. Inclino la cabeza para escuchar mejor cómo la saltan y luego sueltan un grito al sentir cómo sus pies se resbalan en las algas que cubren ese suelo que está mucho más inclinado de lo que esperaban. Caen en el agua entre salpicones y malas palabras.

Un rugido bajo va llenando el aire, seguido de más movimiento en el agua y luego de gritos. Es la primera vez que los escucho en dueto.

Me gusta. Uno de los gritos es más agudo, pero firme, casi musical entre el terror y el dolor. El otro es un poco más profundo, pero más rítmico, interrumpido por jadeos. Debajo de los dos, claro, se escucha el coro de caimanes molestos. Los gritos se detienen antes que el sonido de los animales, aunque alcanzo a escuchar cómo uno de los chicos sigue llorando durante un par de minutos más. Y luego eso también se acaba.

Reviso el llavero de Nathan hasta que encuentro la llave de su auto y voy hacia el pequeño Pontiac. Ay, Dios mío, si no tuviera ya planeado bañarme por el sudor, la peste a hierba y a humo de vapeador saborizado igual me habrían obligado. ¿Cómo podía respirar adentro de esta cosa?

Bueno, al menos ya no será un problema para él.

Salgo del estacionamiento y paso junto al letrero de Granja de Caimanes Ole Suwannee Y'all y Tienda de Carnadas. El camino para volver a la ciudad y al campus es bastante sencillo y no me cruzo con ninguna patrulla. Además, como no estoy manejando a exceso de velocidad y obedezco todas las leyes de tránsito, si hay policías encubiertos en el camino, nada en mí les llama la atención.

Me estaciono en el lugar de Nathan, reviso un par de veces que no haya dejado nada en su auto, lo cierro con llave y voy hacia el edificio. Murphree Hall es hermoso, con su ladrillo rojo y molduras blancas. Al pasar junto al lugar, suelto las llaves sobre el pasto en una orilla de la banqueta, de modo que los plásticos de colores que enmarcan las frases quedan sobre el cemento. No creo que nadie las vea esta noche, a menos que se tropiecen con ellas por casualidad, pero está bien. Nathan suele perder sus cosas cuando anda borracho. No es poco común que los residentes de Murphree encuentren sus llaves y se las regresen.

Qué bueno que no sea así de fácil con todos; sería horrible que me aburriera tanto que dejara de tener cuidado.

11

—Oye, despierta. ¡Ven a ver esto!

—Ven al *lounge*, ¡no te puedes perder esto!

—¡Despierta, despierta! ¡Tienes que ver esto!

Rebecca se incorpora en su cama, quitándose los rizos enredados de la cara, y mira con modorra hacia la puerta cerrada, detrás de la cual hay unos tres metros de espacio abierto y luego otra puerta cerrada, todo lo cual debería hacer que no alcanzara a escuchar los toquidos en la puerta del pasillo y a los estudiantes llamando alegremente a lo que parecen ser todas las puertas del lugar.

No sabe cuántas chicas hay en ese piso, además de las que viven en su suite y un par de conocidas con las que se encuentra en la lavandería, pero ninguna le ha dado la impresión de ser el tipo de persona que despierta a todas por hacer una broma. Uno de los chicos del segundo piso lo hizo al inicio del semestre. Encendió la alarma contra incendios a las tres de la mañana y provocó que todos tuvieran que evacuar, pero lo arrestaron y fue expulsado del dormitorio con amabilidad. Esto no parece ser el mismo caso.

Rebecca se quita las sábanas de encima, bosteza y se levanta para ir a la cama de Hafsah y sacudirla por el hombro.

—Despierta. Algo está pasando.

Hafsah abre los ojos y la mira con molestia.

—¿Qué pasa? —pregunta entre dientes.

—No lo sé. Creo que quieren que vayamos al *lounge*. —Toma la bata amarilla de su amiga que cuelga en un gancho y se la pasa—. Ándale. No me hagas ir sola, por si es otra plática sobre seguridad.

Hafsah sigue mascullando algo, pero se incorpora y toma la bata.

—¿Chicos?

—Quizá. Nunca se sabe quién puede pasar la noche aquí o venir de otro piso.

Hafsah se pone uno de los gorros de algodón que suele usar bajo su hiyab, se acomoda la bata y se pone la capucha sobre el gorro. Cuando está cubierta, abren la puerta y casi se tropieza con Susanna y Delia, que siguen en pijama. Susanna se ve preocupantemente despierta, quizá porque pasó toda la noche en vela a punta de Red Bull. Ninguna de las dos parece tener más información que Rebecca, así que las cuatro van hacia el pasillo para unirse al desfile de zombis adormilados que avanzan hacia el *lounge* al otro lado del edificio. La habitación con sofás y televisiones está junto a la cocina que pocos saben usar y todavía menos saben cómo limpiar. Tal vez se hizo para crear camaradería entre quienes viven en ese piso, pero casi solo se usa durante las Olimpiadas, las noches de elección y cuando un robo de bragas exige venganza creativa, o al menos poder quejarse en grupo.

Ahora está llena de estudiantes confundidas, muchas en pijama, pero unas cuantas ya vestidas para las clases de las ocho o aún en toallas porque se acaban de salir de bañar. Las tres televisiones están sintonizadas en el mismo canal, que muestra las noticias locales de la mañana. Cuando la imagen pasa de los presentadores a una reportera en el lugar de los hechos, un pequeño grupo de estudiantes de periodismo vitorea; Anike Moss es alumna del programa recientemente graduada, y muchas ahí la conocen.

—Mierda —exclama Rebecca, mirando la televisión con los ojos desorbitados—. Es una granja de caimanes.

Un estallido de voces la rodea al pronunciar la palabra «caimanes». La mayoría parece haber hecho la misma conexión que ella, aunque una pobre chica con marcado acento de Boston pregunta como para qué «cosechan caimanes». En una de las primeras clases de periodismo de Rebecca, el profesor que estaba dando su primer semestre de clases decidió que deberían hacer un viaje a la granja de caimanes para que los estudiantes vieran cómo se hacían reportajes locales. Aun después de la monserga que fue conseguir transporte y acomodarse con las demás clases, el viaje fue un desastre aún peor cuando tres grupos numerosos de chicos de dieciocho años que estaban descubriendo la independencia y la rebelión contra la autoridad llegaron a la extraña granja turística. Algunos estudiantes aún tienen prohibida la entrada a ese lugar.

El profesor quedó vetado de por vida por haberlos llevado.

—Ha sido una mañana poco común para los dueños de la granja de caimanes Ole Suwannee Y'all —anuncia Anike, que parece estar cómoda con el micrófono frente a ella. La parte de la mente de Rebecca que tal vez está sobreentrenada por una clase que odia, nota que sus ojos están posados directamente en el lente de la cámara en vez de en el operador, como suelen hacerlo los reporteros nuevos—. Cuando llegaron, hace poco más de dos horas, se encontraron un carro desconocido en el estacionamiento. Pese a sus intentos por evitarlo, la granja de caimanes tiene un amplio historial de intrusos temerarios; al principio no había razones para pensar que se trataba de algo más. Pero el carro estaba vacío, sin rastros de su ocupante. Fue entonces cuando Mike Wallace, el fundador y copropietario de la granja, notó señales de que alguien podría haber cruzado el muro de protección.

La reportera va hacia la entrada principal de la granja, que es un edificio achaparrado con una tienda de regalos, minimuseo, taquilla y tienda de carnadas, cada lugar con un letrero de caricaturas malogradas. Los policías van y vienen al fondo de la imagen, y varios de ellos se detienen a hablar con una pareja mayor. El hombre se ve pálido y tiene a su esposa rodeada por los hombros con un brazo, mientras con la otra mano gesticula nervioso. El rostro de la mujer está hundido en el pecho de él y se alcanzan a ver los dedos sobre su mejilla, como si se estuviera cubriendo la boca. Rebecca siente pena por ellos. Le queda claro que se encontraron con algo terrible, y ella sabe bien cómo se siente eso.

—La granja de caimanes es una atracción turística y educativa —continúa Anike—, y la mayoría de sus caimanes nacieron y crecieron aquí mismo, en la granja. Aunque no se puede considerar como manso a ningún caimán, nunca hubo un incidente en Ole Suwannee Y'all. Pero, dado el reciente aumento en las muertes y ataques por caimanes, los Wallace llamaron a la oficina del *sheriff* del condado de Alachua antes de entrar para encontrarse con una escena en verdad aterradora. Aunque no se han revelado las identidades, los policías comentan que creen que al menos dos personas fueron atacadas anoche. También señalan que harán el comunicado oficial cuando… —Aquí, a Anike le tiembla un poco la voz y parece que podría vomitar, pero recupera la compostura tan rápido que muchos quizá ni lo notaron—… cuando logren localizar y recuperar todas las partes de los cuerpos del estanque principal de los caimanes.

La habitación se llena de voces desesperadas que son obligadas a callarse por las exigencias de quienes están más lejos de las televisiones. Rebecca piensa en Harrison Mayne, en lo mucho que tardaron en encontrar su cabeza en el lago Alice. ¿Qué vio Anike? Las pantallas se dividen en dos partes, una en la que se ve a los presentadores con expresiones profesionalmente preocupadas, y otra que pasa de Anike a algunas tomas del lugar, incluyendo una en la que se ve a los policías examinando un muro detrás de un Toyota Corolla azul oscuro. Al frente del auto se puede ver una placa personalizada en la que se lee ATRÁPAME SI PUEDES, rodeada de una pesada cadena que hace las veces de marco, con unos cuernos de diablo.

—¡Mierda, es el carro de Forrest! —grita una de las once chicas apiñadas en el sofá de tres plazas.

Es imposible saber qué se está diciendo en ese aluvión de reacciones, pero ahora toda la atención está sobre esa chica en vez de en la televisión. Una de las mayores suelta un silbido ensordecedor para que todas se callen.

—¿Estás segura?

—Sí, no tengo duda de que es su carro —responde la primera chica—. Es de mi ciudad, él y también su primo Nathan. Siempre le decíamos que su placa quedaría mejor como calcomanía en la defensa, y se enojaba muchísimo.

Sin duda la decoración lo hace un carro muy particular.

—Dijeron que eran dos cuerpos —comenta un chico flaco que está en una esquina de la habitación. Rebecca lo mira, pero no sabe si vive en uno de los pisos de hombres o si está visitando a alguien ahí.

—Tengo el teléfono de Nathan —señala otra estudiante—. Trabajamos juntos en un proyecto hace unas semanas, y no lo he borrado. —Saca su celular, abre los contactos y se tapa la otra oreja con los dedos para escuchar mejor—. Me manda a buzón —dice un rato después.

—¿Sabes dónde viven? —pregunta alguien.

La chica de la clase de Nathan asiente.

—En Murphree. No sé en cuál habitación. Pero recuerdo que en Murphree porque Nathan no lo puede pronunciar. Siempre dice Murphy y se enoja cuando alguien lo corrige.

—O sea que se enojaban por todo —comenta Ellie, apareciéndose detrás de Rebecca. Es una de las que andan en toalla, y su pelo gotea sobre la camiseta de Rebecca, quien hace un gesto de asco y la aleja un poco, al menos lo suficiente para que ya no la salpique. No sabe si en realidad Ellie tiene derecho a burlarse de la gente de mecha corta.

Una chica con el cabello teñido de todos los colores del arcoíris en neón y enormes lentes de pasta levanta la mano.

—Yo vivo en Murphree. Está frente a Fletcher.

—Pues ve a averiguar, idiota, y vuelve a contarnos —le ordena la que está junto a ella, y le planta un beso a la del cabello de colores antes de sacarla literalmente a empujones hacia el pasillo.

—¿Alguien más los conoce? —pregunta la mayor.

Algunas levantan la mano, pero no muchas.

—Los dos son de primero —dice la chica que identificó el auto de Forrest—. Llegaron en otoño y casi los aceptaron, pero…

—¿Pero? —pregunta alguien más con tono insistente.

Rebecca sabe lo que viene después de un «pero» como ese. Lo que siempre viene después de un silencio así.

Junto a la primera chica, una morena que está casi doblada por la mitad se incorpora. Pero no deja de abrazar su pecho y su rostro se ve casi gris por el sobresalto.

—Pero me drogaron, me llevaron a su dormitorio y, cuando me defendí, me sacaron desnuda de Murphree Hall —dice con voz temblorosa—. Los policías del campus me encontraron cuando casi me atropellan en Fletcher, pero para cuando me despejé lo suficiente para pedir algo y convencerlos de que me llevaran al hospital, las drogas ya no iban a salir en el examen toxicológico.

—¿Levantaste cargos? —pregunta alguien en voz baja.

Ella niega con la cabeza.

—Dijeron que no tenía nada contra ellos, que solo terminaría pagando abogados sin que se lograra nada.

—También le dijeron que no debería intentar arruinarles la vida a unos chicos solo porque se arrepintió de lo que hizo —agrega otra chica con coraje mientras abraza a su amiga—. Dejaron claro que si intentaba levantarles cargos, ellos se interpondrían, y por eso no hizo una denuncia formal.

—Nathan y Forrest tienen un tío que fue policía de aquí —dice la chica de su pueblo—. Lo apreciaban mucho antes de que lo echaran por uso excesivo de la fuerza. Resulta que no está bien aplicarla contra el hijo de un político. Los chicos presumían que los amigos de su tío los cuidaban.

—¿O sea que solo tuve mala suerte de cruzarme con esos policías en particular? —pregunta la morena.

—Yo diría que tuviste mala suerte toda esa noche —dice Rebecca, y el resto de la habitación está de acuerdo.

—¿Y la fraternidad? —pregunta una de las de último año.

—Su reputación ya es bastante mala. Esta sección está en riesgo de ser clausurada. Decidieron no arriesgarse aceptando cretinos que sin duda los iban a meter en más problemas.

—¿Qué estarían haciendo en una granja de caimanes?

—¿Bebiendo? —dice la primera chica, encogiéndose de hombros—. Esos dos se la pasaban compitiendo por las cosas más estúpidas e irrelevantes. Uno retaba al otro a trepar un astabandera, el otro insistía en que lo hicieran desnudos, y el primero proponía que lo hicieran desnudos y cubiertos de diamantina.

Durante unos instantes, un murmullo recorre el lugar. Es un ejemplo extrañamente específico.

Las televisiones casi quedaron en el olvido ahora que tienen información de primera mano, y de cualquier modo en las pantallas ya solo muestran consejos de seguridad y los teléfonos de control animal. Si alguien aún lo está viendo, seguro es con la esperanza de ver los cuerpos desmembrados. Rebecca no tiene ningún interés en eso.

La novia de la del cabello de colores mira la pantalla de su teléfono.

—Shay acaba de encontrar las llaves de Nathan tiradas.

—¿Cómo sabe que son suyas? —pregunta Rebecca.

—Las pierde muy seguido cuando se va de borracho, así que todos en Murphree saben que son suyas —responde ella con tono desinteresado—. Dice que estaban en la banqueta que lleva al edificio, y el de la recepción le pidió que se quede para hablar con la policía.

—¿Qué? ¿Ya llegaron?

—No. Espera… ¿por qué el de la recepción piensa que viene la policía? Si ni siquiera han identificado los cuerpos.

Ellie se aclara la garganta y, dada su reputación que es un tanto aterradora, todas las demás se quedan en silencio.

—Atención, estudiante de criminología hablando; la chica acaba de llegar con las llaves y dijo que cree que son de la más reciente carnada de los caimanes. Cualquiera con un poco de cerebro asumiría que los policías van a querer hablar con ella.

Una joven con un tic provocado por la cafeína y un lado de la cara lleno de rayas de marcatextos mira a su alrededor.

—¿Creen que los chicos van a estar bien? —Cuando todos voltean a verla, ella les devuelve la mirada, desafiante—. No dijeron que estuvieran muertos, ¡solo que no encontraban sus partes! ¡Tal vez se los llevaron al hospital y volvieron para recoger los miembros que les faltaban!

—Estoy bastante segura de que si siguieran vivos les sería mucho más fácil dar a conocer sus nombres —dice Rebecca al fin, conteniendo una carcajada muy fuera de lugar.

—Oh. Tiene sentido.

Kerry, la supervisora del tercer piso, llega al *lounge* con una taza de café entre las manos, aferrándose a ella como quien se aferra a la vida. Con la otra mano hace una seña para que las chicas guarden silencio.

—No me lo perdí. Lo vi mientras se hacía mi café —dice, con la voz rasposa por el sueño.

—Te perdiste algunas cosas —señala una chica.

Kerry le da un trago a su café mientras las demás le dan los detalles que le faltaban. En algunas partes son demasiadas voces hablando al mismo tiempo como para descifrar lo que dicen, pero ella alcanza a entender lo más importante.

—Voy a llamar a la oficina del coordinador —les dice—. Estoy segura de que en algún momento del día tendrán información que querrán dar a conocer. Lean sus correos. Y no se salten los masivos, porque por algo son masivos, y voy a enviarles uno de esos si necesitamos tener una reunión.

—¿Kerry? —pregunta la chica del marcatextos—. ¿Crees que haya sido un accidente?

—Sé literalmente lo mismo que ustedes —responde la supervisora—. ¿Que si es rarísimo? Sí. ¿Que ha habido muchos más cadáveres relacionados con caimanes haciendo crecer la tasa de mortalidad? Sin duda. ¿Es un accidente? Quién sabe. Evidentemente, deberíamos sentirnos afortunadas de que ese par haya desaparecido del acervo genético, pero dudo que pronto sepamos qué fue lo que pasó en realidad. Pero quiero que tengan esto en mente: hoy habrá reporteros, blogueros y toda clase de gente así merodeando por el campus en busca de información. Sea cual sea su teoría personal, recuerden que los nombres aún no se han confirmado, y ni siquiera revelado, y podrían lastimar mucho a las familias si los mencionan sin saber. No les voy a decir que no hablen de eso. No tengo derecho a hacerlo. Pero piensen en lo que sentirían sus familias si escucharan en las noticias que la gente cree que están muertas. Sea verdad o no, nadie debería enterarse de esa manera. Dejen que la policía se encargue de informar.

—Sí, Kerry —responden casi todas.

—Una cosa más: no sean tontas. No crean que solo porque son mujeres los caimanes no se las van a comer si cometen una estupidez. Si necesitan repasar los consejos de seguridad, están escritos en los pizarrones y en la página web. Es obvio que la muerte de cualquiera es una maldita tragedia, pero tengo muy claro que no quiero que la próxima víctima sea ninguna de ustedes, carajo. Pongan atención. No sean estúpidas.

Algunas chicas se ven tan sorprendidas que Rebecca se pregunta si en serio nunca habían considerado que los caimanes no escogen a sus víctimas basándose en el género. La chica de Boston, en especial, parece estar al borde de un ataque de pánico.

Ellie suelta un resoplido burlón.

—Violadores, culeros y más violadores y culeros —dice, a un volumen no tan bajo—. Al parecer los caimanes nos están haciendo un favor.

Varias chicas asienten, aunque con distintos niveles de entusiasmo, y nadie ve la necesidad de responder fuera de eso.

Rebecca le lanza una mirada a la morena que sigue entre los brazos de sus amigas. No parece que le hayan hecho ningún favor.

12

Como a mediodía se lanza un correo masivo con la confirmación de que se encontraron credenciales de estudiante en el lugar, pero que la identidad de las víctimas aún no se revelará. Entre clases, e incluso durante estas, para los que se atreven o en los salones en que los profesores ya se rindieron en sus intentos por mantener a los alumnos concentrados, solo se habla de Forrest y Nathan Cooper. Rebecca escucha más historias como las de la chica asustada de en la mañana. No exactamente iguales, pero sí son indicador de que la conducta de los chicos no fue una racha pasajera debido a la semana de reclutamiento.

Piensa en el Det Corby y las coincidencias extrañas, y se pregunta qué pensará él sobre las nuevas muertes. ¿Cuántas personas están de acuerdo con las palabras de despedida de Ellie?

Todos en el comedor están hablando del tema, y a falta de información oficial, los rumores están desatados. En lugar de quedarse a escuchar las especulaciones que cada vez se ponen más locas, Rebecca echa su almuerzo en el molde que lleva en su mochila, deja su bandeja con los platos en donde va y sale de ahí, hacia donde puede que esté caluroso y húmedo, pero al menos habrá el espacio suficiente para que las conversaciones no la aplasten. Está a punto de meterse el primer bocado a la boca cuando suena su teléfono.

Con un quejido, deja su recipiente y el tenedor para sacar el celular.

—¿Hafsah?

—El Det Corby acaba de venir al dormitorio —dice su roomie—. Quiere hablar contigo, si puedes.

Le extraña que no le haya mandado un mensaje, pues el detective tiene su número. A menos que la esté buscando por un asunto de su trabajo. Puede que no quiera meter un tema así en una conversación casual. Rebecca observa el recipiente que contiene, según parece, una taco salad, aunque se ve lo suficientemente mal como para entender por qué era la comida que menos fila tenía, y se encoge de hombros. Por más hambre que tenga, no vale la pena atragantarse con algo que se ve tan poco apetitoso.

—¿Sigue ahí?

—Sí. ¿Quieres que vaya adonde estás?

—No. Comeré algo del refrigerador del cuarto. Gasté mis puntos de comida en algo que creo que llevaba varios días ahí.

Sabes que eso no es cierto.

—Lo sé, pero en serio, Hafsah, se ve asqueroso.

—Y entonces ¿por qué lo elegiste? —pregunta su amiga.

—Porque era lo de la fila en la que nadie estaba hablando de la carnada de los caimanes.

—Si fue por eso, te vas a decepcionar con la conversación del detective —señala. Aunque ya se lo esperaba, Rebecca siente un ligero pesar. Estúpido enamoramiento. La voz ahogada de un hombre se escucha al fondo, y cuando Hafsah vuelve a hablar, lo hace con un tono divertido—. Promete alimentarte a cambio de que aceptes escuchar más sobre el tema.

—Acepto —dice ella, gustosa—. Llego en un momento.

Siente culpa por desperdiciar tanto comida como sus puntos durante los once segundos que le toma vaciar el recipiente en el basurero más cercano, y luego se olvida de eso. Tras acomodarse la mochila, se va trotando hacia los dormitorios que están al frente del campus.

Y pronto se arrepiente, pero eso pasa cuando corres a mediodía en Florida durante abril.

Ve al Det Corby antes de que pueda saludarlo sin gritar, parado afuera de Sledd. Trae pantalones y chaleco gris oscuro, con una camisa gris azulado con las mangas enrolladas por encima de los codos. Rebecca se toma un momento para disfrutar la vista antes de guardarse la admiración y el gusto en un rincón lejano de su mente, de donde espera que no pueda salir durante la conversación para dejarla en ridículo.

Él se ríe al verla, con los ojos escondidos detrás de las gafas de sol.

—¿Por qué estás corriendo? —grita el detective.

—¡Porque me prometiste comida!

Él vuelve a reírse y sale del espacio techado para ir hacia ella.

—¿Qué tal te caerían unos sándwiches?

—Estaría bien —responde ella, que al fin deja de correr. Hay un lugar más o menos bueno al otro lado de la avenida, así que no tendrán que ir muy lejos. Y, como extra, no es exactamente el lugar donde se tendría una cita, así que su imaginación no se alocará tanto—. Ah, hubiera pasado al cuarto —dice de pronto—. Todavía tengo tu sudadera.

—No hay prisa —señala él—. Es toda tuya mientras la necesites.

Estúpido. Maldito. Enamoramiento.

—Supongo que escuchaste de lo que todos hablaban en la mañana —dice él tras un rato.

Rebecca asiente.

—Al parecer nadie puede hablar de otra cosa. Anike parecía como si fuera a vomitar en cuanto la cámara se apagara.

—¿Anike?

—La reportera. Nos dio asesoría en primero.

—No sabía que era de aquí.

—Pues ya lo es. Creo que este podría ser su primer gran trabajo periodístico.

—¿Eso es lo que quisieras hacer algún día? ¿Andar de traje sastre y con un micrófono?

—¿Frente a la cámara? Para nada. —Niega con la cabeza y se acomoda los rizos para que se le despeguen de su cráneo horriblemente sudado. La sola idea de salir a cuadro hace que se le revuelva el estómago—. No, me gustaría que mis palabras salieran al mundo con una buena distancia entre cualquiera que se las encuentre y yo.

—Pero te verías muy linda con hombreras.

—Estoy bastante segura de que las hombreras son de la generación de nuestras mamás.

Él se queda en silencio tras cruzar el paso peatonal al ver al enorme grupo de personas que está en la banqueta, y así permanece mientras ordenan y hasta que encuentran una mesa para dos escondida detrás del refrigerador de bebidas embotelladas. En definitiva no es lugar para una cita.

Rebecca observa la mesa y las pilas de cajas que están a un lado, y voltea a ver al detective.

—Si es una conversación delicada, podemos ir a comer al jardín —dice.

—Supongo que esto podría ser un poco exagerado. —El detective se sobresalta un poco cuando el refrigerador hace un ruido chillón, seguido de una especie de gruñido—. De acuerdo. Nos vamos de picnic.

Tras cruzar de nuevo la avenida, Rebecca lo lleva hacia uno de los letreros de ladrillo que anuncian el nombre de la escuela. Es lo bastante alto como para darle sombra a quien se siente en el pasto por la parte de atrás. Tras poner su sudadera sobre el jardín para proteger su ropa, se ruboriza al darse cuenta de lo cerca que tendrían que sentarse para que los dos puedan acomodarse ahí.

Pero el Det Corby no parece notarlo, así que Rebecca se sienta junto a él y desenvuelve su sándwich, sin poder dejar de notar el calor del detective a su lado.

—La otra noche —empieza él—, cuando te conté sobre mi junta: ¿se lo dijiste a alguien?

—¿Qué? ¿Que no crees que sea un accidente? No, a nadie. Pero creo que debo decirte que esta mañana todo el piso empezó a hablar de esa posibilidad cuando se quedaron sin comentarios sobre los Cooper.

—Los Coo… —El detective se atraganta con el sándwich y ella desvía la mirada para darle oportunidad de escupir el pedazo—. ¿Todos lo saben?

—¿O sea que sí son ellos? —Rebecca interpreta el gesto resignado de él como un sí—. Unas chicas de mi piso los conocen. Una reconoció el carro.

—Cuando dices que «los conocen»…

—Sí, una de ellas fue su víctima.

—Presunta víctima —corrige él en automático, provocando que ella se incomode. El detective suspira, se acomoda los lentes sobre la cabeza y se recarga en el letrero.

—A las seis y algo de la mañana, esa chica le contó a todo un piso de casi puras desconocidas lo que esos tipos le hicieron —dice Rebecca en voz baja—. No voy a decir que es presunta, y menos porque durante la mañana escuché muchas historias más. Pero entiendo por qué tienes que hacerlo así.

Él choca suavemente su hombro con el de ella.

—¿De casualidad sabes cómo se llama esa chica?

—No, pero los policías del campus deben tener su reporte del incidente. La encontraron drogada y desnuda en Fletcher.

—No arrestaron a los muchachos.

—Ya sabes cómo es eso.

Él asiente y se devora casi la mitad de su sándwich.

—Mi capitán aún no está convencido de que las muertes sean más que coincidencia y resultado de la invasión al hábitat, pero el *sheriff* y el comandante de las tropas estatales están más de acuerdo conmigo, así que ya se autorizó una investigación.

—¿Puedes contarme eso?

—Se va a anunciar por la noche, cuando den a conocer los nombres. Cuatro universitarios blancos en tres semanas, todos comidos por los caimanes. No podemos permitirnos no investigar como se debe.

Ella asiente, pensando en sus palabras.

—Y quieres saber quién podría estarlo esperando.

—Exacto. ¿No le contaste ni a Hafsah ni a Ellie?

Rebecca hace una mueca y niega con la cabeza.

—No creo que ninguna de nosotras quiera que Ellie salga a darles una recompensa a los caimanes.

El detective suelta una carcajada y casi derrama su bebida cuando la golpea sin querer con la rodilla.

—¿Lo dices en serio?

—¿Te sorprende?

—No creo que odie a todos los hombres.

—A todos —confirma Rebecca—, pero aunque no fuera así... bueno. Ten en cuenta que esto no es para nada prueba...

—Entiendo.

—Por todo el campus se cuentan muchas cosas sobre esos chicos. No solo de los Cooper, de todos, hasta de como se llame el del lago Alice. Son esa clase de historias que las mujeres nos contamos en los baños porque no podemos contarlas en la corte. —Rebecca ve cómo cualquier vestigio de diversión se va de la cara del detective y en su lugar solo queda solemnidad y pesar—. Hay un memorial frente a uno de los edificios. Del ahogado del lago Alice, no del de la parada de las putas.

El detective parece estar a punto de corregirla, pero se contiene, y a ella le divierte verlo así.

—Las cosas que se dicen en el pizarrón junto a la fotografía son muy interesantes, si es que no lo han cambiado.

—¿Te refieres a la fotografía que dice «pedazo de mierda»?

Rebecca se encoge de hombros y se echa una papa frita a la boca.

—¿Por qué no les han contado nada de esto a los policías que están haciendo los reportes?

—Porque están haciendo reportes, no una investigación —responde ella, mirándolo con un gesto extraño—. Están hablando con los seres queridos y una parte selecta de la comunidad que acaba de recibir una noticia terrible. No están buscando información.

—¿Conocías a alguno de los muchachos?

Rebecca niega con la cabeza.

—No que yo sepa.

—¿Que tú sepas?

—Ya sabes cómo son algunas clases de primero; puede haber más de cien estudiantes metidos en un mismo auditorio. No hay forma de conocer a todos de nombre.

—Y no vas a decir algo que después se pueda demostrar como falso.

—No sé de dónde saqué esas ideas.

El detective sonríe y se acaba el sándwich; ella apenas va a la mitad del suyo.

—¿Qué cosas has escuchado sobre ellos?

Rebecca se toma su tiempo para pensarlo, consciente de que hay una línea entre su amigo el Det Corby y el detective Patrick Corby. Por el tono, suena como su amigo, pero es el detective quien la está escuchando en ese momento. Filtra en la mente las historias que le suenan más a chisme, las cosas que tal vez se distorsionaron al pasar de boca en boca. ¿Qué historias tenían nombres o rostros para respaldarlas, en vez de «escuché que» o «dice que tenía una amiga que se enteró de que» y otros indicadores de que una historia ya lleva varios grados de separación con la persona que la contó originalmente?

Despacio y cuidando algunos detalles, le cuenta las historias que tienen más peso, las que de algún modo se sienten reales. Se pregunta si hay alguna manera de prevenir a la chica de su piso de la que le espera, pero sabe que no la hay, no en realidad. Lo más que puede hacer es llevar a todas al *lounge* para la conferencia de prensa y esperar que la chica conecte los puntos hasta llegar a sí misma.

El detective la escucha con atención, tomando algunas notas en su teléfono. Cuando Rebecca termina, él revisa las notas que tomó.

—Hasta donde sabes… —dice al fin, y ella suelta un quejido.

—Estás por preguntarme algo que es imposible que sepa.

—¿Crees que hicieron eso de lo que los acusan?

—Tu trabajo sería más fácil si sí —señala ella.

—¿Por qué lo dices?

—Cualquier factor adicional que los relacione entre ellos es una clave para dar con el asesino, ¿no es así? ¿O mis profesores llevan tres años dándome atole con el dedo?

Él niega con la cabeza mientras disimula una sonrisa.

—El problema es lo que tienen en común. Universitarios blancos que han lastimado a mujeres. Aunque solo pensemos en la Universidad de Florida, son más de cincuenta mil estudiantes; ¿cuántos crees que encajan en esa descripción?

—Demasiados.

—Míralos, qué a gusto —dice una voz, y ambos levantan la vista para encontrarse con Ellie, que viene hacia ellos—. Había empezado a creer que el Det Corby se estaba convirtiendo en vampiro.

—Si ninguna de las dos puede decirme *Patrick*, ¿podrían al menos intentar con *Corby* a secas? —pregunta, con un tono lastimero que contrasta con su sonrisa.

—No estoy interrumpiendo una cita, ¿o sí?

Rebecca considera patearla en cuanto se acerque lo suficiente, pero concluye que esa falta de sutileza solo probaría el punto, en vez de refutarlo.

—Estamos hablando sobre las noticias de la mañana —dice, pues le parece que es una reacción lo suficiente neutral.

Ellie resopla burlona y se sienta en el pasto cerca de los pies de Rebecca.

—Esos bastardos dejaron un rastro de sangre, lágrimas y semen a su paso, pero ahora que todos creen que son los que encontraron en la granja, de pronto todos quieren decir cosas buenas sobre ellos.

—A nadie le gusta hablar mal de los muertos.

—Mentira —señala Ellie—. A todos les gusta hablar mal de los muertos, solo no quieren que se sepa que lo hacen.

—A ti no parece importarte —dice el Det Corby.

Ellie le muestra los dientes en un gesto que, con ganas, podría considerarse como una sonrisa. El Det Corby parece ser uno de los pocos hombres que le agradan, o al menos uno de los que no detesta totalmente. De esos casi míticos hombres buenos.

—Hablo según lo merezca la persona. Si en vida eran unas mierdas inútiles y destructivas, así voy a hablar de ellos cuando se mueran.

—Con gran tacto y delicadeza.

—Por favor. No son ni sus amigos ni sus familiares, ¿qué importa cómo hable de ellos con ustedes?

Rebecca piensa que el detective tiene muy buenas razones para que le importe cómo se habla de los muertos, pero no puede señalarlo.

—¿No deberías estar dormida en clase en este momento? —le pregunta a Ellie.

—Se canceló. Supongo que el profesor no tenía ganas de lidiar con alumnos exaltados. Además, ¿tú qué dices, si te saltaste tu clase para tener una cita con el policía sexy?

Rebecca lucha por no ruborizarse y evita mirar al hombre junto a ella.

—Hoy solo teníamos que entregar trabajos —dice—. Yo entregué el mío en la mañana porque ya estaba en el edificio.

—Lamebotas.

—Se llama eficiencia.

—Y bueno, ¿la policía tiene algo interesante sobre los primos Cooper? —pregunta Ellie, dándoles un golpecito a los zapatos bien boleados del detective con las Doc Martens rosa de Rebecca que en definitiva no tendría por qué traer puestas.

—Aún no se han dado a conocer los nombres de los fallecidos más recientes —responde él, con diplomacia.

—Unos pobres dolientes de Row están pintando en un panel los nombres de todos los que han muerto recientemente. ¿Creen que sería de mal gusto ir por la noche a pintar un enorme caimán con la boca abierta?

—Sí —responden ambos.

Rebecca suspira. Aún no sabe bien qué pensar sobre Ellie-la-posible-asesina. Como dice Hafsah, no hay pruebas, y tal vez es suficiente razón para meter la cabeza en la arena e intentar no pensar más en eso. Pero... aun sin considerar al predicador del odio desaparecido, Rebecca debe reconocer que si fuera una detective investigando las muertes recientes, como, ah, sí, el hombre que está junto a ella, sin duda tendría a Ellie en la mira. No porque haya pruebas, o siquiera indicios, hasta donde sabe, sino porque casi todo lo que sale de la boca de Ellie hace imposible no sospechar que ha cometido toda clase de pecados.

Sin saber por dónde van los atormentados pensamientos de Rebecca, Ellie solo se encoge de hombros.

—Lo van a poner junto al muro permanente, lo cual me parece un poco prematuro. —El muro de concreto en la calle Treintaicuatro lleva décadas siendo pintado, y solo un panel se considera sacrosanto: el que conmemora a los cinco estudiantes que fueron asesinados en agosto de 1990. Mientras que el resto del muro lo pintan constantemente, entre publicidad, propuestas de matrimonio, felicitaciones por cumpleaños y graduaciones, ese panel se conserva en honor a la memoria de los estudiantes caídos.

Rebecca no había pensado en el muro.

—¿Prematuro?

—Claro. O sea, ¿van a dejar espacio? ¿O solo lo volverán a pintar para empezar de nuevo cuando más violadores aparezcan muertos?

El Det Corby se inclina hacia un lado para guardarse el teléfono en el bolsillo, pero no logra disimular de todo la mirada que le lanza a la pelirroja.

Rebecca se llena de angustia.

13

Pese a las muchas invitaciones de Ellie para que saliera con ella y las demás, Rebecca se quedó en el dormitorio, y ahora está cómodamente en su escritorio con bocadillos y refresco a la mano. Una parte de ella está de acuerdo en que quedarse a hacer tarea una noche de viernes puede ser medio patético, pero en general sabe que se acerca el final de semestre junto con el huracán de entregas, y prefiere poder estudiar en paz para los exámenes finales sin estar en pánico terminando todos sus otros trabajos.

Sonríe y toma el teléfono para enviarle un mensaje a su papá.

«Tenías razón. Nací vieja».

«Siempre lo supe», responde él tras un momento. «Ahora lo agradezco. Es más complicado que los cocodrilos se metan a los dormitorios a que se coman a los estudiantes borrachos que andan por ahí».

«Caimanes, papá».

«Pensé que eso solo era la mascota».

«No, también el animal. Tenemos caimanes».

«¿O sea que cantan "se va el caimán"?».

«Papá».

«Uy, perdón, no vayas a sacar tus lágrimas de cocodrilo».

«PAPÁ».

Le llega otro mensaje, pero esta vez de su madre.

«Quiero saber qué le dijiste que lo hizo reír tanto».

«No fui yo. Le encantan sus propios chistes».

«Ay no».

Platica con sus padres por un rato más mientras ojea los artículos que debería estar analizando para una de sus clases de periodismo. Se lleva bien con sus padres, pero se ponen nerviosos si les llama más de una o dos veces por semana, porque piensan que ya quiere volver a casa o que no está sacándole provecho a su libertad para pasarla bien. Pero últimamente, con lo mucho que se habla de los ataques de caimanes en las noticias, además de, ya saben, lo de Merolico, no les molesta para nada que los contacte diario. Hola, sigo viva, ¿y ustedes?

Los últimos cuatro días, desde el anuncio de la investigación el lunes por la noche, uno de sus tíos policías que cubre el turno nocturno le ha escrito cada mañana a las 6:37 con un mensaje de «¡Recuerda moverte en zigzag!». El humor esconde la preocupación general. Varios primos se han quejado de que las pláticas en la mesa ya siempre se tratan de cocodrilos. Casi siempre es reconfortante saber que su familia se preocupe tanto por ella.

Y luego está Gemma, quien agarró la costumbre de mandarle por correo electrónico fotos de botas, bolsas y maletas de piel de caimán, y además le envió un par de aretes de dientes de caimán que Rebecca de inmediato enterró en su caja de tiliches antes de que Ellie pudiera verlos. Casi siempre es reconfortante.

El análisis de artículos es un proyecto semanal, lo cual significa que tiene que escribir menos de mil palabras. Cuando termina con eso, revisa una tarea que debe entregar la próxima semana para la clase de Leyes y Ética en redes sociales para hacerle algunos cambios finales, y hace un bosquejo de su ensayo para la clase de Métodos de investigación en criminología. Las páginas están llenas de notas y revisiones y cambios que ha ido agregando desde el primer trimestre, y le encantaría empezar a escribirlo para avanzar, pero está segura de que lo que hagan la próxima semana en clases va a tener un impacto importante en la dirección de su ensayo.

Lo cual le parece una crueldad por parte del profesor, pero ¿quién es ella para juzgar?

Deja el trabajo de Victimología para el domingo. El profesor se fue a dar una conferencia fuera de la ciudad, y su asistente les dejó una tarea de pésimo gusto. Rebecca está bastante segura de que solo fue una de las muchas personas que le escribieron al profesor para quejarse. La investigación de las muertes por caimanes se acaba de abrir; es muy inapropiado pedirle a los alumnos que hagan perfiles de sus compañeros, compañeros que acaban de morir, para predecir quiénes están en riesgo. Le queda la esperanza de que el profesor envíe un mensaje cancelando o cambiando la tarea antes de que ella tenga que elegir entre su calificación y sus principios.

Dadas las circunstancias, está casi convencida de que sus padres entenderían que acepte un cero. El esfuerzo significa más que las calificaciones, pero defender lo que crees también es importante.

Sería bueno que pudiera hacer tareas durante sus noches de insomnio, pero fuera de que no quiere molestar a Hafsah, Susanna y Delia, suele sentirse demasiado inquieta como para sentarse a estudiar. Salir a caminar o a andar en bici no siempre le aclaran la cabeza, pero al menos la ayudan a relajar el cuerpo.

Desde el escritorio alcanza a escuchar a Hafsah mascullando algo de vez en vez. No sabe con quién está discutiendo. Conociéndola, puede ser con un libro o con alguien en uno de sus foros de discusión. Hafsah tiene tanta paciencia para los idiotas como Ellie. Pero, a diferencia de Ellie, ella lo saca de su sistema antes de poner buena cara y explicar con detalle por qué la otra persona está equivocada.

Cuando va de regreso a su escritorio tras haber ido al baño, Rebecca se asoma para ver qué está haciendo Hafsah. Suelta un lamento al ver lo que está en la pantalla de la laptop y recarga la frente en el hombro de su amiga.

—¿Por qué estás leyendo los comentarios de un artículo sobre el cambio climático?

—¡Porque están mal!

—¡Siempre están mal! ¡Son comentarios anónimos en internet!

—¡Pero están discutiendo con personas que están bien!

Rebecca se ríe al no poder hacer más y abraza a su roomie meciéndose de un lado a otro, haciendo que la silla de escritorio se deslice con sus movimientos.

—Ay, Dios, Hafsah. Nunca cambies. O sea, sí cambia, por favor, porque te va a dar un infarto. Pero nunca cambies.

—Estamos matando al mundo y hay gente que en serio cree que es una conspiración.

—Hay gente que en serio cree que la tierra es plana. Siempre habrá idiotas en el mundo, y refutarlos en comentarios no los va a convencer de nada.

—Ni siquiera he publicado nada —aclara Hafsah con un suspiro—. Solo discuto.

—¿O sea que te estás alterando la presión sin tener siquiera la posibilidad de ganar?

—Algo así. —Hafsah se recarga en Rebecca y se talla los ojos. Se quedan así por un par de minutos, en un cómodo silencio. Es impactante pensar que amistades como la de ellas se crearon en una decisión al azar de la base de datos de nuevos alumnos del coordinador de los dormitorios—. ¿Qué hora es? —pregunta Hafsah al fin.

—Casi la una.

—Necesito comida.

—¿Bagels de pizza?

—Dios te bendiga.

Mientras Rebecca va al frigobar, Hafsah se estira y se sacude. Aunque saben que probablemente se quedarán despiertas un par de horas más, Rebecca sirve dos tazas de leche en vez de refresco. No necesitan cafeína tan noche. Además, con suerte la leche les controlará las agruras por la salsa de tomate barata. Al escuchar el pitido del microondas saca los minibagels y se quema los dedos al acomodarlos en dos platos de plástico con caricaturas que compraron en el pasillo de fiestas de la tienda de a dólar.

Hafsah acepta su plato con una sonrisa y de inmediato lo deja a un lado para que se enfríe, mirando a Rebecca con gesto acusador. Ella le responde con una sonrisa y se chupa la yema del dedo medio, sabiendo que eso no la hará sentir mejor, pero no sabe qué más puede hacer.

—¿Las otras no se han reportado para nada? —pregunta Hafsah.

Rebecca mira su teléfono para estar segura.

—No desde las diez. Se fueron del bar para ir a Eight Seconds.

—¿No es el bar de country? ¿Con baile en línea y todo eso?

—Sí.

—¿Por qué diablos fueron ahí?

—¿Porque Ellie creció con ese tipo de bailes y le dio nostalgia?

—¿En serio?

—Tiene fotografías. Incluso ganó concursos, Hafsah. —Rebecca se ríe y mueve los bagels en su plato, pero aún no intenta tomar uno—. La pequeña Ellie, con el cabello en dos coletas con caireles, botas y sombrero de vaquera rojos, camisa de cuadros amarilla y falda de mezclilla, con sus medallas y trofeos en mano. Es adorable.

Hafsah parece conmovida aunque no quiera.

—Me cuesta trabajo creer que te haya enseñado esas fotos por voluntad propia.

—No lo hizo. —Pica uno de sus bagels para ver si ya está frío y suelta un quejido cuando el queso le quema el dedo—. ¿Te acuerdas del año pasado, cuando intentó robarse mi vestido verde porque se enamoró de él y decidió que se le veía mejor a ella que a mí y que eso era razón suficiente?

—No creo que nunca vaya a tener la suerte de olvidarlo. Y probablemente nadie en este piso.

—Cuando se lo mandó a su madre por correo para que yo no se lo pudiera quitar, le escribí a su mamá. Ella me lo envió de regreso, junto con varias fotos adorables y algunas vergonzosas para usarlas como arma o como venganza, lo que me conviniera más. —Claro que la madre de Ellie también dijo que su hija dejó de participar en las competencias cuando empezó a desarrollarse. O más bien, cuando uno de los jueces se la pasó entrando al área donde las chicas se cambiaban y Ellie quedó descalificada por patearlo en las bolas.

Al parecer hasta la adorable versión con coletas de Ellie era muy Ellie.

—Baile en línea —dice Hafsah, negando con la cabeza.

—Oye, el baile en línea es divertido. En la escuela nos ponían a hacerlo en educación física.

—Claro, pero tú encajas. Yo no suelo ser la favorita de esa clase de personas.

—Cierto. —Rebecca pica otro bagel.

—Deja de hacer eso. Te los podrás comer cuando ya no estén humeando.

—¡Pero ya tengo hambre!

—Basta.

Un poco después, al fin pueden comer sin que haya más dedos quemados. Hafsah cambia su laptop por un libro para dejar de maldecir hacia desconocidos de internet. Rebecca saca sus notas del artículo que uno de los de último año le pidió que escribiera para su blog de crimen. Tiene una buena cantidad de lectores, y ya le ha pedido otros textos a Rebecca que por lo general le generaron algunas propuestas remuneradas de parte de algunos medios pequeños que los leyeron.

Como a las dos treinta su teléfono suena, y un número desconocido aparece en la pantalla. Rebecca lo observa, pensando. ¿Podría ser un número de la universidad? Es eso, o las chicas se separaron y alguien tuvo que pedir prestado un teléfono de nuevo. Acepta la llamada.

—Rebecca Sorley.

—Estás despierta. Genial —dice una voz conocida—. Soy Kerry. Estoy en la recepción.

—Ay, Dios —gime Rebecca—. ¿Otra vez están demasiado borrachas para subir las escaleras? Maldita sea. Ahora bajo.

—No es sobre las chicas —dice Kerry de inmediato—. O quizá sí. No sé. Pero ¿estás en el dormitorio?

—Sí, estoy arriba. ¿Qué pasa, Kerry?

—Vístete y baja. Aquí hay un par de policías que dicen que necesitan hablar contigo.

Rebecca se queda petrificada y su corazón late exageradamente fuerte. Entre el golpeteo que rebota en sus oídos, alcanza a escuchar la voz de Hafsah preguntándole si pasa algo.

Ay, Dios, la última vez que Kerry las despertó por la policía fue porque Kacey...

Traga saliva.

—Son las dos y media de la mañana —dice al fin.

—Lo sé. Lo siento.

O sea que, se trate de lo que se trate, es algo importante.

—Ahora bajo.

133

14

Rebecca observa sus cómodos shorts de algodón y la camiseta de manga larga del equipo del anuario de la prepa y decide que puede salir así. El miedo le eriza la piel. ¿Y si le pasó algo a alguna de las chicas? ¿Y si Ellie está en la estación de policía otra vez? ¿Y si es algo peor? Kerry no le dijo que fuera acompañada de nadie; la policía debe haber preguntado por ella específicamente. ¿Por qué?

—¿Qué pasa, Rebecca?

—No sé. Unos policías están abajo y quieren hablar conmigo.

En vez de hacer más preguntas, Hafsah asiente y se levanta del escritorio.

—Bajo en cuanto me vista —dice.

—Gracias.

Casi se le olvida tomar sus llaves por la prisa de salir hacia la escalera, donde baja de a dos o tres escalones a la vez. Cuando llega a la planta baja ve a Kerry detrás de la recepción, con los brazos cruzados y mirando con el ceño fruncido a los policías uniformados frente a ella. Rebecca ve que son del Departamento de Policía de Gainesville, los mismos que fueron a hacer preguntas sobre Kacey.

A unos metros del par uniformado, una versión exhausta del Det Corby anda de un lado a otro entre la recepción y los buzones. Levanta la vista de golpe al escuchar los pasos acelerados de Rebecca y alza una mano.

—Las chicas están bien. No venimos por ellas —dice de inmediato.

Rebecca se detiene de golpe y se apoya con las manos en las rodillas intentando recuperar el aliento mientras la llena el alivio.

—De acuerdo —logra decir al fin. El miedo no se ha ido del todo, pero al menos ya no lo siente tan profundo—. De acuerdo. ¿Qué pasa?

—Deberíamos sentarnos.

Su tono es amable, casi acogedor, pero la expresión y la mirada le dicen a Rebecca que está frente al detective Corby y no con su amigo. Esto le causa un poco de pesar; sea lo que sea, sospecha que le vendría bien un amigo en este momento. Rebecca asiente, le da las gracias a Kerry por llamarla, por preocuparse por ella, y va hacia los sillones azules cerca de las máquinas expendedoras. Quizá sí debió tomarse el tiempo de ponerse pantalones, pues ahora tiene que mantener las rodillas juntas mientras se sienta en una esquina junto al descansabrazos.

El detective Corby se sienta en el sofá de al lado, y la mujer policía se acomoda junto a él. El otro policía se queda parado al final del sillón, pasando la mirada entre ellos y la puerta. El detective saca una fotografía impresa de su bolsillo y se la muestra a Rebecca.

—Queremos preguntarte sobre él.

Ella lo mira. Parece una foto de Facebook. Es un joven sin camisa con cabello rubio alborotado y un vaso rojo en cada mano. Rebecca niega con la cabeza, confundida.

—No estoy segura… espera. —Toma la foto, la acomoda sobre el descansabrazos y presiona los pulgares a los lados de la cabeza del chico para cambiar la perspectiva de su cabello. Si se imagina que lo trae relamido hacia atrás como Draco Malfoy… se le hace un nudo en el estómago.

—Es Merolico, ¿verdad? —Casi dice Merolico el Imbécil, pero no lo hace.

Corby asiente.

—Merolico Pennington-Cabbot III.

—¿Merolico es su nombre, no su apellido? —Rebecca se tapa la boca con la mano, apenada, pero alcanza a ver cómo los labios de la policía esconden una sonrisa.

La quijada de Corby se mueve con discreción, un gesto que Rebecca reconoce bien de cuando él quiere sonreír pero sabe que no debe hacerlo. Es algo que vio mucho cuando él les daba clases.

—Lo encontraron muerto anoche.

—Ay, Dios. —Ella mira la foto, impactada, observa al chico que le dejó moretones en el pecho, el que creó otro lugar donde ella se sentirá más insegura—. Fue… ¿fue otro ataque de caimán?

—No.

Y ahora sabe por qué le están haciendo preguntas en plena madrugada. Mira una vez más la foto y luego la devuelve con manos temblorosas. No se siente mal por no haberlo reconocido, menos porque la luz afuera del bar era muy poca, y todavía menos porque su rostro estaba completamente distorsionado por la rabia.

—¿Qué necesitan saber? —pregunta en voz baja y con el corazón acelerado.

—Ten en cuenta —dice la policía— que estas son solo unas preguntas. No estás bajo arresto. Puedes negarte a responder e incluso a dirigirnos la palabra, y puedes llamar a un abogado si así lo quieres.

Si llamara a sus tías, podrían recomendarle a alguien que esté cerca. Quizá hasta a alguien a quien no le moleste que lo busquen a esas horas. Pero niega con la cabeza.

—Así está bien.

Corby dijo que lo encontraron esta misma noche, pero ¿lo acababan de matar? Por las prisas olvidó su teléfono sobre el escritorio, pero tiene la imperiosa necesidad de mandarle un mensaje a Ellie para ver dónde está. Por favor, por favor que haya estado peleándose en público, en algún lugar muy muy lejos de donde encontraron el cuerpo.

—Bueno. Si en cualquier momento cambias de opinión, avísanos.

Rebecca asiente. Ha estudiado cómo son estas cosas, ha escuchado las historias de sus tíos y primos, pero es la primera vez que lo vive, y no se esperaba el golpe de la adrenalina, la sensación de que cada uno de sus nervios está sobrecargado de energía.

Corby saca su teléfono, abre las notas y se inclina hacia adelante, acomodando las manos entre sus rodillas.

—¿Nos podrías decir dónde estuviste esta noche?

—Arriba.

—¿Desde cuándo?

Ella y Ellie se encontraron con Luz y Keiko en el comedor para cenar más o menos temprano. En el camino de vuelta desde Sledd, Ellie comenzó sus ruegos para que salieran por la noche.

—Creo que regresamos un poco después de las seis. No sé a qué hora exactamente.

—¿Y después?

—Casi todas las chicas de la suite se empezaron a arreglar para salir. Hafsah y yo decidimos quedarnos.

—¿*Hafsah*?

—Mi roomie. Hemos estado haciendo tarea toda la noche.

—¿Estuvieron juntas todo el tiempo?

—Salvo por las idas al baño, sí, pero el baño está justo afuera del estudio —responde—. Solo un par de minutos por vez. —Nota que aún le tiemblan las manos, por lo que se las guarda entre los muslos y el asiento. Se pregunta cómo murió. Es poco probable que haya sido un accidente de auto, porque no estarían hablando con ella.

—Entonces ¿no hubo ningún momento en el que se separaran por más de un par de minutos?

—No hasta que bajé por la llamada de Kerry. —Quien, por cierto, está observando todo con gesto atento y protector desde su escritorio, con Hafsah junto a ella, como un apoyo silencioso pero visible. Rebecca se siente mejor por tenerlas ahí. Tan solo verlas la reconforta; no está sola.

La mujer policía, cuyo nombre Rebecca no alcanza a leer en su placa, pues el hombro de Corby la está tapando, se reclina en el sofá, quedando en una postura abierta y acogedora. Rebecca piensa que lo hace para generar confianza, e intenta no reírse porque de verdad que no es gracioso, y quisiera que su cerebro dejara de verlo como un ejercicio de la escuela.

—Sé que el detective tiene más datos sobre Merolico, pero ¿podrías contarme tú sobre él? No entiendo de dónde se conocen.

Rebecca piensa que es un truco bastante inteligente, y no puede evitar sentir admiración por la mujer. Animar a alguien que está a la defensiva, o quizá obligarlo a aceptar un grado de cercanía que no existe. Como sea, es una buena manera de agarrar a alguien en curva. Rebecca niega con la cabeza un poco.

—Hasta donde sé, solamente lo vi una vez, afuera de Tom and Tabby la semana pasada. —¿En serio fue hace apenas una semana?

—¿Nos puedes contar sobre ese encuentro?

—Mis amigas estaban adentro —dice—. Salí a tomar aire y un tipo se me acercó, se ofendió al ver que no me interesaban sus halagos y me jaloneó. —Por reflejo, se toca el lugar donde estaban los moretones. Ya se borraron, pero ahora que habla de lo que pasó casi puede sentirlos de nuevo—. Lo pateé para que me soltara y me arrancó el vestido hasta la cintura, fue ahí cuando llegaron el Det Corby y el oficial Kevin del Departamento de Policía de la universidad.

—Cuando dices que lo pateaste…

—Fue una vez —confirma, y le lanza una mirada al otro policía—. Entre las piernas.

El oficial hace un gesto de dolor y la mujer sonríe.

—Eso funciona bien.

—Admito que no tanto como yo hubiera querido. El detective y el oficial fueron los que lograron que me soltara.

—¿Habías estado bebiendo?

—No.

—¿Segura? —insiste la policía.

—No tomo cuando salgo. —Tras pensarlo un momento, les cuenta de la vez que la drogaron en la prepa y cómo ahora revisa hasta sus bebidas sin alcohol en bares y clubes. También les cuenta lo de Daphne. Si Rebecca va a beber, será entre personas en las que confía y con botellas selladas y que evidentemente no hayan sido adulteradas. Corby tensa los dedos con los que sostiene su teléfono, pero sigue tomando notas.

—¿Qué pasó después?

—El oficial Kevin se alejó un par de metros con el chico y el Det Corby se quedó conmigo mientras llamaba a mis amigas.

Salieron. El detective nos ofreció un aventón de regreso al dormitorio por lo de… pues por cómo estaba mi vestido, y ninguna traía suéter ni nada que pudiera prestarme. Él nos trajo hasta acá y el oficial Kevin se quedó con Merolico.

—¿Cuándo supiste cómo se llamaba?

—Cuando el detective lo dijo al ver su licencia. —No menciona que todas se burlaron de eso. No es un detalle necesario y mucho menos útil.

—¿Y luego?

—Volvimos al dormitorio. Algunas de las chicas todavía tenían ganas de salir, pero yo solo quería bañarme y quedarme en casa, así que decidieron quedarse ellas también.

—¿No levantaste una denuncia?

No puede responderle a esa mujer como lo hace con el Det Corby, alguien a quien conoce lo suficiente como para hacer comentarios listillos. Incluso honestos.

—No hubiera servido de nada. Fuera de un par de moretones y el vestido rasgado, no hubo suficientes daños para que me tomaran en serio. Simplemente no hubiera servido de nada.

—Y ¿lo volviste a ver después de eso?

—No que yo sepa.

—¿Que tú sepas?

Pese a todo, Rebecca puede ver cómo Corby se lleva una mano a la boca para disimular su sonrisa, y eso la anima un poco.

—Hay muchos estudiantes, y quizá no lo hubiera reconocido con facilidad. Es posible que nos hayamos cruzado durante la semana, pero la verdad no podría decirles que sí.

—¿No hubo llamadas? ¿Ni mensajes ni correos electrónicos? ¿Nada?

Rebecca niega con la cabeza y tensa los dedos de los pies mientras piensa que ojalá se hubiera puesto calcetines.

—No. No sé cómo podría saber mi nombre, y mucho menos mi número de teléfono o mi correo.

—Las otras chicas de tu suite —continúa la oficial— ¿son las que estaban contigo esa noche?

—Casi todas —responde Rebecca—. Hafsah no salió esa noche, pero las otras sí estaban ahí.

—¿Y dónde están ahora?

—¿En la calle? —Se encoge de hombros—. Perdón, no sé dónde están. Dijeron que quizá irían a un bar, y como a las diez me mandaron un mensaje para decirme que se pasarían a Eight Seconds, pero no he sabido más de ellas. —Lo cual, si lo piensa, es un poco raro, porque casi todo cerró hace más de media hora. Ya deberían haber regresado, a menos que se hayan ido con alguien.

—¿Alguna de ellas se enojó por lo que pasó?

—Somos chicas —señala Rebecca, con tono neutral—. Todas nos enojamos. Todas tuvimos miedo. Casi siempre estamos así, ¿sabe?

El policía la mira de soslayo, pero su compañera solo asiente. Quién sabe si es porque entiende o porque está queriendo generar camaradería con Rebecca.

—¿Alguna mencionó algo sobre querer encontrar a Merolico?

Rebecca hace un gesto de dolor al sentir cómo sus uñas se le entierran en el muslo, y es obvio que todos se dan cuenta de esto. Sabe que tienen que hacerle esa pregunta, es algo obvio y es parte de su trabajo. También sabe que algo puede ser profundamente inocente, pero aun así verse muy muy mal. Toma aire y lo suelta despacio.

—El vestido que traía esa noche… —dice al fin, con cuidado, luchando para que no parezca que está construyendo su historia—. Era de mi amiga Ellie. Vive en el otro lado de la suite. Tenemos la misma complexión, así que siempre nos prestamos la ropa, y ella insistió en que me pusiera eso. El vestido que terminó arruinado era de ella. Esa noche se quedó conmigo y con Hafsah y dijo en tono de broma que le pediría al padre de Merolico que le pagara su vestido.

—¿Conoce a su padre?

—No, pero si te llamas Merolico… —Se muerde el labio al ver el gesto confundido de los policías—. Es un nombre extravagante, como de rico. Tal vez su papá podría pagar sin problema el vestido roto.

—¿Ella o alguna de las otras volvió a mencionarlo?

—Casualmente. Hafsah y yo hablamos un poco al respecto, y las otras me siguieron preguntando sobre eso de vez en cuando,

140

solo para asegurarse de que estuviera bien. Y al día siguiente salió el tema con el oficial Kevin.

—¿Viste al oficial Kevin?

—Andaba en bicicleta por el campus cuando Hafsah y yo veníamos de regreso después de cenar. Me preguntó si estaba bien, si el muchacho me había vuelto a molestar, y luego insistió en acompañarnos hasta nuestro edificio.

Se escucha un escándalo afuera de la puerta, hacia donde Rebecca no alcanza a ver, así que mira a Kerry y Hafsah, que están en la ventana junto a la puerta. Ambas suspiran con gesto resignado.

Deben ser sus compañeras de suite, y suena a que están demasiado borrachas como para lograr abrir la puerta. Al fin una lo consigue y entran con torpeza entre risas, insultos y los lloriqueos de Keiko que sigue padeciendo los efectos del estrés. Ellie se va directo hacia donde da la corriente del aire acondicionado y, ay, no, su vestido.

Hafsah observa a Ellie con gesto intrigado.

—¿Traías eso cuando saliste de aquí?

—¡Nop! —anuncia su amiga pelirroja. Es el vestido de la semana pasada, con la parte del frente sostenida con cinta plateada, y definitivamente no salió con eso puesto, porque Rebecca la hubiera encerrado en el cuarto hasta que se pusiera otra cosa—. Lo traía en mi bolsa por si íbamos a Tom and Tabby, para que Merolico el Imbécil viera lo que hizo.

El detective y los policías voltean a ver a Ellie, y Rebecca cierra los ojos.

15

Así inicia una larga mañana. Los policías hablan con cada una de las chicas. Las cinco que salieron están hasta el copete, lo cual dificulta que den respuestas claras. Junto a Hafsah, Rebecca escucha las otras entrevistas y no sabe si solo están confundidas o si en serio se la pasaron separándose del grupo en distintas combinaciones.

Al menos Hafsah está tranquila. Piensa en cada pregunta antes de responder, y reconoce sin problemas que no estuvo presente aquella noche y que no se enteró de nada hasta que Rebecca volvió. Keiko se la pasa llorando, y Luz se mete para asegurarles a los oficiales que es su respuesta al estrés y que lo hace siempre. Delia se está quedando dormida, y tras varios codazos de Susanna para que despierte y responda, las dos terminan dándose de manotazos sobre la mesa de centro.

A Rebecca no le sorprende ver al policía alejarse por un momento para reírse en privado. Le sorprende más que los otros dos no lo hagan también.

Y luego le toca a Ellie. Ellie, que celebra cuando le dicen que Merolico está muerto y luego pide el contacto de su padre para hablarle sobre lo de su vestido. El vestido que se llevó esta noche con la esperanza de encontrarse de nuevo con Merolico. Rebecca quiere creer que Ellie lamentará sus palabras cuando esté sobria.

Pero sabe que Ellie casi nunca se arrepiente de nada, borracha o sobria.

La mujer policía hace la mayoría de las preguntas y Corby solo agrega sus propias preguntas unas cuantas veces. Tiene sentido. Después de todo, él las conoce. Es su amigo. Y probablemente solo vino porque era el único detective disponible, y se retirará en cuanto alguien más pueda tomar su lugar. Para evitar favoritismos, deja que la policía haga casi todas las preguntas.

De vez en vez la puerta se abre y entra otra estudiante. Una de las de último año que viven en el tercer piso ve a los policías y se queda petrificada, con la ropa interior en una mano y una botella de vodka en la otra. Los oficiales miran hacia otro lado para dejar en claro que no les interesa; no son policías del campus, y para ellos, la chica tiene veintiún años. Ella se va corriendo hacia las escaleras con la cara colorada.

—¿Dónde lo encontraron? —pregunta Ellie, con el frente del vestido caído sobre su cintura. En algún punto de la conversación se quitó la cinta para que pudieran ver los daños, y ahora parece estar muy cómoda con toda la copa derecha de su brasier de puntitos al aire.

—Aún no podemos revelar esa información —responde la mujer policía con una sonrisa desganada.

—Bueno. ¿Cómo murió? Ay, ¿fue doloroso? Espero que haya sido doloroso.

—Ellie —mascula Rebecca.

—¿Qué? No me puedes decir que no te da curiosidad.

—Claro que sí, pero no puede ser que no te des cuenta de cómo se ve que preguntes eso.

Su amiga se echa a reír. Clásico de la Ellie borracha.

Casi a las cinco de la mañana, los oficiales deciden que es hora de irse, y Corby no se opone. Pero volverán en cuanto las chicas se hayan curado las crudas. La mujer policía extiende una mano para despedirse de Rebecca, pero antes de que ella le responda el gesto, la puerta principal se abre para dar paso a una chica en pantalones de mezclilla y brasier que va ayudando a caminar a otra con un vestido corto. La del vestido, una amiga de Rebecca que está en varias clases de periodismo con ella, se ve asustada, tiene casi todo el maquillaje corrido por las lágrimas y lleva un brazalete de la sala de urgencias del hospital.

Rebecca se levanta de golpe y se apoya en el respaldo del sofá, cerca de la cabeza de Corby.

—¿Estás bien, Jules?

Jules abre la boca para responder, ve a los policías y se echa a llorar.

Su amiga la abraza y se mece suavemente para consolarla. Mira con desconfianza a los oficiales y luego se dirige a Rebecca.

—Ella, eh… Tuvo una mala noche. Pero fue a Urgencias por el shock, no por, eh… Fue por el shock.

Rebecca mira los pies descalzos de Jules y su mente cansada intenta conectar las cosas que sabe que están relacionadas. La mirada que les lanzó a los policías.

—Encontraste a Merolico. O sea, su cadáver.

—¿Cómo llegaste a esa conclusión? —pregunta la mujer policía entre los llantos que cada vez son más fuertes.

—Porque fue por el shock y no tiene heridas ni está enferma. Y no trae zapatos.

La policía mira a Corby, quien se ve más resignado que sorprendido.

—Te fijas en cosas así, ¿eh?

—Tengo un par de tíos que son detectives —responde Rebecca—. Siempre hacen juegos de observación con los niños.

—Oh.

Rebecca lo interpreta como un sí, Jules encontró a Merolico. Quiere decir algo, pero aún no sabe qué, cuando ve por el rabillo del ojo que Ellie está a punto de hablar. Se da la vuelta y avienta a Ellie contra los cojines, plantándole una mano sobre la boca.

—Cállate —ordena.

La respuesta de Ellie no se alcanza a escuchar, pero quienes la conocen saben bien lo que quiso decir.

Rebecca niega con la cabeza, cansada.

—Cállate —repite—. Está en shock, y tu curiosidad no importa más que su bienestar. Déjala en paz. —Además, carajo, los policías están por dejarlas ir, y Ellie parece decidida a obligarlos a que la arresten por puras sospechas.

Ellie discute. Obviamente. Ellie siempre discute. Pero Rebecca se le sienta encima sin quitarle la mano de la boca, hasta que la roomie de Jules logra llevar a su amiga hasta la escalera. Y Rebecca no suelta a Ellie hasta un poco después, para estar segura. No quiere pensar, aún no. Solo quiere que se acabe esta conversación.

Keiko está llorando de nuevo, o quizá no había dejado de llorar, lo cual hace que Luz se sienta en la necesidad de explicar que no solo llora por estrés, también por empatía, y que en serio está bien, que no le hagan caso.

Una sombra cubre el rostro de Ellie y Rebecca levanta la cabeza para ver a Kerry frente a ellas.

—Te ayudo a irte a tu cuarto, Ellie, para que dejes de molestar a gente que no te hace nada.

—Yo no hago nada —masculla Ellie cuando Rebecca le quita la mano de la boca.

Esto logra que Keiko deje de llorar para soltar una carcajada burlona.

Rebecca se acomoda sobre el descansabrazos para dejar que Kerry se lleve a Ellie. Ambas se quejan y se tambalean hasta que logran mantener el equilibrio.

—¿Podemos pasar por la habitación de Jules? —pregunta Ellie.

—No.

—Qué grosera. —Siguen caminando con torpeza hacia la escalera—. ¿Y si te lo pido por favor?

—Eso estaría bien.

—¿Podemos pasar por la habitación de Jules, por favor?

—De todos modos no.

—Mierda.

Hafsah niega con la cabeza y ayuda a las otras chicas a levantarse. Delia se tambalea hacia la izquierda y Rebecca tiene que correr para sostenerla antes de que se caiga sobre la mesita de centro.

—Gracias —dice Delia con una sonrisa amable—. Ojalá hubieras ido con nosotras. Las cosas se ponen mucho menos locas cuando estás tú.

Rebecca la mira.

—Qué miedo, Delia.

—Ya sé.

Hafsah guía a las otras cuatro hacia las escaleras.

—Vamos, todas se van a tomar una enorme botella de agua antes de dormir.

—¿Yo puedo tomar jugo de naranja? —pregunta Susanna.

—Si te tomas una botella de agua antes y otra después, sí.

—Es mucha agua.

—Tomaste mucho alcohol.

—¡Claro que sí! —grita Susanna alegremente, y se echa a reír entre hipos. Rebecca se toma un momento para dar gracias por el pragmatismo del Departamento de Policía de Gainesville. Están ahí por lo del asesinato, y por tanto fingen que no se dan cuenta de que ahí hay menores de edad que estuvieron bebiendo, y al menos el detective lo sabe. Y si eso los hace creer que Ellie solo se está incriminando porque está borracha y confundida, pues mejor para Ellie.

Cuando los sonidos de las otras desaparecen a lo lejos, la mujer policía se dirige a Rebecca.

—No te molestó que yo hiciera las preguntas.

Rebecca niega con la cabeza.

—No hubiera sido apropiado que él se encargara de esto.

—Agradezco que lo reconozcas.

—Quisiera hacer una pregunta, ¿puedo? —Cuando la policía asiente, Rebecca continúa con cautela—. No voy a pedir detalles, pero Jules no es muy sensible que digamos; quiere especializarse en investigación y cobertura de epidemias. Aguanta mucho. La escena era muy fea, ¿verdad?

—Te puedo decir que no era bonita —reconoce la mujer—. Sin dar más detalles, fue un ataque con odio.

Rebecca asiente y reflexiona en las palabras de la policía. A diferencia de Ellie, no necesita ver las fotografías. En realidad no le molestan las escenas sangrientas. Quizá ha visto bastantes documentales, o puede que sea el inevitable resultado de tener una madre enfermera. En circunstancias normales, no le agobia, pero esto es… personal, ¿no? No importa que Merolico no fuera su amigo, que la haya atacado; es alguien a quien conoció en persona y ahora está muerto y aparentemente se fue de una manera terrible y tal vez como resultado de una venganza. ¿En su nombre?

Espera que no sea así.

Se pregunta cuándo recordarán los policías que Ellie se cambió de ropa en algún momento de la noche y preguntarán qué traía puesto antes. El vestido se puede enrollar para hacerlo caber en una bolsa pequeña, pero sería complicado acomodar en ese espacio los jeans y el top de lentejuelas con los que salió, o quizá incluso imposible. Pero Ellie es su amiga, y Merolico es el imbécil que la atacó, así que no lo menciona. Ya se les ocurrirá, o no, y no es responsabilidad de Rebecca hacer su trabajo. En especial no si se trata de algo que levantaría más sospechas sobre su amiga.

Corby le da unos golpecitos en la pantorrilla con su teléfono para llamar su atención.

—¿Estás bien?

—Estoy… —Ella se mira los pies; lleva las uñas pintadas de naranja y azul un poco despostilladas, porque Luz ha estado muy ocupada como para arreglarles los pies—. Supongo que sí. Al menos no soy el cadáver. —Hace un gesto de pesar al notar lo mal que sonó eso, pero ¿hay una mejor manera de decir algo así? —No sé. Es solo que… —Busca las palabras correctas y hace un gesto de pena ante las únicas que encuentra—. No me lo esperaba.

El detective asiente y Rebecca agradece que lo acepte sin más, en vez de pedirle explicaciones, porque en ese momento cualquier pregunta se sentiría como parte de la entrevista.

—Cuando le entreguen el caso a alguien más, es probable que el nuevo detective quiera hablar contigo.

—Sí, me lo imaginé.

—Si necesitas algo…

—Te aviso cuando asignen al nuevo detective.

Corby y los policías se ríen.

—Intenta dormir un poco —dice—. Y mantén tu teléfono a la mano.

Claro, porque será fácil dormir en un momento como ese. Pero los policías se han portado muy bien, así que decide no burlarse de él frente a ellos.

Cuando los tres se van, Rebecca sube corriendo hacia su habitación para ayudar a Kerry y Hafsah a acostar a las borrachinas.

Alcanza a escuchar a Ellie discutiendo y las primeras notas de la versión de Susanna de «Signore, ascolta!», pero quiere… necesita…

Toma su teléfono del escritorio y vuelve a la escalera. Puede que sea egoísta, pero necesita más tiempo. Tiempo, antes de tener que preguntarse si Ellie lo hizo, si debería decir algo al respecto. Si ese algo debería decírselo a Ellie o a los policías. Tiempo, antes de que tenga que preguntarle a Ellie qué pasó con los jeans que agarró de su clóset después de la cena como premio de consolación, ya que Rebecca se negó a salir con ella.

Se jala los shorts para que al sentarse sus nalgas no toquen el suelo frío y se acomoda en el último escalón antes de llegar al cuarto piso, manteniendo una buena distancia de la puerta. Revisa sus últimas llamadas, selecciona una y presiona el ícono para marcar. Su rodilla salta de arriba abajo mientras escucha los timbrazos.

—¿Qué diablos haces despierta a esta hora en sábado?

La voz ronca, calurosa y llena de afectuosa molestia de Gemma casi la hace llorar. Traga saliva, y encima tiene que aclararse la garganta para poder hablar.

—¿Te acuerdas del tipo que me atacó en el bar? Está muerto. Alguien lo mató anoche.

La escalera está tan silenciosa que Rebecca puede escuchar cómo Gemma se sirve su café en vez de responder de inmediato.

—¿Tienes miedo… —dice al fin su hermana—… por tu amiga la que siempre está enojada?

—Sí.

—Cuéntame.

Rebecca toma aire y, sin dejar de ver hacia la puerta, comienza a hablar.

16

Merolico es un problema.

No era, lo sigue siendo. O sea, sigue siendo un problema a pesar de estar muerto.

O justo porque está muerto, supongo.

El punto es que es un problema.

Cada muerte se vuelve más riesgosa y las cosas se ponen más complicadas. La gente pone más atención, hace más preguntas, nota cuando hay alguien que no encaja. Me he preparado para que cada víctima sea la última por si la atención se vuelve excesiva. Está bien; es parte del cálculo de los asesinatos, pero Merolico...

Él no estaba en los planes.

Merolico es un desafortunado imprevisto.

Recorro la fiesta, con una cerveza en mano que no estoy bebiendo. Es más que nada parte de mi camuflaje, en especial por lo barata que es. Preferiría tomar meados de caballo que acabarme esta botella. Aunque Halloween aún está lejos, la fraternidad de la fiesta decidió que tuviera temática de superhéroes. Cualquiera que no haya traído disfraz puede tomar una máscara de plástico barato de los contenedores que están en la entrada. Los invitados pueden escoger entre el Joker, Batman, Superman, el Joker, la Mujer Maravilla, Aquaman, el Joker, Flash, Linterna Verde, Gatúbela y, para quien busca algo nuevo y diferente, el Joker.

¿Vale la pena el riesgo? Está claro que las personas están alertas, que no es lo que quería, pero tampoco es necesariamente un problema si no hago estupideces.

Y entonces veo la razón por la que vine, la razón por la que traigo una máscara de Gatúbela tan barata que me preocupa terminar drogada por el olor del plástico. El tipo está parado sobre el barandal del porche, con unas bermudas a la rodilla que muestran el tatuaje en su espinilla que le sube por el muslo casi hasta llegar al short. Las enormes letras están tan adornadas que son casi ilegibles, con su nombre de la fraternidad escrito en el tono verdoso de la tinta barata. Con un grito, se baja de un salto del barandal hacia los brazos de los chicos que están frente al porche, quienes, lamentablemente, lo atrapan y lo acercan al barril de cerveza, sosteniéndolo en vertical mientras él se acomoda la manguera en la boca.

Lo observo, meneando la cerveza en mi botella. Se escucha un trueno y los mosquitos y luciérnagas luchan por ganar espacio en el aire denso. En cierto sentido, este chico es la razón por la que murieron los demás. Era el primero en la lista, pero habría sido muy sospechoso si solo él hubiera muerto.

Se está ahogando con la cerveza, pero no suelta la manguera ni intenta retirarse. La cerveza le corre hasta la nariz y pasa sobre sus ojos cerrados y su cabello, pero él sigue riéndose e intentando tomársela. Si sus hermanos lo soltaran, ¿la manguera podría hundírsele en la garganta y ahogarlo antes de que alguien se diera cuenta? Sería conveniente. Un accidente, una verdadera pena.

Un auto se detiene frente a la casa y tres chicos salen del asiento trasero. Uno ondea unos calzones de mujer, desgarrados en la entrepierna. Creo que la prenda trae algo escrito, pues veo algo negro entre el gris y los arcoíris en la tela, pero no sé bien qué es. Es obvio quiénes son los miembros de la fraternidad, pues dejan lo que están haciendo para flanquear la banqueta coreando «¡Braga! ¡Braga! ¡Braga!», mientras el portador cruza con paso ceremonioso hacia la casa.

Miro el carro que se está yendo, pero no hay señales de ninguna chica adentro.

Lo encuentro en la formación, con su máscara del Joker sobre el cabello, como la trajo durante su intento fallido de tomarse toda la cerveza del barril. Está rodeando con el brazo a uno de sus hermanos, y ambos se ríen a carcajadas. Con un enorme estruendo, la lluvia comienza a caer.

—¡Concurso de camisetas mojadas! —grita. Él y otros chicos se echan a correr por la fiesta, tomando vasos de cerveza llenos para aventárselos a cualquier mujer con blusa de color claro, por si la lluvia no fuera suficiente.

Si fuera más inteligente, si fuera más cuidadosa, lo dejaría en paz. Disimularía. No llamaría la atención. Me rendiría y aceptaría que no puedo encargarme de todos los que se lo merecen.

Pero que se vaya a la mierda la precaución.

Vale la pena el riesgo por escucharlo sufriendo.

Me llevo la cerveza y la máscara para deshacerme de ellas en otro lado, y regreso al campus bajo la lluvia. Lo he estado observando durante varios meses, pero nunca de modo que se pueda dar cuenta. Sé de él tanto como su propia madre, o quizá más. Conozco sus costumbres y sus rutinas. Sé adónde va cuando quiere tener más privacidad de la que le ofrece la casa de la fraternidad.

Sé lo que hizo.

Merolico sigue siendo un problema, pero este chico… No puedo seguir adelante mientras él siga respirando.

17

Rebecca está sentada sobre el mueble para doblar ropa en la lavandería. Desde la pequeña bocina detrás de ella sale el sonido de un chelo y piano. Se trajo su laptop para revisar sus suscripciones y ver qué dicen los periódicos y blogs sobre las muertes por los caimanes, pero pronto se fue al fondo del lugar y cambió la computadora por su tejido. Es una actividad que la ayuda a mantener sus manos ocupadas mientras su cabeza les da vueltas a las cosas.

—¿Rebecca?

—Espera. —Contando entre dientes, termina los puntos antes de levantar la vista. Jules está en la puerta, con una bolsa de malla con ropa sucia sobre un hombro, vestida con una playera enorme, *leggins* y calcetines pachones—. Hola.

—¿Te molesta si te acompaño?

—Pásate.

No se dicen nada mientras Jules se prepara para cargar dos lavadoras, separando su ropa con agilidad. Cuando las máquinas están en marcha, se sube al mueble para doblar. Es un poco chaparrita como para que su salto sea elegante, pero lo logra. Se saca el teléfono de la cintura de sus *leggins*, lo pone en silencio y empieza a jugar Candy Crush.

Rebecca no intenta llenar el silencio. Se concentra en sus manos y en el estambre que poco a poco va tomando la forma de una cobijita para el futuro bebé de una prima. Ya se corrió el chisme, probablemente gracias a Ellie, de que Jules encontró el cadáver de Merolico. Ha pasado casi un día entero y aún hay pocos detalles, además de que Jules no ha querido decir nada al respecto, pero eso no ha evitado que los demás la presionen para sacarle información.

No sabe cuánto tiempo ha pasado, pero su lavadora ya terminó el ciclo. El estambre es mucho más ligero del que suele usar y se mueve con más libertad, y Rebecca ya perdió la noción del tiempo entre el vaivén del gancho y la sensación del estambre corriendo entre sus dedos. Está tan embebida en eso, que se sobresalta y tira el gancho cuando Jules se aclara la garganta.

—Perdón —masculla la otra chica.

—Creo que puedo recuperar los puntos. —Es una tarea difícil, y no está segura de que no se vaya a notar, pero le basta con haber logrado recuperarlos. Llega a una puntada en la que puede detenerse y se vuelve hacia Jules.

—¿Qué pasa?

—No me has preguntado. —Jules vuelve a mirar su teléfono, moviendo el dedo sobre la pantalla para avanzar en su juego.

—Pensé que ya te lo habían preguntado suficientes personas.

—Ellie dice que él te atacó.

—Ellie estaba viendo si te podía sacar información. —Como Jules no dice nada, Rebecca suspira y le cuenta sobre su encuentro con Merolico afuera del bar. No diría que Jules tiene derecho a saberlo, pero sí fue quien encontró el cuerpo. Si esos hechos están conectados, aunque espera con todo su corazón que no sea así, la curiosidad de su amiga es justificada. La curiosidad de la misma Rebecca tampoco carece de bases, pero como tanta gente ha estado atormentando a Jules con preguntas, ella no quiere ser una más que hace lo mismo.

Aunque de verdad quisiera saber.

Jules asiente, escuchando la historia. Rebecca ha visto esa misma expresión en el rostro de su amiga en clases, como si estuviera escuchando con cada uno de los poros de su piel para absorber cada palabra.

—¿Cómo te sentiste después? —pregunta cuando Rebecca deja de hablar.

—Bastante bien. Nerviosa, claro, y un poco lastimada, pero… Ya sabes. No es nada nuevo. Solo fue un poco más directo de lo normal.

—No estaba en Tom and Tabby. El cadáver.

Ese es uno de los pocos detalles que Rebecca ya conocía, pero no lo dice. Si Jules está lista para hablar, si quiere hablar, no necesita esas aclaraciones. Los rumores sobre el cadáver que encontraron en el estacionamiento del Durty Nelly han corrido por todo el campus. A la misma Rebecca le han hecho varias preguntas sobre las historias que circulan entre clases y en los jardines.

Esos rumores le dejaron saber que no fue la única con la que Merolico se quiso propasar, pero sí fue una de las pocas que por casualidad recibió ayuda a tiempo.

—Solo me había tomado un trago —continúa Jules—. Salí con mis amigas, pero le había dicho a mi novio que me iría a su casa después. Estaba en perfectas condiciones para manejar.

Rebecca asiente, no para darle la razón, porque no tiene idea de cómo se ponga Jules con un trago encima, sino para demostrarle que le está poniendo atención.

—Iba caminando entre los coches con las llaves en la mano, y estaba tan concentrada en vigilar los alrededores por si salía alguien a atacarme que no bajé la mirada. Y me tropecé con él. ¿Lo puedes creer? Había un tipo muerto en el suelo, y me tropecé con él.

—No lo viste —murmura Rebecca.

—Al menos no le caí encima, supongo. Me agarré de los autos que estaban a mis costados. Casi le arranqué el espejo lateral a uno. Y luego tomé mucho aire, como cuando tienes que recordarte que estuvo a punto de ocurrir un desastre, pero no pasó. Y fue ahí cuando me llegó el olor.

—¿A sangre?

—Muchísima sangre. Y abrí los ojos y… He visto autopsias. Fui becaria en los Centros para el Control y Prevención de Enfermedades. He leído y visto de todo. Puedo enfrentarme a enfermedades y epidemias horribles, y no pasa nada. Pero abrí los ojos, lo vi y grité. Sentí que nunca iba a dejar de gritar.

Hay algo en su expresión, no exactamente como si estuviera a la defensiva, pero sí distante, que hace que Rebecca sienta que un abrazo o algunas palabras de consuelo podrían no caerle bien, así que solo le da un empujoncito en el hombro con el suyo.

Como respuesta, Jules le muestra una pequeña sonrisa.

—Estaba muy mal. O sea, no me acerqué a revisar, pero estoy casi segura de que tenía la entrepierna destrozada. Yo no me podía ni mover. Me quedé ahí, como estúpida, gritando e intentando no vomitar.

—Me parece una reacción bastante razonable.

—No fue mi primer cadáver.

—Fue tu primer cadáver con el que te encontraste por accidente —señala Rebecca—. Los otros los tenías planeados, tuviste tiempo para prepararte. Ya los esperabas al entrar a la sala de autopsias. No te cruzaste con ellos de pronto mientras estabas de fiesta.

—Supongo que tienes razón. —Mira la pantalla de su celular mientras el juego cambia de nivel—. Las personas no dejan de hacerme preguntas.

—Las personas son horribles.

—Ellie no deja de hacerme preguntas.

—Ellie es horrible. Ya deberías saberlo.

Eso hace reír a la otra chica y, por un acuerdo tácito, dejan la lúgubre semana de lado para ponerse a comparar notas sobre su proyecto final para la clase de redes sociales. Jules se ha pasado casi todo el semestre rastreando tuits virales y mapeando su avance a través del lente de los vectores tradicionales para enfermedades. Rebecca está investigando la procedencia probatoria de las publicaciones en redes sociales y los pros y contras de utilizarlos en la corte. Ha sido interesante, pero en realidad no es algo nuevo, como lo demuestran todas las obras de las que ha tomado citas; pero al profesor le interesó la propuesta y por eso decidió no cambiarla.

—¿Son las dos de la mañana y están hablando sobre tarea? Ñoñas.

Ambas miran hacia la puerta y, al ver a Ellie ahí, Rebecca puede sentir cómo Jules se tensa.

—¿Qué tiene de malo? —pregunta Rebecca con tono tranquilo, pese a que siente que se le va a salir el corazón. Aún no ha preguntado qué les pasó a sus jeans que Ellie tomó prestados. Y no está segura de querer saber.

—Ugh. Qué aburridas son. —Ellie viene empapada por la tormenta, y al subirse de un salto a la barra, su cuerpo emana un olor muy característico.

Rebecca arruga la nariz en un intento por no estornudar.

—Apestas a mariguana.

—Estaba en una fiesta. —Ellie se acomoda en la mesa y estira una mano para darle un tironcito a un rizo de Rebecca—. ¿Tú por qué estás mojada?

—No podía dormir, y pensé que un baño con agua fría podría ayudarme. No funcionó, así que me vine para acá. —Quita la mano de su amiga antes de que gotee sobre el estambre que tiene en su regazo—. Ya casi se seca.

—No puedo creer que estén hablando de cosas de la escuela cuando podrías estar preguntándole a Jules sobre Merolico el Imbécil.

Rebecca cierra los ojos. Ya les presentaron a la detective que fue asignada al caso, una mujer de estatura media y facciones serias que se presentó como la detective Gratton. Ellie se portó muy… Ellie durante la segunda ronda de entrevistas, y Luz le dijo a Rebecca que la detective parecía estar especialmente interesada en cuántas veces se perdieron de vista unas a las otras por largos periodos esa noche. Si hubiera evidencia, ya la habrían arrestado. O sea que quizá no fue ella la que…

Ni siquiera en la seguridad de su propia mente Rebecca puede terminar esa frase con sinceridad. No admitirlo es una cosa, pero no tiene la costumbre de mentirse a sí misma.

Todos tienen curiosidad sobre el asesinato, porque parece… ¿casi normal? Es raro decirlo, pero es más fácil que los estudiantes entiendan un asesinato a la antigüita que la avalancha de ataques de caimanes que cada vez es más difícil creer que sean accidentales. La gente quiere aprovechar la distracción, pues la emoción apaga de manera temporal el miedo.

—Jules no tiene la obligación de contarle a nadie más que a la policía sobre Merolico el Imbécil —dice al fin—, y le haría bien no decir más. Estoy segura de que hay detalles que la policía aún no quiere que se vuelvan públicos.

Jules no dice nada. Pero sí se recarga en el hombro de Rebecca.

—Qué ridiculez. —Ellie se quita la blusa y voltea a ver las lavadoras en marcha.

—No te atrevas —le advierte Rebecca—. Ya casi terminan el ciclo.

—Bueno. —Refunfuñando, Ellie echa su blusa y sus jeans, bra y calcetines en una lavadora vacía—. Pero voy a usar tu detergente.

—El detergente sí. Mi tarjeta de la lavandería no, porque ya solo le queda crédito para las secadoras.

Ellie sacude una mano con gesto desinteresado y sale del lugar en calzones. A Rebecca le gustaría poder sorprenderse de que su amiga se sienta tan cómoda andando casi desnuda por todo Sledd Hall. Es casi como si lo hiciera para retar a la gente a tocarla, solo para poder castigarla por eso.

Por su parte, Jules no está tan acostumbrada a Ellie, así que se queda con la boca abierta viendo hacia la puerta por la que salió.

—¿En serio va a…?

—Sí.

—Pero ni siquiera…

—Traerá más ropa cuando regrese con su tarjeta de la lavandería.

Jules niega con la cabeza.

—¿Sabes que hay un rumor de que ella mató a Merolico? —pregunta en voz baja.

Rebecca suspira y baja la mirada hacia la cobijita que está tejiendo.

—¿Ellie empezó el rumor?

—Eh…

Niega con la cabeza para indicar que la pregunta no era en serio. O al menos no era una pregunta que esperaba en serio que Jules pudiera responder.

—Merolico atacó a una chica de mi clase de historia de Rusia —dice Jules, pasando sus pulgares por los costados del teléfono—. Cuando él vio que estaba en sus días, se asqueó, así que la golpeó un poco y la dejó en un rincón con la ropa rasgada. Ella no lo denunció, porque había estado bebiendo. «Quizá si no hubiera estado borracha…». —Jules suelta un resoplido burlón—. Puede que el que estés borracha les facilite un poco las cosas a veces, pero nunca las justifica. Pero entiendo por qué no denunció. Yo tampoco lo hice.

—Ni yo. Él no iba a perder y yo no podía ganar. ¿Para qué exponerme a eso?

—Exacto. Pero hoy esa chica le regaló una bebida de Starbucks a Ellie.

Rebecca frunce el ceño y se reacomoda en su lugar para quedar de frente a Jules.

—¿En serio?

—Y le dio las gracias.

Ay, Dios, por favor que eso no llegue a oídos de la detective Gratton.

—¿Cuántos más creen que ella lo hizo?

—¿En serio crees que esa es la pregunta más importante?

Rebecca analiza la expresión de Jules: solemne, preocupada y… ¿a la expectativa? Han estado juntas en varias clases de periodismo, y aunque tienen instintos diferentes, les han enseñado las mismas técnicas y patrones.

—¿Tú cuál crees que sea?

—¿Fue ella?

Pero Rebecca niega de nuevo con la cabeza.

—Puede que esa sea la pregunta de otras personas, Jules, pero no es la tuya.

Se miran en silencio hasta que las lavadoras de Rebecca avisan que ya terminaron. Ambas se bajan de la mesa y van hacia las máquinas para pasar las cargas a las secadoras. Rebecca enciende la primera y luego le pasa su tarjeta a Jules para que eche a andar la segunda. Jules pasa la tarjeta por el sensor y se la devuelve de inmediato.

—¿Cuál es tu pregunta, Jules? —pregunta Rebecca entre el gruñido seco de las máquinas.

Jules se le acerca y pone las manos sobre la secadora a manera de apoyo.

—¿Sería tan terrible si sí lo hizo?

Rebecca maldice entre dientes y por instinto estira la mano para tocar la pulsera de Daphne en su tobillo, hasta que se acuerda de que está de pie, así que solo da unos golpecitos nerviosos sobre la máquina con su tarjeta.

—Desde una perspectiva moral —continúa Jules—, ¿es distinto a golpear nazis?

—¿Hay alguna diferencia entre golpear y matar? —pregunta Rebecca con mordacidad.

—Lo que quiero decir es… —Jules hace un gesto de pesar y niega con la cabeza—. Bueno, fue un mal ejemplo. Pero la pregunta sigue siendo la misma.

—Fuera del hecho de que es ilegal…

—Es legal no vacunar a tus hijos. La ley no siempre tiene la razón.

—¿… en serio quieres que alguien tome decisiones de vida o muerte basándose en los chismes que corren por el campus? —pregunta como si Jules no la hubiera interrumpido.

—Hay una diferencia entre los chismes y la red de secretos.

—¿Y con eso basta? ¿Pondrías tu vida en juego por eso?

Jules se recarga sobre la secadora, con el mentón sobre sus brazos cruzados.

—No si lo pones así.

—Puede que quien haya matado a Merolico tenía una buena razón. Pero eso no hace que la acción sea correcta. Estamos hablando del asesinato de una persona. Puede entenderse, incluso puede justificarse, pero no puede ser inherentemente buena. —Rebecca se pasa los dedos entre el cabello, dándose unos jaloncitos en las puntas donde la orzuela le informa que en cuanto vuelva a casa tendrá que despuntárselo—. Con una cosa así… Me preocupa el efecto que pueda tener en los demás.

—¿En qué sentido?

—No siempre es bueno que los hechos te inspiren.

—¿No? Esta persona está enojada. Todas deberíamos estar enojadas.

—Todas estamos enojadas —la corrige Rebecca con brusquedad—, pero ¿adónde se va esa rabia? Los sombreros rosas y las marchas no han funcionado. Las protestas no han funcionado. Y ahora alguien decidió que matar es la solución.

—Pudo haber sido en defensa propia.

Rebecca solo la mira, y Jules se ruboriza y desvía la mirada.

—Tú viste el cuerpo; ¿parecía que fue en defensa propia?

—No —reconoce con un suspiro—. Es solo que quisiera que significara algo. Que sirviera de algo.

—¿Tendría más significado si fuera obra de Ellie?

—¿Quizá? O quizá solo son mis deseos. —Jules juguetea con las orillas de su suéter. El esmalte negro en sus uñas está despostillado y en partes se ve tan transparente que parece que usó un Sharpie para rellenar los espacios que quedaron sin esmalte—. ¿Te sientes más segura ahora que está muerto?

—No. Y tampoco siento que se me haya hecho justicia. —En realidad no ha pensado mucho en cómo se siente al respecto. Está muy confundida, y hablarlo con Gemma no le ayudó como esperaba para aclarar sus ideas—. Hablamos sobre él desde la perspectiva de las chicas a las que lastimó —continúa al fin—. Pero no es así como lo van a recordar, sino como un joven al que le arrancaron la vida o una estupidez así. Ni siquiera somos notas al pie. Cuando los asesinos son hombres, la gente los recuerda a ellos y no a sus víctimas. Pero cuando los hombres son las víctimas, la gente de todos modos los recuerda a ellos. No podemos ganar. Aunque estemos frente a un micrófono en el Senado, no podemos contar nuestras historias con la fuerza suficiente para cambiar el *statu quo*. Ahora alguien está gritando, y ¿si eso hace que otras mujeres quieran gritar? No podemos hacer grupos y salir a matar a los que nos han lastimado. La sociedad se destruiría.

—Quizá le vendría bien.

—Y por eso quieres que haya sido Ellie. Porque es difícil pensar en tu propia rabia como algo que no es razonable si estás cerca de alguien que está mucho más llena de ira. No se trata de si lo hizo o no, sino de que podría haberlo hecho. Es algo que nos hace sentir mejor respecto a la rabia que llevamos dentro. Nos dice que podríamos lograr algo maravilloso si nos permitiéramos estallar y soltar toda esa furia.

—¿Y no es verdad?

—¿Has visto fotografías de Krakatoa? —pregunta Rebecca, negando con la cabeza—. Esa rabia no es lo que promete. Solo puede ser destructiva.

—Tienes miedo de que haya sido Ellie.

—Tengo tanto miedo como tú tienes esperanzas de que sí haya sido ella. ¿Qué clase de personas somos?

No parece que Jules tenga una respuesta para eso. Y probablemente es lo mejor, porque un par de minutos después vuelve Ellie, por suerte ya con ropa, cargando una canasta de cosas por lavar.

Rebecca vuelve a la mesa para doblar ropa con su tejido, agradecida de conocer el patrón pese a la ligereza del estambre. Quiere creer que algo bueno puede salir de la muerte de Merolico. Es más, quiere creer que los vengadores bien intencionados pueden lograr algo, que pueden marcar un cambio para bien en la sociedad. Creció con historias de Robin Hood y héroes de ese tipo, con las moralejas que fueron permeando en cada uno de sus primos: haz lo correcto, aunque te digan que no lo hagas.

Pero era más fácil cuando lo correcto era evidente. Ahora es mucho más complicado definirlo.

Nota que sus jeans robados no están en la canasta de Ellie. Tiene miedo de que sí haya sido ella, lo reconoce. Pero ahora tiene una nueva preocupación: ¿y si no fue ella? ¿Qué efecto tendrá la mezcla de sospechas y apoyo en su temperamental amiga?

Si Ellie no es ya una asesina, ¿habrá algo en el mundo que pueda evitar que se convierta en una si cree que la gente se lo va a agradecer?

18

La tormenta anunció la llegada de un frente frío que bajó la temperatura hasta los veintiún grados, lo que provocó que los estudiantes llenaran los jardines para comer y estudiar bajo ese maravilloso clima. Está soleado pero hay brisa; es la clase de día hermoso que casi no se ve en los largos veranos de Florida.

La única señal que queda de las recientes muertes es la escasez de personas tomando el sol o haciendo ejercicio cerca del lago Alice. Solo un cuerpo se encontró ahí, pero los caimanes siguen presentes.

Rebecca y sus compañeras de suite están tumbadas sobre un par de mantas extendidas en el jardín. Delia está de rodillas, disfrutando la brisa con los brazos abiertos, los ojos cerrados y la cabeza echada hacia atrás, de frente al sol. Keiko la ayuda a estirarse, apoyándose en las rodillas de Luz.

Los chicos con el flotador de caimán volvieron, y otra vez intentan asustar a las chicas, pero esta vez lo que reciben son risas. Para pesar del Det Corby, piensa Rebecca, los estudiantes ya sacaron conclusiones sobre la relación entre las víctimas de los caimanes. Casi todos en el campus se han sentido más tranquilos desde que empezaron a circular esos rumores. Y ¿los que no? Pues si tienen una razón para seguir nerviosos, está bien que tengan miedo. La obvia saña en la muerte de Merolico cambió temporalmente la percepción general de las cosas.

Ellie está tumbada de espaldas, con su cabello como un río de lava que corre desde su cabeza. Sus piernas están envolviendo la cintura de Rebecca, con los pies a cada lado de la cadera de la chica, y uno de los libros de Rebecca descansa sobre las piernas de Ellie. Es más cómodo de lo que debería. Ellie le da un golpecito con el pie a su amiga.

—¿Te enteraste de que el Det Corby tiene un nuevo puesto?

—¿Qué? ¿En serio?

—Sí, ahora es el dirigente sindical de los caimanes.

Rebecca cierra los ojos y se aguanta el gesto de molestia.

—¿Por qué los caimanes no lloran?

—Basta, por favor.

—Porque nadie les cree sus lágrimas de cocodrilo.

Susanna se ríe.

Rebecca abre un ojo y la mira con odio.

—No le des cuerda.

—¿Cómo se llamaría un superhéroe cocodrilo? —pregunta Ellie.

—Basta, en serio.

—¡Caimanman!

—¿Te pusiste a buscar chistes o qué?

—Una de las de segundo imprimió folletos y los está vendiendo a un dólar —responde alegremente Ellie—. ¿Qué obtienes si cruzas un caimán con una flor?

—No sé, pero no lo voy a oler —mascolla Rebecca.

—¿Cuál es el pan favorito de los caimanes?

—Caimantecadas —dicen todas a coro.

—Supongo que esa era un poco obvia —acepta Ellie un poco molesta.

—¿En la Universidad de Florida, donde las mantecadas son desayuno y cena de campeones? Qué sorpresa —dice Hafsah con tono neutro.

Por las risas de Susanna, Rebecca supone que Ellie le ofreció una seña obscena como respuesta, pero no va a preguntar.

Un grupo de chicos, uno de los cuales lleva una playera de la fraternidad, pasa por la banqueta. En el jardín, tres muchachas se levantan y empiezan a aventarles unos pequeños caimanes de plástico.

—¡Sigues tú, Tom! —grita una—. ¿Valió la pena?

Los otros lo rodean para protegerlo. Rebecca nota que parecen asustados, y se pregunta si es por los ataques de los caimanes o porque ahora la gente tiene el valor de acusarlos en público. Y ¿eso cuándo empezó?

Sobre uno de los letreros más grandes, alguien puso un enorme peluche de caimán sobre el concreto, con una corona de cartón de Burger King pegada con cinta sobre su cabeza. A lo largo del día se ha ido juntando una colección de flores, velas y notas a su alrededor. Susanna se fue a leer algunas un rato antes, cuando le empezó a doler la espalda tras su siesta en el pasto. Volvió para informarles a las demás que entre las felicitaciones y buenos deseos había nombres, y algunos de esos tenían además sus historias. Pese a la incomodidad que le genera el tono festivo del asunto, tomó algunas fotografías para analizarlas después.

Rebecca supone que ahí hay una historia. Una ofrenda de dolor para los vengativos dioses caimanes. Sus padres estaban en la Universidad de Florida cuando ocurrieron los asesinatos de 1990, y le han contado sobre la tensión que reinó en el campus y que se mantuvo viva tiempo después del evento. Rebecca hubiera pensado que la gente estaría más asustada al enterarse de que es probable que haya un nuevo asesino en serie en la ciudad.

Pero parece que solo le quitó un peso de encima a la mayoría. Muchas chicas se ven abiertamente felices. Por primera vez no son ellas los blancos potenciales. La escuela ha enviado varios correos para recordarles a todos que la presencia de los caimanes sigue siendo un peligro y que deben mantener las precauciones. Cualquiera que haya tenido que pasar cerca de los lagos de noche sabe que es verdad, pero el miedo generalizado que se había apoderado del campus ya casi ha desaparecido. Es raro.

Y con seguridad las celebraciones no están facilitando en nada el trabajo del Det Corby.

—¿Sabías que los caimanes pueden crecer hasta quince pies? —pregunta Ellie.

—¿En serio? Pensé que solo tenían cuatro patas. —Rebecca suelta el aire cuando Ellie le aprieta la cintura con las piernas.

164

—¿Cuántas extremidades tiene un caimán?

—Te acaba de decir —señala Hafsah, dándole a Ellie un empujón que también mueve a Rebecca.

—Depende a cuántos se haya cenado.

Eso no genera ni siquiera protestas, pues todas se quedan en silencio, un poco asqueadas, con esa imagen en mente. Ellie se ve feliz.

—¿Cómo le dices a un caimán que usa Crocs? —pregunta una chica que está a unos metros.

—¡Traidor! —responde Ellie.

El jardín se llena de risas, y a su grupo se empiezan a sumar más chicas dispuestas a compartir sus peores chistes de caimanes. Debe ser una versión del infierno para el Det Corby. ¿Cómo distingues a un culpable entre la alegría generalizada? Rebecca llega a la conclusión de que todas están mal.

Y también ella, porque cuando voltean a verla, termina por entrar al juego.

—¿Cómo se le dice a un caimán que le falta una pata? —pregunta tras soltar un suspiro.

Tras algunas sonrisas e intentos, Rebecca se encoge de hombros.

—Caimanco.

El grupo se echa a reír y los chistes siguen saliendo.

Pero un poco después Rebecca recuerda que tiene que estudiar. Está segura de que su profesor no va a cambiar la fecha del examen porque el día estuvo lindo y hubo buenas noticias de dudosa procedencia. Ella y Hafsah se levantan, toman sus cosas y se van a la biblioteca. Por más que les encantaría estudiar afuera, sabe que será mejor hacerlo sin las distracciones y la modorra que le genera el sol. Pasó casi toda la noche despierta hablando con Jules sobre temas muy diversos que dependían de si Ellie estaba en la habitación con ellas o no. La idea de tomar una siesta le resulta increíblemente atractiva.

Una de las chicas de su piso las detiene en la banqueta.

—¿Ya se anotaron en la quiniela de la muerte?

Rebecca y Hafsah solo la miran con gesto confundido.

—¿La qué? —pregunta Rebecca al fin.

—Para decir quién creen que será la próxima cena de los caimanes. Hay una hoja en el *lounge* por si les dan ganas.

Rebecca está segura de que no van a darle ganas de eso, pero igual le da las gracias y sigue caminando con Hafsah a su lado.

—Qué horrible, ¿no? —pregunta en voz baja—. ¿Cómo les alegra pensar que habrá más muertes?

—Es asqueroso —reconoce su amiga—. ¿Hacer apuestas sobre la muerte? Sobre asesinatos, más bien —corrige—. Entiendo que les alegre que por una vez sea gente horrible la que está cayendo, pero es demasiado.

—Tal vez Kerry la va a quitar.

—Y después de eso la hoja terminará en una habitación, y quién sabe cuántas más haya por el campus. Si yo fuera el detective Corby, estaría agotada intentando encontrarlas todas.

—¿Cómo? ¿Crees que quien cometió los asesinatos pondría sus apuestas para ganar con alguien que nadie se espere?

—O sacaría provecho metiendo sospechas sobre otros.

Rebecca se ríe, aunque no quiere.

—Y yo pensando que Ellie y yo éramos las únicas que pensábamos así.

—Ya me arruinaron. ¿Estás contenta?

—Muchísimo.

Buscan una mesa en la fría biblioteca, mientras casi todos los alumnos están afuera, disfrutando el descanso del calor. Se acomodan en la más lejana, donde no las molestará nadie que venga con sus quinielas o malos chistes.

A Rebecca le encanta investigar y reunir la información. Pero odia estudiar. Más que nada porque es malísima para eso. Ha probado con varios métodos, y ninguno le ha servido de gran cosa. Sabe que valerse de su memoria le puede servir como estudiante, pero no la ayudará en la vida real.

En algún momento, decide que ya aprendió lo más posible antes del examen de mañana y cierra su libro y sus notas con un suspiro. Hafsah hace lo mismo y deja caer la cabeza sobre su libro.

—No creo que sea Ellie —dice Hafsah de golpe.

—¿Qué?

—Quien provocó lo de los caimanes. No creo que haya sido Ellie.

—Okey. ¿Por alguna razón en especial? —pregunta Rebecca—. No solo quiero saber por qué lo crees, sino por qué lo mencionas.

—Lo menciono porque ya habíamos hablado más o menos de eso.

—Pero hablamos de si había o no matado a alguien, no sobre estas muertes en específico.

—Ya sé, pero… —Hafsah se pasa un dedo bajo el borde de la gorra de algodón que lleva debajo del hiyab para rascarse. Luego se incorpora, mira alrededor y vuelve a estirarse sobre la mesa lo más posible sin tener que ponerse de pie. Rebecca hace lo mismo, para que la conversación sea lo más privada posible.

—Lo de Merolico fue distinto.

—Fue personal —agrega Rebecca, pensando en lo que Jules le dijo—. Fue rápido, descuidado y descarado.

—Que es como lo haría Ellie.

Rebecca hace un gesto de pesar, pero asiente. Es exactamente la clase de crimen que se imagina que cometería Ellie, y varios en el campus de hecho creen que lo hizo.

—Pero lo de los caimanes… Es una forma extraña de matar a alguien. Fuera de todos los factores prácticos que se deben considerar, depende en gran parte de la suerte, ¿no? Porque ¿qué pasa si los caimanes no tienen hambre? ¿O si deciden comerse a la víctima y al asesino? ¿Y si la víctima no termina muerta sino solo…?

—¿Masticada?

Ahora es Hafsah quien hace un gesto de pesar.

—Si Ellie decide hacer algo, lo hace. Puede que espere un poco, porque sí logra ser paciente cuando quiere, pero siempre va al grano. ¿En serio creerías que dejaría a la suerte algo que está decidida a lograr?

—Todos los asesinatos dependen de la suerte —murmura Rebecca, citando a uno de sus profesores. El comentario ofendió a varios en la clase, casi todos hombres, quienes al parecer creían que si ellos decidieran matar a alguien, lo harían a la perfección.

—Pero ahí la suerte está en que no te descubran. En este caso la suerte tiene que estar presente para que se concrete el acto.

—¿Podemos volver a la parte en la que crees que ella mató a Merolico?

—No dije eso.

—Claro que sí. —Habló Hafsah con fluidez.

Hafsah hace a un lado sus cosas sobre la mesa y se levanta para sentarse junto a Rebecca, tan cerca de ella que sus rodillas casi chocan. Rebecca cree que podría parecer que hablan de cualquier cosa, de novios o de chismes o de sus aventuras sexuales. O de asesinatos. Lo normal.

—No salió del dormitorio con ese vestido.

—Sí. Dijo que lo traía en la bolsa.

—Pero entonces ¿dónde quedaron sus jeans y la blusa?

—Eran mis jeans, y tenía la esperanza de que los trajera en la bolsa.

—Revisé cuando la ayudé a irse a su cuarto. No estaban en su bolsa, y de todos modos no cabían. Ninguna tenemos carro, y no salieron con nadie que tenga carro. Ellie es la clase de persona que andaría cargando ropa sin pena y le soltaría un insulto a cualquiera que le preguntara por qué. Ya lo ha hecho antes.

Muchas veces, de hecho, en las pocas ocasiones en que han pasado de una actividad a otra que necesita otro tipo de prendas. Una vez se paseó por un bar con unos jeans como chaqueta porque venían de una protesta con sus compañeras, y cuando alguien se burló de ella, Ellie le aventó una bebida en la cara.

—¿Dónde quedó la ropa? —continúa Hafsah.

Rebecca observa la expresión seria de su amiga y al fin cede. Es obvio que no hay forma de escapar del tema. Quizá Hafsah, que conoce a Ellie en persona y no por lo que Rebecca le cuenta, pueda ayudarla como Gemma no pudo.

—O sea que crees que Ellie… ¿qué? —pregunta—. ¿Se les escapó a las otras, quién sabe cómo encontró a Merolico, lo convenció de acompañarla al estacionamiento, lo asesinó, se cambió de ropa y volvió con las demás antes de que notaran que no estaba?

—Se la pasaron perdiéndose de vista, ¿no te acuerdas? El grupo se estuvo separando y reencontrando toda la noche, y no siempre se perdían en pares iguales. Pudo haberse ido a otra parte. Y en cuanto a lo de que lo buscó… —Saca su teléfono y abre Instagram para buscar el nombre de Merolico, y luego se lo pasa a Rebecca—. Hay muchas publicaciones en su memoria, y supone que un amigo o familiar debe estarlos moderando, porque casi todas parecen buenas. Cuando llega a la noche del asesinato, se encuentra con una foto de él y varios amigos con el letrero de Duty Nelly perfectamente claro en el fondo.

—«Estaremos aquí toda la noche». —Rebecca lee el pie de foto en voz alta—. «Vengan a beber con nosotros si no son maricas». —Con un gesto de desagrado, le devuelve el teléfono a su amiga—. Qué encantadores.

—Anunció dónde estaba y su plan de quedarse ahí hasta que cerrara el lugar —señala Hafsah—. Y Ellie nunca ha dicho que no *stalkea* en Instagram.

Es cierto. Rebecca ya perdió la cuenta de las veces que Ellie ha llenado de comentarios groseros las publicaciones de quienes acosaron a alguien en su presencia. Y desde el ataque a Kacey se volvió peor, cada vez más grosera y casi cruel, agresiva, y no muy disimuladamente amenazadora. Rebecca se frota el puente de la nariz con un pulgar, intentando pensar.

—En la foto ya están prendidos los faroles de la calle, no hay sol. Publicó la foto cuando las chicas ya se habían ido del dormitorio —dice al fin—. Ellie se llevó el vestido antes de saber dónde iba a estar Merolico.

—Y lo que les dijo a los policías puede haber sido su plan original cuando salieron. Se llevó el vestido por si se lo encontraban en Tom and Tabby. Y luego vio dónde estaba y decidió ser un poco más proactiva.

—Pero ¿con qué? Ellie trae spray pimienta en la bolsa, pero no un cuchillo, ni siquiera una navaja. Ni siquiera tiene tijeras. ¿O ya se te olvidó el incidente de las tijeras de podar Singer?

Hafsah hace una mueca de dolor. Nadie en su suite se va a olvidar de esa noche. Y tampoco volverán a usar las tijeras para tela de Keiko en papel.

—¿Tal vez compró un cuchillo?

—Claro —acepta, analizando las posibilidades—. Pero no recientemente, o la policía lo hubiera sabido. Al menos si fue de una fuente legítima. O lo compró hace tiempo, o lo compró ilegalmente. ¿Dónde lo tiene?

—En su habitación, supongo.

—Te aseguro que si Ellie tuviera un pinche cuchillote en su habitación, le habría llamado la atención a la policía cuando revisó nuestros cuartos.

—¿Qué?

—¿Cuando los encargados del dormitorio nos llevaron al lobby para darnos una plática sobre seguridad? ¿No te diste cuenta? —Rebecca se encoge de hombros mientras Hafsah niega con la cabeza; parece perturbada—. No dejaron rastro, pero alguien llevaba una colonia muy fuerte y mi cajón de chucherías estaba desordenado.

Hafsah hace una mueca.

—Oye, no quiero tener que andar buscando dónde están las cosas si se me antoja algo de comer. Dulce, salado, chocolate y gomitas no se pueden mezclar. Así que, sí, cuando se acercan los exámenes finales, es fácil que me dé cuenta de que desacomodaron las cosas en mi cajón mientras estábamos abajo. Y había otros detalles fuera de lugar. Como que la tapa de mi caja de misceláneos estaba desacomodada.

—¿Cómo pudieron hurgar en nuestras habitaciones sin decirnos? —pregunta su roomie—. ¿No necesitan una orden judicial para eso?

—Nop. Al vivir en el campus damos autorización a los directivos para hacer inspecciones cuando sea necesario. Si quieren permitir que la policía revise, puede hacerlo. Por eso todos los años les digo a los encargados que tengo un cuchillo.

Su abuelo le dio un cuchillo en su graduación. No es grande, y de hecho es lo suficientemente pequeño como para ser legal sin tener que sacar un permiso. Él quería que Rebecca lo cargara a todas partes pero, tras pensarlo bien, se decidió que no era lo más inteligente. Una cosa es saber que un hecho fue en defensa propia y otra demostrarlo, y cada vez más parece que las cortes están decididas a castigar a las víctimas por sobrevivir en lugar de a los perpetradores por atacar. Si algo llega a pasar, Rebecca no quiere arriesgar su vida y su libertad por una minucia. Por eso tiene el cuchillo en su funda, pegado con cinta a la parte trasera de su mesita de noche en cada habitación por la que ha pasado, donde pueda tomarlo con facilidad si alguien se mete a su cuarto. Aunque nunca ha tenido que usarlo, estuvo cerca cuando alguien cometió la estupidez de dejar entrar a unos de la fraternidad para un saqueo de bragas a las tres de la madrugada.

Rebecca tiene que reconocer que verlos correr y huir de Ellie y su bate de beisbol fue fascinante.

Cuando se dio cuenta de que se habían metido a la suite a revisar sus cosas durante la charla de seguridad, fue a revisar su cuchillo y, claro, había huellas en el polvo del mango y la funda. Pero el cuchillo seguía ahí. Por la descripción de Jules sabía que estaban buscando algo más grande y más largo. De preferencia un cuchillo que no tuviera más de un semestre de polvo encima. Pero para estar segura revisó los cúters en la caja de herramientas que tienen detrás de las bicicletas y la navaja que no es en realidad un cuchillo pero tal vez podría usarse para lo mismo si estás muy enojada en la caja de misceláneos junto a la de herramientas.

La usan para quitar el pegamento de calcomanías en las puertas y escritorios.

A Ellie no la sacaron de la charla y, hasta ahora, la policía no ha vuelto para hacerle más preguntas, por lo que Rebecca cree que tampoco encontraron nada grave en su lado de la suite, pese a los muchos instrumentos afilados que son parte de la parafernalia artística de Luz y Keiko.

—La verdad —dice Rebecca al fin—, me interesa menos dónde guarda el cuchillo que podría o no tener que el hecho de que estés convencida de que mató al menos a dos personas y aún no se lo has dicho a la policía.

19

—No tengo pruebas —le dice Hafsah con expresión severa. Rebecca conoce ese gesto; es el que pone Hafsah justo antes de empezar a discutir con desconocidos en internet. Es la expresión que se imagina que apareció en el rostro de los músicos del Titanic justo antes de empezar a tocar mientras el barco se hundía. Es el gesto que dice: «No elegimos el lado ganador, pero lo defenderemos hasta la muerte si es necesario».

Es mucho más amable que cualquier expresión de la terca de Ellie, pero igual de irrefutable.

—Pero tienes sospechas razonables e información específica que los pueden ayudar en la investigación, Hafsah.

—No voy a entregar una amiga a la policía por sospechas razonables, Rebecca. ¿Y si me equivoco? ¿Si es inocente? No solo es nuestra amiga, vive con nosotras. ¿Cómo crees que se pondría el resto del semestre?

—Puedes pedirle a la policía que te mantenga en el anonimato —dice Rebecca, sin ganas. Está buscándole tres pies al gato, y lo sabe, pero se siente obligada a señalarlo. Debería tener más fe en la ley que en sus amigas. No es así, pero debería. Cualquier sistema, cualquier jerarquía, cualquier autoridad tiene fallas y está corrompida de manera inherente por el infranqueable abismo entre lo ideal y lo real. Lo importante es que hagan lo mejor que puedan, y Hafsah no tiene muchas razones para creer que será así.

—Eso no significa que lo harán y, además, es la clase de cosas que se saben. Ah, y además, parte de esa información tiene que haber salido de alguien que vive con ella. En específico, alguien que haya podido revisar su bolsa esa noche y que estuviera lo bastante sobria como para recordarlo con claridad. Tú te quedaste abajo hablando con los policías y Kerry, así que cuando subiste ya todo estaba acomodado. O sea que Ellie no tendría ni la más mínima duda de que fui yo.

—Kerry fue la que la ayudó a subir —la corrige Rebecca—. Pudo ser ella quien revisó la bolsa antes de volver conmigo.

—¿Y tu cuchillo? ¿Kerry sabe de eso?

—Sí.

Hafsah se queda con gesto confundido por un instante, pero pronto recupera la compostura.

—Solo digo que no voy a denunciar a alguien a menos que tenga la seguridad de que es culpable. Sin importar lo que yo crea.

—No es nuestro trabajo determinar quién es culpable y quién inocente. Eso le toca a la corte.

—Sí, y mira lo bien que lo hacen.

Rebecca hace un gesto de dolor y, recargándose en su silla, entrelaza los dedos y aprieta un pulgar contra otro, como si con eso fuera a encontrar un equilibrio que mágicamente se pasará a todo lo demás. Actos malos por buenas razones… No es algo para lo que esté preparado el sistema judicial. Los jueces pueden hacer uso discrecional de sus capacidades, los jurados pueden influir en los veredictos, pero en general es difícil resaltar los matices sin armar un teatro, y las cosas que pueden ayudar para buscar clemencia también podrían usarse para que se les castigue.

Ya ha tenido esta conversación con Hafsah antes. Claro que eso fue cuando Merolico apareció muerto, pero por alguna razón ese hecho, pese a parecer una prueba obvia, no ha hecho que Hafsah cambie de parecer. Y ahora ¿qué?

Hay muchas razones por las que el viejo predicador pudo haber desaparecido de la plaza Turlington. La primera es que, pues, ya estaba viejo. Quizá su cuerpo ya no pudo más. Quizá una emergencia familiar hizo que se tuviera que ir. O tal vez hubo un milagro de Navidad que lo convirtió en un ser humano decente y por eso dejó de escupir veneno y condenas a los estudiantes que pasaban por ahí. Y aunque sí haya muerto, hay que tener en cuenta que, de nuevo, estaba viejo. Hay muchas causas naturales o accidentes por las que alguien puede morir y que no tienen que ver con un asesinato.

Siendo así, tenía sentido no ir a la policía por sospechas que no son más que un punto donde se cruzan varias coincidencias y un mal presentimiento. Pero luego pasó lo de Merolico. Rebecca quisiera poder recordar su apellido, ¿apellidos?, pero su cerebro siempre le dice Merolico el Imbécil, como si eso fuera a servirle de algo. Merolico atacó a Rebecca, alguien lo atacó a él y a Ellie le falta ropa y está recibiendo bebidas de cortesía como agradecimiento de parte de otras chicas a las que el tipo lastimó.

Bueno, de una chica. Rebecca no ha escuchado que haya habido otros regalos, aunque sabe que sí los hubo. Según lo que se dice, Merolico tenía mucha intención de hacer daño pero poca capacidad de cumplirlo. Tuvo varios intentos de violación que siempre terminaron frustrados por una u otra razón, como que la chica estuviera menstruando o que un policía pasara por ahí o una llamada fortuita de su madre, y ninguno de esos intentos se denunció. Con lo imposible que es lograr que se haga justicia contra violadores que logran su cometido, ¿qué podría pasarles a los que solo alcanzaron a intentarlo?

Rebecca estuvo con Daphne en el hospital entre una y otra cirugía mientras los policías le contaban sobre la noche de la fiesta, pues le dijeron que sus padres aceptaron que le hicieran el examen de violaciones mientras estaba anestesiada para la operación. Rebecca estuvo ahí mientras los doctores explicaban de modo atropellado por qué el ataque provocó que fuera necesario hacerle una histerectomía y provocarle la menopausia a los quince, que la serie de cirugías en su columna podría ayudarla, pero no la curaría. Esos policías y doctores eran mujeres, amigas de la familia y su empatía era real, por lo que intentaban ser lo más delicadas posible con sus palabras. Y aun así fue una experiencia incómoda, humillante y profundamente invasiva.

Pasamos tanto tiempo, piensa Rebecca, enseñándoles a las chicas lo que tienen que hacer para que no las violen, y luego las atacamos por hacer lo que se les enseñó. Si bebes, es tu culpa, pero si no bebes, eres una aguafiestas. Si enseñas demasiada piel, te lo estás buscando, pero si te cubres, eres mojigata, y te lo estás buscando. Eres demasiado escandalosa; no eres lo suficiente escandalosa. Eres demasiado paranoica; no eres bastante paranoica. Es tu culpa. Es tu culpa. Es tu culpa. Es imposible no interiorizar al menos algo de eso.

Así fue como me lastimó, dice la declaración.

Pero ¿qué estabas haciendo?, preguntan la policía y la sociedad. ¿Qué traías puesto? ¿Habías bebido? ¿Estabas sola? ¿Le coqueteaste? Apuesto a que le coqueteaste. Para las chicas como tú... es como respirar, ¿no? ¿Lo incitaste? ¿Estás segura de que dijiste que no? Pero ¿lo dijiste con ganas? ¿Estás segura de que quieres arruinar su vida por unos minutos de diversión sin consecuencias?

Y de algún modo pasas por todo eso y aun así quieres continuar, lo haces una y otra y otra y otra vez. Lo haces con los abogados en sus oficinas y en las salas de juntas, y luego subes al estrado y ves a tus padres mientras la defensa insinúa que eres una puta mentirosa con sed de venganza que solo quiere destruir la reputación y el futuro de ese joven/atleta/emprendedor/hombre prometedor. Lo revives una y otra vez y luego: inocente. O culpable de un cargo menor. Aquí va su breve condena, pero es un jovencito tan bueno que el juez la va a reducir hasta dejarla casi en nada, y es una pena lo de su beca, pero no se preocupen, podrá entrar a otro lugar con las donaciones de la gente.

Mantenerlo en secreto no lo hace menos traumático, pero al menos lo disimula. Con razón tantas mujeres no denuncian. Si acaso logras superar toda la mierda que te echarán encima desde muy joven, que si con esa blusa se le ve la clavícula / el hombro / el abdomen y distrae a los niños, aunque tenga cinco años, y entiendas que no es tu culpa, nunca fue tu culpa, habrá filas y filas de personas listas para decirte por qué sí lo es.

Rebecca estaba afuera, sola, de noche, en un bar. Llevaba un vestido corto y un poco escotado. ¿Qué esperaba? Si estaba parada ahí como si se estuviera anunciando; tuvo suerte de que no le pasara algo peor. Y lo peor es que sí tuvo suerte, pero está segura de que no necesita que alguien más se lo diga.

Mira a Hafsah, pues algo en esa idea comienza a hacer ruido al fondo de su cabeza. Deja que avance hasta que se vuelva más claro, pues si intenta agarrarlo ahora solo hará que las piezas se dispersen por doquier. ¿Por qué Hafsah no ha confesado sus sospechas?

¿Por qué la misma Rebecca no lo ha hecho?

¿Por qué casi ninguna mujer denuncia que la violaron?

—No quieres decirles sobre tus sospechas porque estás de acuerdo con lo que hizo.

Un largo silencio llena el espacio entre las dos, tan largo que el rumor del aire acondicionado y el golpeteo de las tuberías se vuelve evidente.

—Todos tienen una línea —dice Hafsah al fin.

—Entre que tengan la capacidad y que haya probabilidad de que hagan algo, sí.

—Quizá hay una línea media, donde estás dispuesta a apoyar algo, pero no a hacerlo tú misma.

—No es una línea con moral impecable.

—No. Pero quizá simplemente no hay moral impecable para esto.

A Rebecca le truena un pulgar, y ahí es cuando se da cuenta de que seguía con los dedos haciendo presión uno contra el otro. Sacude las manos y se masajea los músculos de la palma.

—Entiendes que estás confiando en que yo tampoco tenga una moral impecable, ¿verdad? Porque me lo estás contando con la obvia esperanza de que yo tampoco se lo diga a la policía.

—No te voy a pedir que no les digas.

—Pero no me contarías casi nada de esto si creyeras que lo voy a hacer.

—Los reporteros tienen que mantener sus fuentes anónimas, ¿no?

—Esto… No es lo mismo. —Rebecca suspira y siente cómo un dolor de cabeza comienza a nacer en su nuca.

—Pero no le vas a decir a nadie.

Pese a la seguridad en su tono, Rebecca ve cómo Hafsah se tensa mientras ella reflexiona su respuesta.

—No —dice Rebecca al fin, y ve cómo su amiga exhala de manera escandalosa—. Por ahora. Tienes razón en lo de que parte de la información solo podría haber salido de nosotras, y eso... lo complica todo. Pero tienes que empezar a considerar otras líneas.

—¿Como cuáles?

—¿Qué pasa si mueren más personas? ¿Cargaremos con el peso moral de eso? ¿El peso legal? Ten en mente que tan solo con lo que ya sospechamos, un abogado decente podría decir que fuimos cómplices por no denunciarlo. Si estás dispuesta a no contarle esto a la policía, ¿también estás dispuesta a mentirles? ¿Estás dispuesta a pararte frente a un juez y jurar sobre el Corán y luego mentir?

—No —reconoce Hafsah. De algún modo logra decirlo en dos sílabas, y cada parte la pronuncia con pesar—. No voy a mentir. Eso no significa que tenga que recompensar a los policías por no hacer las preguntas correctas.

—¿Estás preparada para terminar en la cárcel por esos detalles?

Hafsah frunce el ceño y se cruza de brazos sobre la mesa para descansar la mejilla sobre ellos, aunque sigue mirando de frente a Rebecca.

—¿Cuántas mujeres tienen que ser violentadas o asesinadas antes de que la gente trate de cambiar en serio las cosas? ¿Por qué tenemos que sufrir y tener miedo siempre mientras ellos viven en la ignorancia y el privilegio? ¿Es la forma correcta de buscar un cambio? No, tal vez no, al menos no en el sentido de lo que es moralmente correcto. Pero ¿funciona? Quizá. Quizá si a ellos también les pasan cosas horribles por un tiempo, al fin empezarán a vigilarse unos a otros para estar a salvo.

—El mundo no funciona así.

—Pues quizá debería.

—Además, no tienes evidencias que sugieran que el asesino está buscando que se logre un cambio —señala Rebecca—. Eso solo es la interpretación general de esta semana. El castigo y la venganza no son equivalentes de la justicia, y sin duda no son un sustituto. ¿Qué está logrando esta persona más allá de asesinar gente?

—Esos chicos ya no podrán hacerle daño a nadie más. No es poca cosa, Rebecca.

—No —reconoce en voz baja—. Supongo que no.

Y se quedan en silencio. No sienten que la conversación haya llegado a su fin, pero tampoco encuentran por dónde seguirla. Solo está ahí, como una pesada cortina entre las dos que les impide hablar de cualquier otra cosa que pudiera romper la tensión.

20

No queda más que abandonar la esperanza de hacer algo productivo. Sin decir nada, recogen sus cosas, rellenan sus botellas de agua y salen de la biblioteca hacia el ocaso. En vez de sacar sus llaves con anticipación, Rebecca se cuelga el anillo de la botella de agua en un dedo. Es un objeto pesado, de acero sólido, que puede funcionar para defenderse en caso de que alguien quiera atacarla. Su padre se la compró cuando vio que no iba a andar por ahí con el cuchillo de su abuelo.

Piensa en que hay tantas formas de decirles a las chicas que deben protegerse, pero ¿qué les dicen a los hombres? Su madre y sus tías han mantenido a raya a sus primos a lo largo de los años, diciéndoles una y otra vez que no existe una sola cosa que pueda hacer alguien para merecerse una violación, pero sabe que son una minoría relativa. Una parte del equipo de beisbol de la prepa fue a un evento escolar con una camiseta que decía: «No es no, excepto cuando no es así», y ni siquiera los de la dirección los regañaron.

No recuerda cómo es vivir sin tener en mente siempre la posibilidad de que te hagan daño, pero sabe que la tiene más fácil que otras. Suele tener miedo por su seguridad y su bienestar, pero en general no teme por su vida. Hay muchas otras que ni siquiera tienen ese consuelo.

—Maldita sea —masculla Hafsah a su lado.

—¿Qué?

—Viene una bicicleta. Creo que no estoy para aguantar la caballerosidad del oficial Kevin hoy.

Rebecca sigue la dirección de la mirada de su amiga y ve la luz de una bicicleta que se aproxima.

—Es un machito, ¿no? Pero quizá no es el oficial Kevin. Hay otros ciclistas en el campus.

—¿Tenemos tanta suerte?

—Vivimos con una posible asesina y seguimos vivas.

—Sería más impresionante si nos identificáramos como hombres y estuviéramos en la lista de sus posibles víctimas.

—Me da curiosidad cómo ordena esa lista. ¿Cómo decide quién va primero? —pregunta Rebecca con tono travieso—. ¿Por la cercanía? ¿Por lo reciente de su ofensa? ¿Por oportunidad? ¿Hay cosas que la enojan más que otras? ¿El color de su cabello? ¿Les da puntos extra si son parte de una fraternidad?

Hafsah esconde unas risitas detrás de su mano libre.

—Te reto a que se lo preguntes.

—¿No eras tú la que me estaba diciendo lo horrible que sería vivir con ella si supiera que creemos que anda matando gente?

—No, dije que sería horrible si le dijéramos a la policía que creemos que anda matando gente.

—Claro, es muy distinto. —Se siente mal por burlarse del asunto, pues sabe que no hay nada gracioso en eso, pero tampoco tiene ganas de escuchar a un hombre diciéndole que sonría, y si es el oficial Kevin quien va acercándose, seguro es la clase de hombre que hace algo así. Es difícil apreciar la intención cuando está de buenas, al menos con esa orden gastada e insoportable. Peor ahora que está de pésimas.

El ciclista se acerca hasta llegar a un espacio alumbrado. Es el oficial Kevin. Rebecca lo observa con mirada suspicaz mientras se acerca.

—Trae la cámara del uniforme apagada.

—¿Cómo sabes?

—Porque no está encendida la lucecita roja. El departamento pidió las cámaras con luz para que no quedara duda de que están grabando. La oficina del *sheriff* estaba vuelta loca con eso el verano pasado, cuando estuve de becaria ahí, intentando decidir si un departamento puede pedir distintos tipos de cámaras para cuando se necesitara grabar sin ser descubierto.

—Interesante, pero quizá tenemos un problema.

—¿El hecho de que el oficial cree que vivimos en Thomas? —pregunta Rebecca—. ¿Y que no vivimos ahí?

—Así es.

—¿De la vez que le mentiste a un policía?

Hafsah la mira con gesto fastidiado. Quizá se lo merece.

—¿Alguna idea?

—Ya se me ocurrirá algo —masculla su amiga.

—Pero rápido, porque no estamos tan lejos. —Cuando el hombre en la bicicleta se detiene a unos metros de ellas, Rebecca levanta una mano para saludarlo—. Oficial Kevin.

—Becky, ¿verdad? —dice el policía a modo de saludo.

—Rebecca —lo corrige ella.

—Claro, claro. —Le lanza una mirada a Hafsah bajo la tenue luz del farol pero, quizá porque recuerda su último encuentro, no le pregunta su nombre—. ¿Cómo les va, señoritas?

—Bien.

—¿Siempre andan deambulando por la noche? —pregunta.

—No andamos deambulando, sabemos adónde vamos.

—Bueno, bueno. —El oficial espera a que ella diga algo más.

Pero Rebecca no dice nada. Quiere darle tiempo a Hafsah para pensar en algo, o al menos para que no se contradiga si luego dice que van a buscar algo de cenar.

La sonrisa amigable del policía empieza a tensarse.

—¿Las puedo acompañar adonde van, jovencitas?

—Si decimos que no, ¿nos va a seguir otra vez?

Él no parece tan avergonzado como ella esperaría; aparentemente solo aplica su timidez para la primera vez que lo cachan.

—La universidad es el momento en el que están aprendiendo a abrir sus alas. A veces las señoritas como ustedes están más interesadas en disfrutar su independencia que su seguridad.

Rebecca se entierra las uñas en la palma de la mano al apretar el puño. El problema es que cualquier cosa que le responda, él podría refutarla sacando a tema cómo Merolico el Imbécil la molestó afuera del bar.

Hafsah sostiene su botella de agua en la mano, y aunque es menos sólida que la de Rebecca, tiene dos filas de picos a cada lado. Lo bastante afilados como para sacarle un susto al atacante, pero no tanto como para que le salga sangre.

—Estamos juntas, y además tenemos protección, y no nos vamos a desviar —dice con tono amable.

—Eso no siempre es suficiente. Además, Becky fue alumna de Corby. A él no le gustaría nada que algo les pasara. Hubieran escuchado cómo se puso cuando el chico ese la molestó.

Por mucho que le gustaría enfocarse en la emoción de saber que el Det Corby se preocupa por ella, la mayor parte del cerebro de Rebecca se clava en la forma en que el oficial Kevin les dice «señoritas» y «jovencitas», pero a Merolico simplemente le dice «chico». No solo es despectivo, sino degenerado. Mientras las halaga otorgándoles una especie de madurez, pues no son chicas, son «señoritas», recalca su juventud y falta de experiencia. Una de sus tías les dio una charla a todos los primos sobre las señales y frases de alerta cuando su prima de dieciocho presentó a su novio de treintaiséis con la familia.

Además les advirtió a los adolescentes que, en especial en el sur, los hombres pueden tener tan arraigada la caballerosidad machista que ni siquiera se dan cuenta cuando cruza la línea hacia lo perverso. Les dijo que no pueden asumir sin más; el contexto es importante.

Rebecca se pregunta si el oficial Kevin será uno de esos. No nació en Gainesville, pues su acento es más del sur y no suena como la mezcla diluida que tienen los que son de ciudades universitarias. Quizá sea de Panhandle, o de Alabama. Por ahí.

—Espero que también se ofrezca a acompañar a los chicos —dice ella con tono tranquilo—. Sé que no suele necesitarse, pero últimamente andan muy nerviosos. Seguramente se sentirían más protegidos si los acompañara un policía.

—Estamos aquí para todos los estudiantes —responde él—. Solo tienen que pedirlo.

Y al parecer las chicas solo tienen que respirar, pero Rebecca duda de señalarlo en ese momento. El teléfono de Hafsah vibra, pues no le volvió a poner volumen al salir de la biblioteca.

—Dice Ellie que nos apuremos, porque si no se va a comer nuestra cena —anuncia.

—¿Pidió algo para nosotras?

—Susanna y Delia pidieron algo para nosotras. Ellie nomás es una cerda que sugiere que corramos.

—No se diga más. Vámonos, señoritas —dice el oficial Kevin. Toma su bicicleta y la gira para que apunte hacia el otro lado, y luego las mira con gesto expectante—. ¿A Thomas Hall?

—Sí se acuerda —señala Hafsah.

—Los policías del campus estamos aquí por los estudiantes. Es difícil hacer nuestro trabajo si no conocemos a los alumnos.

Hafsah sonríe, mostrando los dientes casi como una amenaza velada. Es la sonrisa de Ellie en el rostro de Hafsah, y da miedo. O al menos le da miedo a Rebecca, porque el oficial Kevin no parece ni darse cuenta.

—Estamos muy agradecidas por eso.

El oficial se yergue, orgulloso, sacudiéndose ligeramente para que sus hombros se vean más anchos.

Caminan con prisa. Rebecca no tiene nada en contra del oficial Kevin, salvo por el enojo que le causa su insistencia en acompañarlas cuando no se lo piden, pero la conversación con Hafsah, y las preguntas que se ve obligada a hacerse, la tienen con las emociones a flor de piel, y no tiene nada de ganas de estar cerca de un policía por el momento… Ni de ningún hombre… En especial no si ese hombre es policía. Para como se siente, ni siquiera haría una excepción con el Det Corby, como casi siempre.

Cuando ya están muy cerca de Thomas, y del problema de que no tienen tarjeta para entrar a ese edificio, una voz las llama desde la banqueta.

—¡Rebecca! ¡Hasta que apareces!

No conoce la voz, pero Hafsah le da dos apretoncitos en la mano, así que solo sonríe y le devuelve el saludo a quien la está llamando.

—¡Perdón! Se nos fue el tiempo.

Cuatro chicas llegan hasta donde está el trío. Una de ellas trae un hermoso hiyab con un diseño batik en bronce e índigo. Es la que la saludó.

—Nos pasamos al *lounge* para que no se quede el olor en los cuartos —dice, sonriendo. Llegan juntas hasta la puerta, con el oficial Kevin detrás de ella, y la chica escanea su identificación y les abre la puerta.

—¡Gracias por acompañarlas! —dice con alegría.

—Cuando quieran —responde el oficial. Tras lanzarle una última mirada a Rebecca y Hafsah, le da la vuelta a su bicicleta, se sube y se va pedaleando.

Cuando ya están adentro del edificio, con la puerta bien cerrada, Hafsah exhala con fuerza.

—Eres mi heroína, Yasmin.

—Te la debía por cuidarme mi cartera.

Con una sonrisa real llenándole el rostro, Rebecca toma el teléfono de Hafsah y lee los últimos mensajes.

—Te llevas todo el crédito por pensar rápido.

—Gracias.

Se queda un rato en Thomas, platicando con Yasmin y sus amigas, pero los gruñidos del estómago de Rebecca las invitan a despedirse. Ella y Hafsah llegan a la siguiente puerta sin contratiempos y saludan a la encargada en turno. El *lounge* del tercer piso está extrañamente lleno de gente, casi todas chicas y unas cuantas personas más intentando acercarse al par de pósteres pegados en una esquina. Rebecca supone que se trata de la quiniela de la muerte. Al menos uno de los pósteres, pues el otro parece ser una colección de toda la información disponible sobre las muertes y las víctimas, con detalles extras que se van sumando en Post-its por todos lados. Algunos estudiantes están enfrascados en una discusión sobre si deben o no contar a Merolico, porque no se lo comieron los caimanes.

Rebecca deja a Hafsah ahí y se va a la suite para dejar sus cosas sobre su escritorio. En la puerta de Susanna y Delia hay una nota que avisa que van a cenar con su grupo de estudio para prepararse para una excursión de su laboratorio. Al pasar por el baño asume, dada la avalancha de ropa que se alcanza a ver por la puerta abierta de Keiko y Luz, que les fue bien en la muestra de la galería. No iban a presentar nada, pues es solo para los del último año, pero siempre van para apoyar y darse ideas para cuando les toque participar en la exhibición.

Para su sorpresa, Ellie está en su habitación, acurrucada con la cabeza cerca del pie de la cama, abrazada a una almohada y viendo fijamente la enorme foto de Kacey en la pared. A su alrededor, los artículos impresos se agitan con el ventilador que sopla de aquí para allá. Rebecca se sienta en la orilla de la cama de Kacey y se acomoda otra almohada en el regazo.

—¿Estás bien? —pregunta con voz baja, observando la expresión triste de su amiga.

Ellie niega con la cabeza.

—Extraño a Kacey —susurra, y sus palabras apenas se alcanzan a escuchar entre el ruido del ventilador.

Rebecca mira la foto en la pared, toma aire y suspira.

—Sí —dice—. Yo también.

—Era la mejor de nosotras. —Ellie parpadea y las lágrimas le corren por las mejillas hasta caer sobre la manchita húmeda en la colcha—. Hafsah es valiente, y tú eres comprensiva, y Delia es dulce... Yo soy la única que es terrible. Pero Kacey era... ella era...

—Kacey era buena —apunta Rebecca con voz suave.

Piensa en que hay historias donde todo el mundo está en peligro por un supervillano o un dios malvado o algo así, y casi siempre el Elegido sobrevive con una espada y un discursito simpático, tal vez tras haber sido inspirado por el sacrificio de una mujer. Pero hay otras historias, que quizá son más difíciles de creer, donde el héroe no puede usar ni una espada ni magia, donde a cada paso del camino su bondad y su candor van creando pequeños cambios, y de alguna manera eso se multiplica para combatir al mal. El mundo se salva, claro, pero además se vuelve un poco mejor.

Kacey era de la segunda clase de héroes. Hacía al mundo mejor tan solo por estar en él, pero nunca les pidió a los demás que fueran como ella. Nunca sermoneaba a nadie, ni se ponía de ejemplo, nunca intentó dejar en ridículo ni hacer sentir menos a los demás mortales. Nunca hizo un esfuerzo consciente por atraer la atención a su bondad; simplemente era algo que emanaba de ella, como un resplandor que casi se podía tocar. Rebecca conoce bien la tentación de convertirla en un mito, pero se sentía igual cuando Kacey estaba con ellas todos los días, tan llena de risas y luz y dulzura. Su optimismo sincero hacía que todo se sintiera menos pesado, incluso en los peores días.

Es imposible ver a su amiga llena de vida en la chica postrada en una cama de hospital, atrapada entre el coma y la muerte cerebral. Para esa chica no hay esperanza. Nunca va a despertar, nunca va a ver a su familia y amigos, pero tampoco morirá. Rebecca espera que lo que sea que la hiciera ser Kacey, ya se haya ido. No soporta la idea de que ahí, perdida en alguna parte, su amiga esté sufriendo. Basta con el dolor con el que sus seres queridos cargarán por el resto de sus vidas; algunos días, en especial durante el último semestre, pedir que se le concediera esa misericordia era lo único que evitaba que Rebecca se hundiera en lo profundo de su pena.

Ahora ya aprendió a vivir con eso, aunque el semestre pasado no parecía posible. Mantenerse ocupada la ayuda un poco. El tiempo, y que Gemma se la haya pasado recordándole que Kacey hubiera querido que sus amigas estuvieran bien, la ha ayudado a salir adelante.

Pero a Ellie lo que la ayudó fue el coraje. No, coraje no: rabia. Las palabras tienen significado, y a Kacey, quien leía el diccionario por gusto, le encantaba aprender palabras nuevas; su favorita era «efervescencia», le habría parecido importante marcar esa diferencia.

—No puedo ir a verla —dice Ellie—. Lo he intentado, incluso he ido al centro de cuidados, pero cuando llego a la puerta, no puedo…

—Duele —reconoce Rebecca—. Verla así, ver lo que está provocando en sus padres, es… bueno. No eres mala persona por no poder verla.

—Tú sí lo haces.

—Es mi penitencia.

Ellie solloza y se acomoda para apoyarse sobre un hombro, quitándose el cabello de la cara. Junto a la cama, en el suelo, hay un montón de clips y tachuelas. Ellie, Rebecca y Kacey eran el Trío Tiziano, como les decía la encargada de su piso en primero, aunque cada una tiene un tono de rojo completamente distinto al de las otras.

—¿Qué quieres decir con eso?

—Kacey me invitó a esa fiesta —dice en voz baja—. La organizaron unas amigas suyas de la prepa, ¿te acuerdas? Una estaba en periodismo, y yo no la soportaba. En segundo nos tocó hacer un trabajo juntas y me la pasé fantaseando con aventarla a la calle cuando fuera pasando un camión. —Rebecca se ríe al escuchar que Ellie suelta una carcajada—. Y era algo mutuo. Linsey Travers. Era una perra. No quería echarle a perder la fiesta a Kacey obligándola a evitarla toda la noche, así que le dije que tenía tarea. Me deseó buena suerte y dijo que nos veíamos en la mañana; tenía planeado quedarse con sus amigas de la prepa.

—Lo que le pasó a Kacey no fue tu culpa.

—Lo sé. —Y es cierto. Eso es lo raro: sabe que no es su culpa, así como lo de Daphne tampoco fue su culpa, pero al remordimiento que se anidó en su pecho no le interesa la lógica. Rebecca se quita los zapatos y sube las piernas a la cama para entrelazar sus dedos en la pulsera del tobillo—. Tampoco fue tu culpa.

—Yo estaba en otra fiesta —masculla Ellie—. Estaba bailando y bebiendo y riéndome cuando…

—No había manera de que supieras que al otro lado de la ciudad algo horrible estaba por ocurrir. Carga con tu remordimiento si es necesario, Ellie, pero no con la culpa.

Su amiga se deja caer sobre la cama y se echa a llorar. Rebecca cruza el espacio que las separa, y sus dedos se atoran en el brazalete por un instante hasta que los libera de un jalón. Se acomoda junto a Ellie para pegarse a su espalda, abrazándola y con el rostro acomodado sobre el hombro de su amiga.

—Estoy contigo —murmura Rebecca—. Estoy contigo.

Ellie sigue llorando y solo se detiene de vez en vez para soltar palabras sin mucho sentido y entre jadeos sobre las amigas de la prepa de Kacey, sobre los chicos que le hicieron daño, sobre quemar al mundo porque ya no queda nada que valga la pena salvar. Luego se queda sin palabras y simplemente vuelve a berrear.

Hafsah llega corriendo y se lleva una mano al pecho al ver la escena. Jadeando, le hace una seña a Rebecca con la mano para que se recorra y mueva también a Ellie. Hafsah se acomoda en la orilla de esa cama que no fue hecha para tres personas, con Ellie entre ella y Rebecca, temblando por la fuerza de su rabia y pena.

Rebecca entiende que es por eso. Por eso, pese a todo, pese a lo que sea razonable, ella y Hafsah no le han contado a la policía sus sospechas. Por eso no lo harán mientras puedan evitarlo. Porque se trata de Ellie, y Ellie es suya, toda ella, con todo y su imprudencia y esas partes afiladas en ella que podrían cortar a cualquiera. Mira a Hafsah a los ojos y, como ve que está pensando lo mismo, parpadea como quien asiente ante un acuerdo silencioso.

Nunca podrán proteger a Ellie de sí misma, pero lo intentarán con todo lo que tienen.

21

Algún día, cuando esté a salvo y cómodamente establecida en algún país del que no me puedan extraditar, debería escribir un libro sobre esto. «Pensar con el pito: Cómo los hombres caminan directo a su muerte porque a ellos nunca les va a pasar». Una pequeña burbuja de miedo que pronto se revienta, y luego vuelven a sus pendejadas, ignorando a los que ya murieron.

No es solo estupidez; es arrogancia. Como si fueran especímenes superiores y nada pudiera hacerles daño.

Por Dios, universitarios conocidos por lastimar mujeres aparecen muertos tras ser hechos trizas por los caimanes. Obvio yo, siendo un universitario conocido por lastimar mujeres, te voy a llevar a la casa de mis abuelos junto al río ahora que es verano y se fueron al norte.

Dillon McFarley, o Dillon el Descerebrado, como le dicen sus hermanos de la fraternidad, sobresale por su imbecilidad entre una horda de candidatos.

El frente frío ya pasó, y los enjambres de mosquitos y el calor sofocante están de regreso. Aunque hace rato que se puso el sol, el calor emana de la tierra y las piedras que forman el camino hacia el muelle privado de los McFarley. Dillon está en la orilla, con los dedos de los pies curvados sobre el último tablero y las piernas muy separadas mientras orina en el río. Qué elegante.

Lo más interesante son las lucecitas rojas en la oscuridad. Uno de los vecinos tiene un farol antiguo en su patio trasero, hecho de hierro forjado y cristal. Las luces rojas vienen en pares, y son muchas. Es verdad que los caimanes parecen demonios si te los encuentras de noche.

Cuando Dillon se da la vuelta con torpeza y queda de frente a mí, veo que aún no se guarda el miembro. Es un espectáculo lamentable.

—Nunca me he cogido a una pelirroja —comenta, arrastrando las palabras.

Y no lo hará.

—Claro que sí —le digo, mostrándole los dientes en un gesto furioso—. ¿Qué me dices de Kacey?

—¿Quién?

—Kacey Montrose. Bajita, linda… ¿con cabello muy muy largo, rojo anaranjado?

Me mira sin comprender. Puedo ver cómo su mente da vueltas, luchando por aclararse entre el alcohol y las drogas recreativas. Quizá es un error de mi parte. Con los otros no me tomé el tiempo de explicarles por qué iban a morir. Yo sabía por qué estaban condenados y pronto la gente se fue dando cuenta de por qué murieron. Esos imbéciles no necesitaban saberlo. Ya habían dejado claro que no les importaba.

Pero Kacey se merece más. Kacey es personal. Kacey es luz y vida, llena de perdón y misericordia. Y ahora es un frágil cascarón sobre la cama de un hospital, con el cerebro tan dañado por la asfixia que nunca va a despertar.

Por culpa de Dillon.

Ella no lo entendería, tampoco lo aprobaría, mucho menos porque esto es en su nombre. Pero me perdonará. Hasta perdonaría al diablo, lo mismo si le pidiera perdón o si no lo hiciera. Kacey habría perdonado hasta al mismo Dillon.

Yo no soy Kacey. No me interesa perdonar.

Le sonrío y me bajo del barandal del muelle para avanzar hacia la casa. Los McFarley tienen un báculo en un costado del muelle, supongo que es por si ven a alguien ahogándose detrás de su casa.

El ahogamiento es una especie de asfixia. Pero en realidad a los McFarley eso no les preocupa. Sino que, si alguien se ahoga en su patio trasero, ellos serían los responsables.

Aunque lograron deslindarse de las responsabilidades cuando Dillon drogó a Kacey en una fiesta. Cuando la amarró con cinta gris de manos y piernas, e incluso en el cuello, lo que le dificultaba respirar. Cuando le metió el pito hasta lo más profundo de su garganta y no se lo sacó aunque se estaba ahogando, aunque se desmayó, aunque él le hundió la cara en su entrepierna de modo que el cuerpo desesperado de ella ni siquiera pudo respirar por la nariz. Sus amigos estaban demasiado ocupados riéndose y filmando para ayudarla. Luego le quitó la cinta, pero no limpió el residuo que le quedó en la piel. Solo la dejó ahí, en una habitación en la fiesta, para que la gente pensara que se había quedado dormida por borracha, y no fue hasta que las anfitrionas intentaron despertarla al día siguiente que se dieron cuenta de que había un problema.

Pero Kacey era menor de edad y las anfitrionas se asustaron, así que la llevaron al hospital y la acomodaron en una banca cerca de la entrada de urgencias. La dejaron ahí para que alguien más la encontrara quién sabe cuántas horas después, cuando cada segundo importaba para salvar la capacidad cerebral que se pudiera. Pero nunca despertó.

Eran sus malditas amigas, y la dejaron ahí.

Y nunca va a despertar.

Tanta alegría, tanta luz y tanta nobleza robadas en un instante porque este tipo pensó que su pito era más importante que la vida de ella. Sus amigos borraron el video, pero no antes de que se supiera que existía. El condado se negó a levantarle cargos porque, según dijeron, no había forma de saber que Kacey no había dado su consentimiento; quizá no tomó en cuenta que tenía asma y la verdad es que era una tragedia, pero no había razón para arruinar la vida de un joven por un accidente. El abogado increíblemente caro que su familia le consiguió pudo tener algo que ver con eso. La familia de ella está tan hundida en las deudas de la atención médica que nunca podrán pagar a un abogado que les haga una demanda civil.

—Te voy a tratar mejor que tú a Kacey —le digo con voz suave mientras tomo el báculo. Con la soga que lo sostiene rodeo una de sus muñecas, solo una, y le doy vuelta para que se le enrede más, como quedaría si te atoraras en ella. Nada sospechoso. Nada que parezca un asesinato. Solo un imbécil borracho que fue lo bastante estúpido como para querer picar a los caimanes con un palo. Él mira la soga en su muñeca e intenta zafarse, pero el alcohol tiene a su cerebro tan atontado que no logra descifrar cómo sacar la mano. De venida nos tuvimos que detener dos veces para que vomitara, pero los beneficios del vómito se perdieron de inmediato, pues siguió bebiendo; a estas alturas ya debe estar al borde de la congestión alcohólica.

—Te va a doler, claro, pero pasará pronto. Y eso es mejor que lo de Kacey.

—¿Quién eres? —pregunta, con el rostro pálido y los ojos muy abiertos. Nervioso, pero no asustado. No en realidad.

Aún no.

—Alguien que está harta de dejar que los chicos sean chicos mientras que a las chicas nunca las dejan ser nada. —Le acerco el báculo y por reflejo lo toma entre sus manos, con lo cual me permite acercarlo más y más al agua. Cuando comienza a tambalearse en la orilla del muelle, se aferra al palo. Las lucecitas rojas se están acercando, y cada vez son más—. Ojalá pudiera hacerte lo que tú le hiciste a ella, para que supieras lo que se siente. Para que sufrieras exactamente lo mismo. Pero no puedo. Tendré que conformarme con esto.

Él solo me mira con la boca abierta. Es claro que no lo entiende. Y no tengo tiempo para esperar a que se le baje la borrachera a ver si se lo puedo explicar mejor.

Retrocedo algunos pasos, me doy la vuelta y le doy una patada al báculo. Él se va hacia atrás, soltando una maldición antes de caer al agua. Mientras me acomodo mis guantes de piel, camino sobre el muelle para observar. No estoy exactamente a una distancia segura. Los caimanes bien podrían subirse al muelle. Puede que por eso sus abuelos decidieron irse al norte un poco antes este año.

Dillon chapotea por un momento, con la boca llena de agua. Pero el alcohol le dificulta la coordinación y el palo pesa más de lo que parece. Es difícil moverlo cuando intentas aferrarte a la superficie del agua, demasiado asustado o distraído o borracho para darte cuenta de que solo tendrías que ponerte de espaldas y flotar.

Pero el ahogamiento no siempre es como se ve en las películas. Los manoteos no duran mucho y en su lugar el cuerpo se va soltando por la falta de oxígeno. Pronto, Dillon se pierde bajo la superficie y no vuelve a aparecer. Bajo la luz del farol del vecino las lucecitas rojas se encuentran en un punto y de pronto el agua comienza a burbujear y sacudirse.

Acomodo mi bicicleta en el muelle, desde donde puedo ver a los caimanes, por si deciden salir a buscar un segundo plato. Termino antes de que el agua deje de agitarse, mientras los rugidos ahogados de los caimanes acallan a los grillos y las ranas. Me acomodo la mochila, llevo la bicicleta al frente de la casa y me echo a andar.

No miro hacia atrás.

No es suficiente.

Maldita sea, no está ni cerca de ser suficiente. Faltó tiempo, faltó dolor, faltó vergüenza. Se suponía que con él iba a bastar, pero no. Pasó tan rápido y simplemente se murió. ¿Por qué fue más fácil para él que para Kacey?

¿Por qué permitimos que estos desgraciados sufran menos que el dolor que les causaron a otras personas?

La rabia y el resentimiento no desaparecen durante el largo camino de regreso a la ciudad, no como antes. ¿Porque era personal? Todos son personales.

Siempre es personal.

22

Rebecca echa la sábana empapada de sudor al pie de la cama, suelta un quejido y se incorpora, con el cabello pegado a su piel de manera asquerosa. El aire acondicionado de Sledd Hall, que nunca funcionó bien, se echó a perder al fin ayer por la tarde. Ahora, pese a que no son ni las cinco de la mañana, el calor y la humedad llenan los pasillos y las suites. Aunque no tuviera el rumor constante de las preguntas y las ansiedades en su cabeza, no hubiera podido dormir en estas condiciones.

No se mueve de puntillas ni intenta ser discreta para no despertar a Hafsah. Tras casi tres años compartiendo cuarto, sabe bien que casi nada despierta a Hafsah, salvo Hafsah y la alarma elegida con cuidado por ella misma. Ha escuchado las historias sobre cómo Hafsah y su madre entrenaron su cuerpo para responder a esa alarma, y aparentemente involucraron varias cubetas de agua helada.

Supone que eso cuenta como terapia de aversión. Si despiertas con la alarma, no te echan agua fría.

Sin encender ninguna luz, Rebecca se pone unos shorts, brasier deportivo y un top que es de Ellie, pero no se lo ha devuelto porque todavía no lo lava. Guarda sus llaves, teléfono y cartera en una bolsa que se cuelga cruzada y de pronto se le ocurre llevarse su cámara. Tiene que ahogar un gemido al estirarse para tomar la bolsa en la que está su mochila en una repisa alta del estudio, con una mano sobre la caja de misceláneos para evitar que se le caiga encima. Piensa que quien haya inventado las bicicletas plegables se merece un lugar especial en el cielo. No cabe duda de que le ha facilitado mucho la vida, y Ellie, Luz, Keiko y Susanna también tienen las suyas. Delia no tiene permiso de andar en bici por todos los huesos que se rompió de niña intentando aprender y fracasando, y a Hafsah no le gustan.

Casi siempre andan a pie por el campus, porque es más fácil que cargar las bicicletas, pero cuando necesitan ir más lejos que a los bares al otro lado de la avenida, las bicicletas son una bendición.

El dormitorio está en silencio mientras recorre el pasillo y baja las escaleras. Puede escuchar el zumbido de los ventiladores y unos cuantos ronquidos que le recuerdan que por eso nunca cogería en un dormitorio. No quiere convertirse en una de las muchas personas a las que saludan con imitaciones de los sonidos que hacen durante el sexo.

El exterior es… decepcionante, pues no la hace sentir aliviada, como esperaba. El ambiente está denso y húmedo, con el ligero hedor a aceite de carro hirviendo en el pavimento. Le recuerda al año pasado, cuando el humo de los incendios de Sawgrass en los Everglades corrió hacia el norte por la interestatal. De vez en vez sus padres y hermanos cuentan historias sobre los incendios forestales del verano de 1997, cuando parecía que tres cuartas partes del estado estaban en llamas. Algunos miembros de su familia ya estaban en la policía, y todos recuerdan los turnos dobles como voluntarios con los bomberos o para dirigir el tráfico en caminos o áreas recién cerradas.

Cuando se agacha, le truena una pierna y, aunque es más fuerte el sonido que el dolor, igual se sobresalta. Hace un gesto de dolor y se estira. Le duele todo cuando intenta dormir y no lo logra, pues siempre termina tensa, como si pudiera conciliar el sueño si se concentra con todas sus fuerzas. Porque es un excelente plan. Niega con la cabeza, desdobla su bicicleta y revisa que todo quede en su lugar antes de montarla.

En realidad no tiene un destino en mente. Casi nunca sabe adónde irá cuando está así; solo tiene que mover el cuerpo para que vaya al ritmo de su cerebro que no deja de dar vueltas. Pedalea lentamente bajo la mañana gris, disfrutando la poca brisa que hay. Le gusta cuando el campus está lleno de vida, pero también hay algo agradable en esto. La luz gris de los inicios del alba suaviza los bordes de los edificios más nuevos y llena las sombras entre los ladrillos maltrechos de los viejos. Es más fácil ver la historia cuando todo lo demás está quieto.

Una familia de mapaches se distrae por un momento de su saqueo a unos botes de basura detrás de un edificio. Desde los escalones estrechos cerca de la puerta, un gato callejero los observa, con el pelo erizado pero sin bufarles. Cuando Rebecca llega a la orilla del campus, sigue adelante y luego da vuelta en la Treintaicuatro, pedaleando junto al muro lleno de grafitis. Uno de los paneles la hace detenerse y meter la bici al pasto para poder verlo bien sin estorbarle a nadie.

El muro se usa para toda clase de cosas. Felicitaciones de cumpleaños, Día del Orgullo, anuncios de graduación, propuestas de matrimonio, homenajes, apoyo a equipos deportivos, promoción de eventos. Los mensajes políticos suelen desaparecer pronto, igual que las cosas ofensivas. O sea que esos paneles o son nuevos, o nadie ha sentido la necesidad de taparlos.

En uno se muestra el famoso tablero de bragas, y el dibujo de cada calzón tiene el nombre de una chica. Rebecca frunce el ceño, preguntándose si las chicas dieron su consentimiento o si es una violación más para ellas… y esta vez mucho más pública. También están los nombres de los chicos, en una columna alta con un marco de caimanes. Otro panel muestra a un caimán caricaturizado en una mesa, con tenedor y cuchillo y una servilleta a manera de babero. En el plato que está frente a él hay más nombres. Sobre la cabeza del caimán se lee BON APPETIT. Rebecca reconoce un par de nombres, pero no porque ya se los hayan comido los caimanes. Cerca del centro del muro, no exactamente al lado del panel permanente, pero cerca, hay una sección que al parecer inició como homenaje a Merolico. Aún se alcanza a ver algo bajo las letras marcadas con pintura en spray encima, y el original sin duda contrasta mucho con las palabras escritas en rosa mexicano sobre su cara en las que se lee GRACIAS. Abajo hay más nombres.

Rebecca descubre con sorpresa que su nombre está ahí. Quizá no debió guardar la esperanza de que el ataque que sufrió a manos de Merolico no se volviera un chisme, pero de todos modos se sorprende. Observa las letras escritas con cuidado que dan forma a su nombre, y es solo su nombre de pila, gracias a Dios, y los músculos de su pecho se tensan al recordar los dedos de él. ¿Hay catarsis aunque sea otra persona la que habló por ti?

Quizá está por ahí, perdida en el mar de sentimientos.

Tras asegurarse de que no vienen autos, cruza al camellón para ver mejor el muro. El pasto húmedo le hace cosquillas en el tobillo cuando se hinca para sacar la cámara de su bolsa. Varias clases de periodismo utilizaban mucho la documentación con fotografías, por lo que requerían que los alumnos tuvieran un buen equipo. Fueron semanas pesadas, pues aún no le llegaba el cheque con lo que sobró de su beca al terminar el semestre y estuvo muy ahorcada en temas de dinero. Cuando termina de revisar que todo esté en orden toma varias fotografías de cada panel que está relacionado con las muertes recientes. Como es tan temprano, aún no se refleja la luz en ellos y no hay calor emanando de la calle que distorsione las imágenes.

A esa distancia es más fácil notar los distintos estilos de los paneles. Puede ver las diferencias entre uno y otro, que demuestran que se trabajaron en equipos, pero también que los hicieron grupos distintos. No fue solo una chica enojada, sino una manada.

Mira a través del lente, pensando en que le gustaría que la distancia también le diera claridad metafórica. Por más que una fotografía puede llevarte a un lugar, la naturaleza de la foto te ubica en el exterior de los hechos. Se lleva la inmediatez, porque es un medio que se extiende mucho más allá del momento.

Al parecer la teoría le está fallando.

¿Qué provoca que un grupo de chicas salga a mitad de la noche para expresar su rabia y sus denuncias en un muro? ¿Por qué vale la pena, si hay tantos peligros? No suele pasar mucho por ahí, pero puede sentir esos peligros, puede sentir las lágrimas de rabia. ¿Fue diferente para las que llegaron primero, el valor y la fuerza para gritar en tecnicolor, que para las que llegaron después, las que pudieron ver pruebas de que no estaban solas? ¿O se encontraron, hombro a hombro, bajo la luz de los faroles?

Sostiene la cámara con ambas manos y la baja para observar el muro con sus propios ojos. Sin la distancia. Son tantos nombres. Tantas historias.

Está suscrita a las ediciones digitales de varios periódicos nacionales y revistas, y ha leído lo que escriben sobre los acontecimientos recientes. El hecho de que involucre caimanes lo hace llamativo, así que le dedican una buena parte a eso, y a partir de ahí suelen desviarse para hablar de la urbanización y la destrucción del hábitat, de modo que ya ni queda claro si están del lado de los caimanes o de los constructores; en cualquier caso, ven a los chicos como un triste daño colateral. Casi siempre les reenvía esos artículos a Susanna y a Delia.

Los otros se enfocan en los chicos como víctimas. Fulano de Tal estudiaba esto y quería ser aquello. Nacieron aquí y esta es su familia. Estos son sus amigos. Estos son sus hobbies y sus logros y todo su potencial. Pocos artículos mencionan las historias que corren por el campus. Hasta los que las han mencionado de manera velada, con miedo hasta de decir la palabra *presuntamente* para cuidar las reputaciones, se refieren a los chicos como «personajes posiblemente controversiales».

El tablero de bragas es el legado más importante de Jordan Pierce, un dedo en la herida de incontables víctimas, pero Rebecca no ha visto que lo mencionen ni una vez. ¿Es porque los periódicos tienen miedo de que los demanden? ¿O porque los reporteros no lo consideran relevante? Es solo diversión sin consecuencias. Cosas de chavos. Después de todo, tenían tanto potencial.

Luego de guardar la cámara en su bolsa, vuelve adonde está su bicicleta y empieza a pedalear con dirección al campus, en específico hacia el letrero de concreto con el peluche de caimán con corona y su colección de notas y tiliches. La universidad les ordenó a los de mantenimiento que lo quitaran, y cinco minutos después ya había aparecido uno nuevo. Ella sabe que hay otros por el campus, haciendo una parodia macabra de las estatuas de caimanes decoradas por los negocios locales que los patrocinan por toda la ciudad. Puede que el muro sea más grande, pero también es más fácil ignorarlo, porque los paneles cambian con tanta frecuencia que las personas se olvidan de ver qué hay de nuevo. Pero los caimanes decorativos son distintos: están fuera de lugar y es imposible no verlos.

Alguien agregó un tendedero desde la última vez que Rebecca pasó a verlo. Unas pinzas de plástico sostienen varios calzones con nombres e historias escritas con Sharpie, una versión confesional del tablero de bragas de la fraternidad. En la base del letrero hay un recipiente con plumones, pinzas y paquetes de calzones nuevos para quien quiera dejar su testimonio. Rebecca toma aire y valor y saca su cámara.

Con estas fotografías busca más detalles que con las que tomó el otro día con su teléfono. Primero se aleja unos pasos para capturar la imagen completa y luego va a tomar fotos individuales de las notas. No recuerda que antes estuvieran las fotografías pegadas con cinta que está viendo ahora. Son imágenes de chicas en fiestas o, peor, en salas de emergencia o en sus habitaciones, heridas y llorando. Le toma una foto a una composición impresa de antes y después sin fijarse bien en el contenido.

Baja la cámara y se la pega a la panza para que no se le caiga mientras observa el papel pegado al cemento con cinta gris por los cuatro lados, para que no lo puedan arrancar tan fácil ni se lo lleve el viento. La chica en la primera mitad de la foto está feliz, con una diadema de orejas de gato y la playera de un refugio de animales que promueve el maratón semianual de esterilización. La segunda parte muestra a la misma chica, apagada, tendida en una cama de hospital, con los ojos cerrados.

—Kacey Montrose —dice la voz de un hombre a una distancia respetuosa de donde está Rebecca, quien se sobresalta, aunque sabe que es la voz del Det Corby—. Lo que le pasó fue terrible.

Rebecca asiente, aunque le parece un gesto inadecuado. Aún se acuerda cuando iba al hospital con flores y las notas de todas sus clases para que Kacey pudiera ponerse al día cuando la dieran de alta, y cómo sintió que el mundo se desmoronaba sobre ella cuando la madre de Kacey le dijo entre lágrimas que los doctores no creían que eso fuera a pasar. Recuerda que salió del hospital y le habló a su padre, llorando, y él viajó dos horas en auto para ir por ella y llevársela a casa para que pudiera pasar unos días con su familia. Recuerda cómo pasó el resto del semestre a la deriva, intentando ayudar a los padres de Kacey.

El día que se supo que no se le imputaría ningún cargo, que no habría juicio, que no habría justicia, el Det Corby la llevó a Steak 'n Shake y se quedó con ella toda la noche en el gabinete de vinil maltratado, tomándola de las manos mientras ella lloraba y maldecía.

De pronto, Rebecca piensa en Ellie en la cama entre ella y Hafsah, hundida en ese mismo mar de sentimientos.

—¿Qué andas haciendo tan temprano? —Rebecca se aclara la garganta para deshacer el nudo que se le formó al recordar así a su amiga. Algún día podrá hablar de Kacey sin sentir que está a punto de llorar. Aunque no está segura de que eso vaya a ser algo bueno.

—No podía dormir —responde él—, así que decidí empezar temprano y darle una revisada a esto mientras no hay nadie.

—¿Quieres que me vaya?

—No, está bien. No es algo oficial. —La mira con gesto intrigado, pero no le hace la pregunta, aunque ella sí le preguntó a él.

—Hace demasiado calor en el dormitorio como para dormir. Andaba en bicicleta por la Treintaicuatro y me acordé de esto.

Él pone un gesto de pesar y se pasa una mano sobre su cabello castaño.

—Las nuevas secciones.

—Son impresionantes.

—Vi que en una está tu nombre.

—Ojalá me hubieras dicho —señala ella con tristeza—. No tengo idea de cuánto tiempo lleva ahí.

—¿No te pidieron permiso?

—No tengo idea de quién lo puso o cómo se enteraron. —Eso la hace pensar en todos los otros nombres. ¿Quiénes se sentirían aliviadas? Y ¿quiénes traicionadas? ¿Hace más bien o más daño?

Él se inclina para leer un Post-it turquesa enmicado y con algunas partes pegadas con cinta, porque al escribir rompieron el papel.

—Honestamente, nunca había visto un caso como este.

—¿Estabas acostumbrado a interrogar a otra clase de animales, pero nunca caimanes?

—¿A qué hora es tu primera clase?

—Hasta las diez, pero tengo que volver a mi cuarto para cambiarme y recoger mi mochila.

El detective la mira como si acabara de darse cuenta de lo que trae puesto, y sus ojos se detienen por un instante en sus shorts, un poco más cortos que cualquier cosa con la que la haya visto. Rebecca sonríe con discreción al notar que él se ruboriza y desvía la mirada.

—Te invito a desayunar.

—Te la pasas alimentándome —señala ella mientras guarda su cámara—. ¿Es una cosa como de Hades y Perséfone, o solo te parece que estoy demasiado flaca?

Es imposible no reírse ante la respuesta atropellada del detective, pero Rebecca lo intenta. Cuando al fin se le sale la risa, él deja de hablar, la mira y vuelve a ruborizarse.

—Qué mala eres —dice al fin.

—Quizá. —Rebecca dobla la bicicleta y la guarda en su mochila. No es ligera, pero tampoco incómoda si se la acomoda bien sobre la espalda.

Se siente bien al caminar con él. Mantienen el mismo ritmo, y el detective no intenta caminar más rápido y dar zancadas más amplias como suelen hacer algunos hombres. Su mano roza la de Rebecca un par de veces, lo que la hace pensar que si fuera un poco más valiente podría mover su palma para que se pegue a la de él y entrelazar sus dedos para ver cómo reacciona. Pero mejor no. Sin importar lo cerca que esté su cumpleaños, sigue teniendo veinte, sigue siendo estudiante y sigue estando conectada tangencialmente con un asesinato. Aunque él también sienta la atracción, debe ser cuidadoso.

Rebecca se lamenta por un momento y luego deja de pensar en eso. Valora su amistad y su compañía, y no va a permitir que sus deseos de que haya algo más arruine lo que ya tienen.

—Me sorprendió no recibir una segunda visita de la detective Gratton —le dice mientras caminan—. Cuando me dijo que me llamaría, pensé que sería de inmediato.

Él se ríe y niega con la cabeza.

—Gratton valora mucho el tiempo, tanto el suyo como el de los demás. Si te vuelve a buscar será porque tiene preguntas específicas para ti, no para ver cómo vas. Pero ¿lo hizo bien?

—Fue muy amable y profesional. Puede que estuviera un poco abrumada por las entrevistas que hizo antes.

—Me ha pasado.

—Aún no habla con Ellie.

El resoplido burlón que se le escapa lo obliga a cubrirse la boca mientras sus hombros se sacuden por unas carcajadas que no logra disimular.

—No me refería a eso, pero tienes un punto.

—Entonces ¿a qué te referías?

—La ciudad ha estado rara últimamente, ¿no te has fijado? —pregunta.

—No he salido mucho, pero me queda claro que el campus está de cabeza.

—Algo así, aunque debe ser más visceral en el campus. La gente tiene toda clase de reacciones ante la muerte. Eso ya lo sé. La satisfacción al sentirse vengada es una reacción posible, y es algo que he visto antes. Pero nunca había trabajado en un caso con tanta... tanta... celebración pública. No sé si me explico. Y claro que nunca había trabajado en un caso con altares donde se sugiere a las próximas víctimas.

—Están poniendo en palabras su dolor frente a un universo que al fin parece que las está escuchando —murmura ella. Piensa en las chicas que le aventaron caimancitos de plástico a un tipo. Es algo más temporal que el muro, pero está movido por lo mismo.

El detective detiene sus pasos por un instante y mira a Rebecca antes de volver a caminar.

—¿Cómo estás? —le pregunta tras un momento—. Con lo que le pasó a Merolico.

Ella se toca el pecho por instinto y luego baja la mano al ver cómo el detective frunce el ceño, preocupado.

—En el aspecto físico, estoy bien —dice con honestidad. Pero...—. Supongo que todo esto me puso a pensar mucho en los contratos sociales.

—Contratos sociales —repite él, con tono neutral.

Rebecca no sabe si está intrigado o solo lo dice por ser amable, pero ella asiente.

—Todos esos acuerdos no verbales sobre cómo debemos interactuar unos con otros, los buenos modales y esas cosas. Pero muchos de esos contratos suelen usarse para mantener, pues, no exactamente el *statu quo*, sino... más bien sí —decide—. Justo el *statu quo*. Esos contratos sostienen el sexismo, el racismo, el clasismo y toda clase de ismos que son sistemas inherentemente defectuosos. Mantener el dominio del *statu quo* depende de los contratos sociales que alientan algunas conductas y condenan otras.

—Okey, hasta aquí, te entiendo.

—Los contratos sociales suelen ser contradictorios —continúa ella—. Muchos están diseñados de modo que solo benefician a la gente que ya tiene poder. Por ejemplo, si un hombre le dice a una mujer que es bonita, algunos contratos señalan que ella debe dar las gracias mientras otros prefieren que sea modesta. Ninguno le da la posibilidad de que se sienta incómoda, o que esté ocupada o trabajando. Ninguno permite que la atención sea indeseada. «Gracias» o «¿Yo?» son las respuestas aceptadas, y no hay forma de saber cuál contrato quiere que se cumpla ese hombre, o sea que elijas lo que elijas, igual podrían castigarte. O puedes negarte a cumplir con el contrato, rechazar la atención, y también te van a castigar. —Cuando nota que su mano ya va hacia el pecho, la baja.

Él asiente, mirando entre ella y los pocos carros que pasan por la carretera. Se ve cansado, acabado.

—Lo ves todo el tiempo —agrega Rebecca con voz baja—. Cuando un hombre insiste en comprarle a una mujer una bebida que ella no quiere, pero por alguna razón es ella la grosera por no aceptarla. Se usa para obligarnos a bailar, tener citas y tener sexo porque nos hacen sentir que estamos fallándole a la sociedad. —Piensa en Ellie aquella noche al salir del bar, furiosa porque las educaron para ser amables—. Lo ves cuando personas con críticas y quejas legítimas son reprimidas por no ser cordiales o amables, en las exigencias de «elevar el discurso» o condenar el tono, porque condenar el tema es un caso perdido. Si intentas convencer a la gente de que no hay forma correcta de decir algo, tal vez logres que ya no lo digan.

—Y tú rompiste el contrato social al rechazar a Merolico.

—Yo no acepté un contrato que subordine mis deseos a cualquier imbécil que crea tener derechos sobre mí —aclara ella—. Nos victimizan por nuestros buenos modales y nos castigan por los malos, pero ahora… —Señala hacia el altar—. Están rompiendo los contratos, diciendo todas las cosas que la sociedad les ha dicho que deben avergonzarlas; las están sacando a la luz y ya no sienten vergüenza por eso. No están minimizando su trauma para cumplir con las exigencias sin sentido de ser prudentes. Y eso es maravilloso, pero…

—¿Pero?

—¿Qué sigue?

—Algo bueno, sin duda.

—¿Eso crees? —Rebecca se encoge de hombros—. Quizá. Tal vez los contratos pueden romperse. Quizá la conversación pueda cambiar. La gente no es muy buena para eso. Me pregunto si es un movimiento que tiene fuerza propia.

—¿Fuerza propia? —Sacude la cabeza y se acerca a ella y los dorsos de sus manos se tocan al caminar—. Ya me perdí.

—Esto está pasando por las muertes —señala Rebecca—. Quien sea que lo esté haciendo, la razón por la que lo está haciendo solo la conoce esa persona. Pero las acciones crean una historia, intencional o no, que dice que se trata de una venganza. De una advertencia. Por primera vez son los violadores y los desgraciados los que deben tener miedo y no las chicas, y eso les da a ellas el valor para hablar, y hacerlo a gritos. Para romper los contratos y saber que, por una vez, los chicos podrían tener miedo de castigarlas. ¿Crees que tenga suficiente fuerza para seguir sin más muertes?

El detective parece abrumado y Rebecca casi se arrepiente de sus palabras. Pero solo casi, porque él preguntó, pero es uno de los buenos.

—No lo había pensado así —reconoce él.

—¿Qué piensa tu capitán?

Con un gesto burlón, el color comienza a regresarle al rostro.

—Ya está empezando a creer que no fueron accidentes. Por un lado están las coincidencias, pero por otro está la quiniela de víctimas. Pasó de asegurar que yo estaba desperdiciando tiempo al intentar investigar algo que no era real a asegurar que necesito apurarme para resolverlo antes de que mueran más jóvenes prometedores.

—¿Jóvenes prometedores? —repite ella incrédula—. ¿Leyó sobre las víctimas?

—Sí. Y también tuvo su parte en que algunos de esos tipos no recibieran castigo —dice. Rebecca agradece que intente hablar con tacto o ser profesional o algo así, pero de todos modos le cuesta trabajo controlar la rabia que arde dentro de ella—. Seré honesto contigo : los «jóvenes prometedores» me importan mucho menos que encontrar a quien esté haciendo esto antes de que maten a alguien inocente por error o que pierdan todo el control y se desate una masacre.

—¿No es ya una masacre?

—Hasta ahora, tienen un tipo específico en mente. ¿Qué pasará cuando eso les deje de importar?

Se detienen en la orilla de la calle y miran el farol frente a ellos. O más bien el caimán de carne y hueso que está parado sobre sus patas traseras, sosteniéndose del poste como si trepara una pared o un árbol, mientras el letrero para los peatones se le entierra en la parte de abajo de la quijada. Su cola está doblada hacia una esquina. Rebecca piensa que no está tan curvada como las de los gatos, sino solo un poco. El resto de su mente le está gritando que retroceda despacio.

—¿Y si mejor no vamos a Starbucks? —dice el Det Corby, demasiado tranquilo.

—¿Y si mejor llamamos a control animal?

—Me parece bien.

Rebecca no le quita la vista de encima al caimán mientras el detective hace la llamada. No le alegra estar tan cerca del animal, pero al mismo tiempo agradece un poco que su presencia haya puesto fin a la conversación. Es diferente hablar de esas cosas con Hafsah, pues con ella puede ir tallereando sus ideas hasta que digan lo que quiere decir en realidad, pero al hablarlas con alguien más tiene la triste tendencia a revolverse y terminar mordiéndose la lengua.

En serio, ¿las chicas podrían ser tan valientes si los chicos dejaran de morir…? Eso no era para nada lo que quería decir.

¿O sí?

Bueno, en cualquier caso probablemente no era la mejor idea para compartirla con un detective que está en la investigación. Para hacer su trabajo, él no puede empezar a dudar si resolver el crimen va a causar más daño que bien.

Rebecca lo mira. El detective está viendo al caimán con el ceño fruncido, golpeteando el suelo con un pie y con el teléfono pegado a la oreja. Cuando lo ve levantando la otra mano para mostrarle el dedo medio al reptil, Rebecca tiene que contener la risa.

Va a estar bien.

23

En la cabeza de Rebecca dan vueltas las partes de un reportaje, pero aún no ha logrado unirlas para darles forma. Es frustrante, pero sabe que si intenta forzarlo no solo no saldrá nada útil, sino que ya no le quedará tiempo para empezar de nuevo y convertirlo en algo bueno. Por desgracia, tampoco puede concentrarse en hacer algo más.

Molesta y agotada, busca qué hacer en su dormitorio. El crochet está descartado, pues no puede quedarse quieta tanto tiempo. No puede estudiar, no puede leer, no puede tomar una siesta. ¿Podrá comer?

No, porque hace tiempo que nadie va al súper y ya casi no queda nada ni en el frigobar ni en la alacena.

Buena idea.

Cómo odia cuando su cerebro se pone en ese plan.

Repasa la lista de sus compañeros de suite para ver si debería invitar a alguna o preguntarles si necesitan algo. Hafsah está en clase, Susanna y Delia fueron a un río para tomar muestras, pero no sabe dónde están las otras tres. En vez de mandarles un mensaje, va al baño que conecta sus suites y se para en seco al ver a Ellie sentada entre dos lavamanos, vestida solo con brasier y calzones y leyendo algo en su teléfono.

—¿Hola?

—¿Se te ofrece algo?

Bueno.

—Voy a la tienda. ¿Necesitas algo, o quieres venir?

—Pero claro que sí, carajo.

—¿Por qué estás pasando el rato en el baño? —le pregunta, intrigada, y se acerca a ella—. No está más fresco aquí.

—Luz y Keiko están cogiendo, y la pared es demasiado delgada como para que no las escuche desde mi cuarto —responde Ellie—. Y no quería oírlas.

—Entiendo, pero ¿por qué en el baño?

—Tampoco quería vestirme.

Rebecca está a punto de decirle que pudo haber ido a su cuarto o a su estudio, pero se lo guarda. Ellie hace las cosas al estilo Ellie, y está bien.

—Pues vas a tener que vestirte si quieres ir al súper. Tienen reglas. —Estira una mano y toca una roncha en el muslo de Ellie—. Podemos comprar loción de avena para todos los piquetes de mosquito que traes.

Ellie suelta unos quejidos y apoya la cabeza en el hombro de Rebecca, como gato.

—Gracias. Me atacan por la noche. ¿Vamos a ir caminando o en bicicleta?

—En bici. Tráete tu hielera.

—Nos vemos abajo.

Rebecca sale del baño y va por unos calcetines, busca su bolsa, su bici y la bolsa para el mandado. Todas las chicas en la suite tienen una, pues fue un regalo que les mandó la mamá de Susanna después de las vacaciones de invierno en primero. Está hecha para usarse como mochila, su base conserva las temperaturas y la parte de arriba puede adaptarse a distintos tamaños. Cuando la mamá de Susanna se las llevó, vio cómo su hija festejaba por lo ecológica que era y que iban a gastar mucho menos plástico porque podrían usarla siempre. Cuando al fin logró callarse, su madre simplemente dijo que le pareció que sería más fácil que cargar varias bolsas normales.

Rebecca aún no sabe si lo dijo en serio o solo quería molestar a su hija.

Afuera, se va a un lugar con sombra para acomodar su bici. Quizá es solo la huella en su memoria de las fotografías que tomó por la mañana o de la conversación con el Det Corby mientras tomaban café, pero le abruma la cantidad de chicas que andan por ahí con caimanes pintados en las mejillas. Es algo que solo suele pasar durante la temporada de futbol y a veces en la de basquetbol. Pero no es de diario. Ha escuchado historias sobre un estudiante de diseño gráfico con una máquina de serigrafía, pero ahora ve los resultados: un grupo de chicas trae playeras con un caimán caricaturizado y la leyenda «Si se te antoja algo rico, llama a: », seguida de distintos nombres que están escritos con Sharpie. Algunas playeras tienen más de uno.

Piensa en la conversación que tuvo con Hafsah, suponiendo, o quizá deseando, que el asesino en realidad esté intentando hacer un cambio con sus acciones. Castigar a los violadores por sus actos, hacerlos sentir el mismo miedo que sienten todos, quizá hasta hacer que la gente los vea distinto. Se pregunta quién puede ser tan inocente como para pensar que puede funcionar.

Uno de sus tíos sigue mandándole mensajes diario a las 6:37 de la mañana diciéndole: «¡Recuerda moverte en zigzag!». Pero ahora su esposa le manda otro mensaje a las 6:38 diciendo: «O avienta al chico que esté más cerca hacia el caimán y huye». Como conoce bien a su tía, sabe que lo dice porque se preocupa por ella, pero lo hace a su manera, con ese humor que la hace la mejor compañía en las bodas, bautizos, funerales y otras ocasiones solemnes, pero el mensaje generó una expresión extraña en el rostro del Det Corby cuando lo recibió esta mañana.

¿Cómo reaccionarían si las muertes no hubieran tenido nada que ver con caimanes? ¿O si las víctimas fueran mujeres? O, en realidad, cualquier persona que no fuera un hombre blanco. Los hombres blancos heterosexuales creen que no corren ningún peligro, ya sea consciente o inconscientemente. ¿Cuál sería la reacción si las víctimas no fueran unos completos imbéciles y desgraciados?

Recuerda el miedo que llenó al campus cuando ocurrieron las primeras muertes, las que parecían accidentes. Cuando todos pensaban que solo era una consecuencia de la invasión al hábitat y no se hablaba de un asesino serial o vengador o como sea que le digan al asesino en Twitter. Le interesa más lo que dicen las noticias que las redes sociales, y han salido tantos *hashtags* que es imposible revisarlos todos y tener tiempo para hacer algo más.

—¡Listo! ¡Vámonos, perra!

Rebecca hace un gesto de fastidio y suspira.

—¿En serio?

Ellie solo le sonríe y se sube a su bici.

—Te compro una galleta.

—¿Lo prometes?

—Lo prometo.

Por fortuna, la tienda no está lejos. Y además no se encuentran con ningún caimán en las intersecciones. En la mañana fue Rebecca quien compró el café, pues el Det Corby tenía que vigilar al caimán hasta que llegara control animal. Luego se fueron a sentar en una bardita y vieron, agobiados, cómo algunos carros casi perdían el control al encontrarse con la bestia. Aún se siente agradecida de que el caimán haya estado más interesado en abrazar al poste, o tal vez en intentar treparse a ese árbol extraño, que en cruzar la calle, porque pudo haber sido una mañana mucho más complicada.

Sabe que si atropellas a un venado, tu carro puede quedar muy mal, pero le alegra no tener idea de cómo quedaría si atropellas a un caimán.

Cuando llegan a la tienda, Rebecca hace que Ellie le compre su galleta de inmediato, para poder comérsela mientras recorren los pasillos. No tiene una lista en mente. Tal vez no es tan malo como ir de compras cuando tienes hambre, pero sí las obliga a regresar por donde ya pasaron conforme se van acordando de más cosas. Es la clase de cosa que suele poner de malas a Ellie. Pero hoy, quizá porque es obvio que Rebecca está atontada, solo la hace reír, y hacen una apuesta sobre cuántas veces tendrán que recorrer la tienda antes de agarrar todo lo que necesitan.

Cuando se acercan a la farmacia por octava o novena vez, Rebecca se mete a uno de los pasillos más estrechos y toma un ungüento para echarlo al carrito.

Ellie lee la etiqueta y luego mira a su amiga.

—¿Esto me va a ayudar con los piquetes?

—Entre eso y el Benadryl te sentirás un poco mejor de los ocho millones de piquetes de mosquito que traes encima.

—Ay, como si los mosquitos nunca te hubieran comido viva.

—Casi nunca me molestan. Al parecer no tengo buen sabor, así que nadie me quiere picar.

En cuanto lo dice, se da cuenta de cómo suena, y obviamente Ellie lo entiende y se echa a reír con tanta fuerza que pierde el equilibrio, el carrito se le resbala y ella termina en el piso. El carrito sale volando y Rebecca apenas alcanza a detenerlo antes de que se estrelle con una estantería. Al sentir las miradas de la gente, se ruboriza; algunas son solo de curiosidad, pero hay otras muy juzgonas.

Podría ser peor. Podrían estar frente a los condones y el lubricante. O el Det Corby pudo haberlo escuchado. Aún siente el calor en sus mejillas y pecho, pero se recarga en el carrito y le sonríe a Ellie, que sigue en el suelo y casi se está ahogando por la risa, con un brazo sobre el estómago. Aunque sea a su costa, le alegra ver que Ellie esté disfrutando algo que no involucre violencia.

Cuando vuelven a Sledd sigue siendo temprano. Llevan todo bien empacado, salvo por una bolsa de plástico que cuelga del manubrio de Ellie porque no encontraron cómo guardar dos bolsas de papas sin aplastarlas. Cada una lleva una botella de dos litros metida en los shorts, con la tapa acomodada en el brasier, entre sus pechos, para que no se caigan. Como dejaron las bicicletas afuera mientras estaban en la tienda, ambas traen guantes para protegerse del metal hirviendo bajo las protecciones del manubrio. Bienvenidos a Florida, donde puedes terminar con quemaduras de segundo grado al abrir una puerta.

Rebecca le dice a Ellie que suba con las cosas que hay que poner en el refrigerador lo antes posible, pues los milagros de la hielera tienen sus límites, y se queda para doblar ambas bicicletas. Mientras lo hace piensa que les urge una lavada e intenta no mancharse con el pasto embarrado en la suya o el lodo en la de Ellie. Quizá haya un servicio de lavado de autos que también acepte bicicletas; tendrá que preguntar.

Cuando termina de guardar las bicicletas en sus bolsas se levanta y toma su bolsa para sacar su identificación. A lo lejos escucha su nombre y se da la vuelta, pero de entrada no ve a nadie. No es raro, pues al ser alta y con cabeza de zanahoria, la gente suele verla antes de que ella ubique quién le habla.

Detrás de un grupo en la banqueta viene el Det Corby, pero no fue su voz la que escuchó, a menos que alguien le haya hecho calzón chino. Luego ve a una ayudante del *sheriff* detrás de él, con un brazo sobre la espalda de Delia y Susanna al otro lado de su amiga. Las dos se ven aterradas.

Rebecca toma las bolsas de las bicicletas y corre hacia donde están ellas.

—¿Están bien? ¿Qué pasó?

En cuanto está lo suficientemente cerca, Delia se pone a llorar y se echa a los brazos de Rebecca para abrazarla con todas sus fuerzas.

—¡Yo no quería esto! —berrea contra el pecho de Rebecca—. ¡Si quisiera tocar gente muerta, habría entrado a medicina! ¡Solo quería tomar una muestra para ver si hay taninos! ¡No quería encontrar un cadáver!

—Parte de un cadáver —aclara Susanna.

Delia suelta otro gemido y se echa a llorar con tal fuerza que el frente de la playera de Rebecca pronto queda empapado. Con una mirada de regaño a Susanna, Rebecca baja las bolsas con las bicicletas cuidándose de no mover a Delia, y luego la abraza y la mece de un lado a otro para darle consuelo. Mira a la ayudante del *sheriff* y después al Det Corby y de regreso.

—¿Puedo pedir más detalles?

—Delia se acomodó en las raíces de unos cipreses para tomar una muestra de agua —le dice Susanna sin esperar a que los oficiales respondan—. Su mano tocó algo. Pensó que era hierba, pero cuando sacó la mano, ese algo salió a la superficie. Era una pierna. O parte de una pierna. Como de la rodilla para abajo o algo así.

Susanna parece estar al borde del colapso. Lleva sus bolsas y las de Delia, entre mochilas y maletas con equipo de laboratorio para las muestras, pero en cuanto Rebecca extiende un brazo, Susanna se lanza hacia ella y hunde su cara en el cabello de Delia. Se había mantenido de una pieza por Delia, pero eso no significa que el acontecimiento la haya impactado menos.

Mira a los detectives, controlando las náuseas.

—Y... eh... ¿encontraron más? —pregunta.

El Det Corby sacude una mano. No, Rebecca nota que no es el Det Corby, sino el detective Corby. Si encontraron un cadáver, está trabajando.

—¿Más? Sí. ¿Todo? Casi no. Vamos a estar recorriendo el río con una red.

Rebecca cierra los ojos.

—O sea que es oficial: no vamos a ir al Ichetucknee para mi cumpleaños.

Delia y Susanna asienten y la abrazan con más fuerza. Con todo lo que ha pasado, nadie en la suite ha tenido tiempo de cumplir con sus planes. Se les pasó su viaje previo al regreso a clases porque lo tenían agendado para el fin de semana en que atacaron a Kacey. Siempre planeaban un viaje en primavera para celebrar tanto el cumpleaños de Rebecca como el fin del semestre, pero este año... pueden esperar. Ya podrán planearlo cuando pase la temporada de cortejo de los caimanes.

—Fue en el río Santa Fe, lejos de las aguas del Ichetucknee, así que no será problema. Pero, ah... —El detective se calla por un segundo, que basta para que Rebecca lo mire con intensidad—. No pasa nada si mejor van a un manantial.

—¿Porque son más frescos?

—Así es.

—No vuelvo a acercarme al agua en mi vida —masculla Delia, y sus palabras se ahogan en la playera.

Se entiende. Es exagerado, claro, y poco probable que pase, pero se entiende.

Rebecca se pregunta si encontraron las partes necesarias para identificar a la persona, pues con el cadáver del lago Alice les costó trabajo, pero no lo menciona. Además de que es una pregunta macabra, no pueden decirle quién es, aunque lo supieran. Necesitan confirmar su identidad y luego avisarle a la familia. Una pregunta se impone a las demás: ¿Qué pasará con la investigación si no es uno de los nombres en el muro ni en las playeras ni en las ofrendas? Frunce el ceño, intentando darle una forma más coherente a esa idea.

—La próxima semana empiezan los finales —dice Susanna en voz baja—. Después de eso la escuela estará casi vacía.

Rebecca mira al detective Corby, que asiente con solemnidad. Todos han estado tan concentrados en lo que pasará cuando termine la temporada de reproducción que nadie ha preguntado qué pasará con la investigación cuando tanto las potenciales víctimas como los sospechosos se dispersen durante el verano. ¿Qué significará eso para el detective Corby?

—Vámonos —les dice a sus compañeras—. Hay que subir para que se bañen. Ellie acaba de guardar helado en el refri, y cerraremos las puertas del pasillo para que nadie entre a molestarlas con preguntas cuando se corra la noticia.

La asistente del *sheriff* se aclara la garganta. Su cabello rubio oscuro está recogido en un chongo bien apretado.

—Señorita…

—Nosotras no vamos a decir nada —aclara Rebecca de inmediato—. Pero era una excursión de la escuela. Fueron con alguien. Y… ya sabe. Todos están muy interesados en lo que está pasando.

—Aún no sabemos si está relacionado con la situación actual.

Delia suelta un resoplido burlón y el detective Corby pone un gesto angustiado.

—Una bebé murió a mediodía en el condado de Broward —dice él con voz suave—. Todos los condados tienen la orden de compartir cualquier información sobre incidentes relacionados con los caimanes.

—¿Qué pasó? —pregunta Rebecca, intentando no imaginarse a ninguna de sus sobrinas en el lugar de esa bebé.

—Su abuela la dejó unos minutos en el patio trasero, en una alberca para niños, mientras iba por botana y algo de beber. De pronto escuchó los gritos de la niña y salió corriendo con un arma que no hizo mucho más que enfurecer al caimán. Un vecino vio lo que estaba pasando y llamó al 911. La niña murió en el camino y la abuela está grave. Ya perdió una pierna y podría perder la otra.

Delia comienza a llorar de nuevo. Claro, ella fue quien encontró una pierna. Rebecca acaricia la espalda de su amiga en círculos y toma nota de abrazar a todos sus primitos al menos tres veces

214

en cuanto los vea. No puede ni imaginar cómo sería perder a alguno de ellos.

—No podemos asumir nada —agrega el detective con incomodidad.

Rebecca asiente.

—¿Necesitan algo más de las chicas?

—Por el momento, no. Queríamos asegurarnos de que llegaran bien a casa.

—Y ahora volverán al río. —Para buscar las partes que faltan y posibles evidencias. Rebecca lo sabe, pero no lo dice. ¿Cómo haces algo así, cuando todo puede estar por cualquier parte? No hay razón para asumir que los caimanes no hayan movido todo.

El detective se encoge de hombros y juega nerviosamente con su corbata.

—Pónganse bloqueador solar.

Él la mira confundido, pero pronto su expresión se transforma en una sonrisa cansada.

—Cuídalas, Rebecca.

—Así lo haré. —Les da un apretoncito a sus compañeras y le devuelve la sonrisa al detective—. Gracias por traerlas. Gracias a los dos.

La mujer pasa la mirada de las chicas al detective Corby, pero solo asiente en un gesto cordial que no revela mucho sobre lo que está pensando en realidad. Rebecca se recuerda que no han interrogado a nadie en su suite sobre los ataques de caimanes, y él no está trabajando en el caso de Merolico, así que no hay razón para que lo acusen de falta de profesionalismo.

Después de dar un respiro, Rebecca se separa de Delia para tomar las bolsas de las bicicletas y las reacomoda para servir de soporte a su amiga. Susanna sostiene a Delia del otro lado.

—Vamos adentro.

24

Pasan horas antes de que Delia y Susanna se tranquilicen, y Rebecca está segura de que la única razón por la que lo logran es porque ya a ninguna de las dos le queda energía para seguir en crisis. Hafsah, Luz y Keiko siguen en la habitación con ellas, todas hechas bola en una cama demasiado pequeña para cinco mujeres adultas. Sacaron a Ellie en la primera media hora, cuando su buen ánimo, que solo mejoró al saber que hubo otra víctima de los caimanes, la llevó a enlistar todas las identidades posibles, haciendo que Keiko y Delia empezaran a llorar. Rebecca no la ha visto desde ese momento.

Por su parte, Rebecca aún tiene un reportaje en mente. Con una libreta entre su laptop y la cámara, se va al *lounge* del tercer piso, donde estará a sus anchas y quizá hasta pueda hablar sola sin despertar a sus amigas traumatizadas que al fin se durmieron. La mesita de centro se mueve con facilidad y, tras buscar en todos los sillones, encuentra dos almohadas para acomodarse. No es exactamente cómodo, pero basta.

La laptop hace un sonido cuando reconoce la cámara y abre las fotos tomadas en el día. Rebecca las revisa y lee cada nota del extraño altar. ¿Es para un dios vengativo? ¿O para uno sanador? Una de las fotografías llama su atención, por lo que le hace zoom y espera a que la imagen se aclare. ¿Qué hay ahí? ¿Por qué le parece conocida? La analiza con las rodillas contra el pecho y las manos en los tobillos.

Es la letra. Alta y delgada, con delicadas curvas en todos los lugares donde se pueden poner curvas; sabe que ha visto esa letra antes. Cuando se sentó, de hecho: está en la quiniela de la muerte que Kerry decidió no quitar, porque si se queda en un lugar público al menos puede vigilarla. Esa nota es de alguien en el piso de Rebecca.

—¿Qué haces?

Como está tan concentrada en la pantalla, se sobresalta con la voz y las uñas se le entierran en los tobillos. Al levantar la vista se encuentra con Jules, que trae su cabello café oscuro enredado sobre la espalda.

—Me asustaste.

—Ya vi. —Jules sonríe y se acomoda de un salto en el sofá más cercano—. ¿Qué haces?

Tras pensarlo un momento, gira la laptop para que Jules pueda ver la pantalla.

—Quien escribió esto vive en nuestro piso.

—Sí. —Cuando Jules está teniendo un debate interno, no se muerde el labio inferior como la mayoría de la gente, sino el de arriba, lo que hace que, dependiendo de su humor, se vea como un shih tzu enojado o como un bulldog tranquilo—. Es la letra de Lori.

—¿Lori, la que siempre trae sudadera sin importar que los demás nos estemos muriendo?

—Esa misma. Compartimos suite el año pasado, pero luego nos cambiaron.

Rebecca mira de nuevo la pantalla. «Me dijo que me lo merecía», dice la nota con letras delicadas y casi frágiles. «Dijo que qué esperaba si iba vestida como puta. Traía una playera y jeans. Ahora dicen que soy una mojigata. Nunca ganamos. No podemos».

No hay ningún nombre, ni de ella ni de él. Rebecca no se pregunta por qué es anónimo, la mayoría lo son, pero sí por qué no lo nombra a él. ¿No se trata de eso? ¿De que sientan vergüenza al ser acusados? Revisa otras fotos y se da cuenta de que casi la mitad no tienen los nombres de sus perpetradores.

—Tu expresión…

—¿Qué tiene mi expresión? —pregunta, mirando a Jules.

—Es la que pones en clase cuando estás por destrozar un argumento. Si fueras gato, estarías meneando el trasero en el aire. ¿Qué vas a atacar?

—¿Por qué las chicas comparten sus historias en los baños?

—Para poder cuidarnos unas a otras cuando sea posible —responde Jules sin dudarlo—, y para que las demás sepan que no están solas cuando no podemos protegerlas.

—Y ¿por qué ahora estamos contándolo en público?

—Porque… Mierda. —Jules suelta una carcajada, con las manos contra sus mejillas—. Porque sabemos que alguien nos escucha. No sabemos quién, pero obviamente hay alguien. Al fin alguien nos escucha y… y…

—¿Cuántas veces hemos leído artículos donde un policía, abogado o juez dice que no podemos permitir que «una noche de diversión» le arruine la vida a un joven prometedor?

—Demasiadas. —Jules se pasa al suelo junto a Rebecca, se cruza sobre ella y le da clic a la siguiente fotografía—. Sus becas, sus títulos, sus futuros… Nosotras nunca somos tomadas en cuenta. No quieren escuchar nuestras historias porque ya tomaron una decisión.

«Era novio de mi roomie», dice otra nota. «Insistía en acostarse también conmigo, o se asomaba cuando me estaba bañando. Cuando se lo dije a ella, él le aseguró que yo me le estaba insinuando y ella me echó».

—No denunciamos porque nadie nos escucha —dice Rebecca—. A nadie le importa. No denunciamos porque lo mejor que nos podría pasar es que nos ignoren. Y suele pasar que nos castigan como no lo hacen con ellos. Ahora sabemos que alguien escucha. A alguien le importa. Es más fácil ser valiente si hay posibilidades de que algo bueno salga de eso.

—¿Valor de cocodrilo?

—Algo así.

«Greg Samuels me ofreció un aventón a mi casa después de clases porque estaba lloviendo. Luego dijo que si no le daba una mamada me iba a dejar botada a medio camino. Tuve que caminar más de nueve kilómetros bajo una tormenta eléctrica, y de todos modos les dijo a sus amigos que se la había chupado. Ahora sus amigos se la pasan mandándome mensajes porque creen que soy fácil».

—No solo le hablan al asesino —dice Rebecca despacio, pues aún está uniendo las piezas—. Se están hablando entre ellas. Son las historias que se cuentan en el baño, pero al fin las están diciendo en público. Son advertencias y palabras de consuelo. No estamos solas. Y más... —Se muerde el labio, pensando en su nuevo descubrimiento—. Has leído los artículos que entregan en clase; ¿cuántos mencionan a los chicos como violentadores? Ninguno —se responde, y Jules solo niega con la cabeza, frunciendo el ceño—. Pero los ojos de todo el país están puestos en Gainesville por las muertes, y quienes hayan comenzado los altares, los paneles en el muro, les están dando algo más en qué fijarse. Están hablando, y exigen ser escuchadas.

—Recuperamos nuestras voces.

Rebecca asiente, pensando en cómo lo dice como un esfuerzo colectivo, literal y metafóricamente. Si las demás chicas no hubieran hablado, si el susurro no se hubiera convertido en rugido, ¿quién lo habría notado?

—Por eso se siente tan diferente. No es solo que al fin son los chicos los que están asustados, sino que nosotras al fin somos las que estamos hablando.

—Dios mío. —Jules apoya la cabeza en el hombro de Rebecca y suelta un escandaloso suspiro—. ¿Cómo conviertes eso en un reportaje?

—Hablando con personas que hayan dejado ofrendas, si aceptan. Será anónimo por completo si así lo quieren. A ver si podemos darles megáfonos a estudiantes de otras universidades. —Sus dedos están ansiosos por tomar la pluma y el cuaderno y, cuando lo hace, de inmediato se pasa a una página en blanco. No le importa lo horrible que le salga la letra o si se salta caracteres o hasta palabras completas; solo quiere anotar todo lo que acaban de decir.

—Voy al cuarto por mi teléfono —anuncia Jules mientras se levanta—. Me lo traigo para enviar algunos mensajes.

—Jules. —Espera a terminar de escribir una idea y luego mira a su paciente amiga—. No presiones a nadie que no quiera, pero si les interesa, promételes que seré respetuosa. Cuéntales lo de Merolico si crees que servirá de algo. No me interesa explotarlas ni exhibir su dolor.

—Rebecca, si escribieron una de esas notas es porque están dispuestas a hablarlo públicamente. Contártelo en privado no será distinto que las historias en el baño.

Ella asiente con gesto reflexivo y sigue escribiendo en lo que Jules se va a su cuarto.

Un par de minutos después llega Lori al *lounge*, con una enorme sudadera que cubre la mitad de su cuerpo y unos pantalones de algodón guangos. Viene acompañada de otra chica, bajita y morena. Rebecca la reconoce: fue la que les contó sobre los primos Cooper cuando dieron la noticia en la televisión. Quiere preguntarle su nombre, pues se siente mal de no saberlo, pero sabe que no es un buen momento. Si promete anonimato y así lo quieren las chicas, tiene que empezar con ella.

—¿En serio crees que esto servirá de algo? —pregunta Lori en vez de saludarla.

—Creo que, sirva o no, tenemos poco tiempo para averiguarlo.

—Y ¿vas a hacer esto en vez de estudiar para tus finales?

—A estas alturas ya tengo claro que no voy a estudiar —responde Rebecca, encogiéndose de hombros—. Esto es más importante.

Lori no parece del todo convencida, pero la otra chica va al sillón y se sienta con las manos entre las rodillas.

—¿Puedo leerlo cuando termines? ¿Antes de que lo des a conocer?

—Por supuesto.

—De acuerdo. —Toma aire y mira a Rebecca a los ojos—. Yo dejé una de las velas. Imprimí una foto de los Cooper, la pegué ahí y escribí «Gracias». Sentí como si por primera vez en mucho tiempo pudiera respirar. Siempre tendré mis cicatrices, pero ahora no tengo miedo de encontrármelos en el campus, no tendré que aguantar los ataques de pánico durante las dos primeras semanas del semestre por la sola idea de que me toquen clases con ellos. Es una bendición.

Rebecca pasa casi diez minutos hablando con ella, viendo cómo los hombros de la chica se van relajando poco a poco al entender que Rebecca no la va a presionar para que dé detalles. No tiene una foto de su vela, pues la quitaron al retirar el primer altar, pero la chica conoce a alguien que sí tomó fotografías y le promete que se las pedirá. Lori también empieza a relajarse al ver la entrevista, y para cuando la primera ya no tiene más qué decir, ella acepta contar su historia. Termina llorando, pero también se nota que se quitó un peso de encima.

Rebecca toma a Lori de las manos, pues no sabe si un abrazo estaría fuera de lugar, pero quiere darle algún gesto de consuelo y de gratitud por su fortaleza. Lori le responde con una sonrisa entre las lágrimas.

Después llega una chica de Thomas Hall, que trae a otro par de Murphree. Y luego llegan más, siempre en par si no son de Sledd, aunque su compañera no tenga una historia que contar. De una de las casas en Row sale una manada entera de chicas con blusas en las que se ven sus letras. Rebecca las recuerda, son las mismas que le contaron lo de Jordan Pierce. Solo dos le cuentan sus historias personales mientras sus hermanas las abrazan para demostrarles su apoyo, pero todas dicen que pintaron uno de los paneles en el muro de la calle Treintaicuatro. A Rebecca no le sorprende enterarse de que se trata del que mostraba el tablero de las bragas. Le aseguran que todos los nombres ahí se pusieron con pleno consentimiento de quien estaba siendo nombrada, y Rebecca siente cómo uno de los nudos en su estómago al fin se deshace.

Hay casas griegas que funcionan perfectamente bien, y Rebecca lo sabe. Pero… se suele saber mucho menos de ellas que de las que son terribles. Es difícil no pensar que todo el sistema es corrupto. Quienes entran a una fraternidad o sororidad, aunque se comporten con toda rectitud, deben reconocer la respuesta automática de quienes se enteran de que son parte de una casa. Para los que aman su sección, los que trabajan para que sea algo de lo cual enorgullecerse, la mancha que representan algunas casas en Row son un golpe al corazón. Estas chicas aman a su hermandad y se la toman muy en serio, es evidente. Lo que Pierce y sus amigos hacen no solo las ofende como mujeres, sino como compatriotas griegas.

Rebecca no acepta la fotografía del muro con toda la sororidad posando en las orillas que las chicas le ofrecen. Tiene una foto bastante buena que tomó ella misma, y quiere hacer todo esto sin exhibir a ninguna de las mujeres involucradas. Le parece que tiene más fuerza si puede tratarse de cualquiera. De vez en vez escucha a Jules hablando en el pasillo, como la secretaria más extraña del mundo, intentando organizar a la gente para que las chicas puedan hablar en privado con Rebecca. No a todas les importa la privacidad, pero están de acuerdo con respetar los deseos de las que sí.

A nadie parece molestarle que todo eso se haga a mitad de la noche ni que los finales comiencen el lunes ni que la mayoría no conoce a Rebecca ni sabe si en realidad tiene principios. Alguien les promete escuchar, dejarlas sacar toda la rabia que tienen y luego compartirla con el mundo.

La cabeza le da vueltas entre tantas historias, y sin importar cuántas notas tome, sus dedos están desesperados por escribir. Sospecha que no dormirá hasta que termine, sea lo que sea que eso provoque en sus exámenes.

Al escuchar que alguien va a entrar levanta un dedo para indicar que la atenderá en cuanto termine de garabatear las notas sobre el grupo que se acaba de ir. En el piso, frente ella, aparece un vaso de papel del que sale vapor y un calor que le llega a la rodilla. Levanta la vista para ver a una chica que va a sentarse en la orilla del sofá, como si planeara salir corriendo en cualquier momento.

Linsey Travers.

Rebecca la mira confundida, pues su cerebro aún sigue atorado en la historia anterior. Termina sus notas, se acomoda la pluma sobre una oreja y estudia a la chica que era una de las amigas de la prepa de Kacey. No la había visto desde un par de semanas después del ataque a Kacey. De pronto desapareció de las clases, y las pocas que la conocían dijeron que se había dado de baja para irse a su casa durante un semestre. En ese momento Rebecca no estaba en condiciones de interesarse en eso, pues estaba concentrada por completo en Kacey, su familia y su propia rabia y dolor.

Linsey se aclara la garganta.

—Te gusta el chocolate caliente, ¿verdad? Siempre pedías eso cuando trabajamos en aquel proyecto.

Rebecca asiente, toma la bebida e inhala el vapor. Una parte de ella, la que pasó casi todo su verano del segundo año queriendo aventar a la chica frente a un camión solo porque le caía mal, le dice que no debería confiar, pero ¿todo esto no se trata justo de confiar unas en las otras? Le da un trago y distingue el sabor a vainilla, caramelo y canela. Cuando le da un trago más grande, Linsey parece relajarse y se recarga en el respaldo del sofá. Rebecca intenta no hacer la obvia comparación con la chica que le compró una bebida a Ellie como agradecimiento.

—No sabía que ya habías regresado a la escuela —dice al fin.

Linsey asiente y rodea su propia taza con todos los dedos.

—Volví, pero… yo, eh… me salí de periodismo. Me cambié a trabajo social.

Rebecca piensa en Daphne y se pregunta cuántas trabajadoras sociales elegirán esa carrera por sus propios traumas.

—Yo no estaba en la fiesta —suelta Linsey de pronto, con tono apurado—. En esa fiesta. Yo no estaba.

Rebecca no sabe qué decir al respecto.

Pero, claro, quizá Linsey no necesita que diga nada, porque tras una fracción de segundo continúa.

—Kacey me dijo que te había invitado y yo… La verdad no quería verte. Me pasé todo el tiempo que trabajamos juntas en el proyecto queriendo encajarte un lápiz en el ojo.

Como la risa la toma por sorpresa, Rebecca casi se ahoga con la bebida y tiene que pasársela como puede para no escupir sobre los papeles y la computadora. Luego se cubre la boca con una mano, aún entre risas, y mira a Linsey a los ojos.

La chica le responde con una sonrisa triste.

—Sí, siempre me pareció que era mutuo. No quería verte, y no quería que Kacey tuviera que elegir, así que no fui. Y luego… —La expresión divertida desaparece de su rostro—. Yo puse su foto —reconoce—. Me sentí tan culpable por no haber estado con ella esa noche. Es una estupidez, y lo sé; horas y horas de terapia me han dicho una y otra vez que es una estupidez.

—Estoy bastante segura de que tu terapeuta no dijo que eras estúpida.

—Pero eso quería decir. La estaba pasando muy mal, y por eso mis papás me llevaron a casa. Cuando me enteré de lo que pasó, me enojé tanto que perdí el control. ¿Cómo pudieron...? —Niega con la cabeza e intenta recuperar la compostura—. Nuestras amigas la dejaron afuera del hospital. ¿Cómo pudieron? ¿Cómo fueron tan egoístas? Y luego mis padres me dijeron que estabas con los Montrose, ayudándolos, y me sentí todavía más culpable porque prácticamente crecí en la casa de los Montrose. En esa casa hicimos fiestas, pijamadas, tareas en grupo y reuniones de las Girl Scout, siempre estaba ahí e incluso bromeaba con que les empezaría a decir mamá y papá a sus padres, y no pude... Ni siquiera fui al hospital. —Mira su bebida, que debe ser un moca de avellana, si el recuerdo de Rebecca no se equivoca. Decidieron comprarse sus bebidas favoritas durante el proyecto porque era la única forma de hacerlo soportable—. No podía ir al hospital y ver a Kacey o a sus padres en esa situación, así que fui a su casa. Limpié, lavé la ropa, preparé comida que terminaron tirando porque se echó a perder, ya que casi nunca iban a la casa. Cuidé a sus perros y gatos. Recogí el correo.

—Estaban agradecidos por eso —señala Rebecca en un susurro. Y es cierto; recuerda que mencionaron lo mucho que los ayudaba cuando Rebecca lograba convencerlos de irse a casa unas horas.

—Por un tiempo te odié todavía más. Estabas haciendo lo que yo no podía.

—Pero tú estabas haciendo lo que sí podías.

Los ojos café de Linsey se cubren de lágrimas, y asiente.

—Me tomó tiempo. Todavía me está tomando tiempo. Sigo en terapia. Me estoy adaptando a la nueva carrera y haciendo nuevos amigos. Y ahora recibo el mensaje de Jules.

Rebecca lanza una mirada al pasillo, desde donde Jules la observa con una ceja enarcada. Rebecca tiene que controlar el impulso de hacer un gesto de fastidio, porque sabe que no sería bien recibido (o que se podría malinterpretar), pero bueno. Prometió escuchar sin juzgar, y nunca dijo que lo haría teniendo en cuenta quién le cae bien y quién no.

—No estaba segura de venir —dice Linsey—, pero... pensé que a Kacey le habría gustado. Si... o sea, ya sabes...

Si hubiera podido saberlo, sí, a Kacey le habría gustado. Rebecca sonríe para hacerle saber que entiende.

—La gente debería recordarla —señala.

—Kacey ayudaba a las personas. Le gustaba hacerlo. Por eso me cambié de carrera. Quiero ayudar en su nombre.

Rebecca extiende una mano y, tras un instante, Linsey la toma.

—Te deseo mucho éxito con eso —dice Rebecca con sinceridad.

—Gracias. Yo también a ti. O sea, con esto. —Linsey se pone de pie y, con un extraño saludo militar con la mano con que sostiene su vaso, sale de la habitación.

Jules está recargada en una pared, con los brazos cruzados y el teléfono en una mano.

—¿Sirvió de algo?

—No la culpaba, Jules —responde en voz baja, por si viene alguien por el pasillo—. Ya sabía que no estuvo en la fiesta.

Jules abre la boca, la cierra y pone gesto de confusión.

—¿En serio?

—Sí. Si ella necesitaba contármelo, me alegra que lo haya podido hacer. Pero nunca la culpé por lo que pasó. —Sonríe con tristeza y le da otro trago a su chocolate—. Reconozco lo irónico que es que ninguna de las dos hayamos acompañado a Kacey porque no queríamos ver a la otra, pero... no es nuestra culpa.

—Estás haciendo mucho trabajo emocional esta noche —señala Jules—. ¿Vas a seguir? ¿O quieres que mande a las que siguen a sus habitaciones?

—No las mandes a ningún lado. —Toma aire, se sacude y se saca la pluma de encima de la oreja—. Voy a escuchar a todas las que quieran hablar.

—Bueno. Pero te voy a dar cinco minutos para que vayas al baño y te estires. Vas.

Rebecca la obedece con una sonrisa. Aprovecha para ver cómo están Delia y Susanna, pero siguen profundamente dormidas en la cama con Hafsah, Luz y Keiko rodeándolas. No tiene idea de dónde está Ellie. Pero por una noche, teniendo tantas historias dándole vueltas en la cabeza, va a elegir no preocuparse por eso. Cuando vuelve, ya están tres chicas en el sillón, recargadas unas contra otras. Reconoce a la de en medio, no porque la conozca, sino porque hay una fotografía suya en el altar, bailando con unos shorts y blusa de cuadros amarrada bajo el busto, con una banda sobre su pecho que dice «Madrina». Ahora la misma cinta está sobre su regazo, pero manchada y desgarrada. Rebecca se sienta y se prepara para escuchar.

En cuanto hay luz, va con Jules a revisar que no haya nadie más y se retira para arreglarse. Cuando sale de Sledd para ir a uno de los salones privados en la biblioteca, aún es bastante temprano. Ahí podrá estar tranquila con sus pensamientos y todas las voces de las chicas que hablaron con ella. La mesa queda cubierta de papeles, páginas y páginas de notas, listas de los muertos con la fecha en que fueron encontrados, una hoja con las fotos que quiere usar y cómo las colocará. Se acomoda en la silla frente a su laptop, se ajusta los audífonos sin música para bloquear cualquier sonido que no sea el de sus propios latidos y empieza a trabajar.

Casi ni se entera de la visita de Jules, que va a llevarle café y un par de donas recién hechas, tan calientes que el glaseado todavía se les está derritiendo encima. Hafsah le lleva el almuerzo y come con ella, haciéndola prometer que no se irá caminando sola al dormitorio si termina de noche. Rebecca escribe y reescribe con desesperación, equilibrando el tono y la estructura, intentando con todo lo que tiene asegurarse de que la historia en la página sea la que quiere contar y no otro montón de estupideces que ensalza las supuestas virtudes de los muertos. Ella quiere hablar de las que están vivas.

Ellie le lleva la cena, y en algún momento se va a preguntar por qué a nadie le ha llamado la atención que tantas personas hayan llevado comida a la biblioteca, pues no le había tocado que las bibliotecas relajaran sus reglas durante la semana de finales. Mientras Rebecca se devora las quesadillas con papas, Ellie lee el borrador del artículo. Si tuviera menos hambre, le preocuparía la manera en que Ellie vuelve al inicio del texto en cuanto termina de leer, sin tener ninguna reacción aparente. Pero necesita los carbohidratos y proteínas y el refresco para que su cerebro reciba el azúcar que le falta.

—Necesita un par de ajustes —dice Ellie al fin—, pero creo que es lo mejor que has escrito hasta ahora.

Rebecca se ruboriza. Es muy raro recibir un halago de parte de Ellie, especialmente sobre algún trabajo.

—¿En serio?

—Sí. Lograste capturar algo importante. Algo difícil de atrapar. No sé cómo lo hiciste, pero señalaste cómo las chicas fueron vengadas sin decir que esos imbéciles merecían morir, lo cual es muy prudente si quieres que lo tomen en serio. ¿Lo vas a mandar a algún lado o se lo entregarás al blog de crimen?

—Voy a pedirles a algunas personas que lo lean esta noche, por si tienen comentarios. Quiero aprovechar que es el tema del momento; los textos sobre estas cosas no tienen muchas oportunidades de salir a la luz. Las noticias lo van a olvidar muy pronto.

—¿Aunque siga habiendo muertos? —pregunta Ellie con tono casual, como si no fuera nada de qué preocuparse.

—La gente se acostumbra a las cosas —responde en voz baja—. Aunque sean terribles. Los medios solo están dispuestos a ponerles atención por un tiempo a los temas, antes de que se conviertan en una nota al pie en un artículo de la página cuarentaiséis.

La hoja con los correos electrónicos de las participantes está doblada y sellada con cinta para proteger su privacidad, pero Rebecca tuvo que agregar otras direcciones en la parte de atrás conforme las fue recordando. Ellie revisa la lista y se detiene en uno de los nombres, dándole unos golpecitos con el dedo.

—¿Se lo vas a mandar al Det Corby?

—Es el detective del caso. Sé que hay muchos ojos puestos sobre él…

—¿Porque no hay pistas?

—… y no es mala idea dejarle saber que voy a contribuir a la locura mediática. O sea, no creo que esto vaya a desatar más caos, pero…

—Si lo mandas al medio correcto, sí podría ser. —Ellie vuelve a dar unos golpecitos sobre el nombre—. Sé que has estado leyendo tuits y artículos, porque eres tú. Lo del Hombre de Florida ha sido un chiste popular en todo el país por… ¿décadas? ¿Desde cuándo existen las redes sociales? Pero la gente está asustada por la reacción del campus a… a todo esto. —Hace una seña que de algún modo engloba tanto las muertes como los altares—. Tu texto les ofrece una explicación que tiene sentido y no minimiza las dos emociones principales, que son tan opuestas: miedo y alegría al sentir que se hizo justicia. A menos que necesites hacer cambios fundamentales, deberías mandar este borrador a tus primeros lectores. Puedes agregar las correcciones menores mientras esperas su respuesta.

—De acuerdo. Gracias.

Se tarda un rato más en darle formato para que las fotos queden justo donde ella quiere. Tiene un software para eso, pero esta vez necesita agregar especificaciones personales y no confiarse en las que les asigna el profesor. Cuando al fin envía los correos, lo hace de uno por uno a pesar de que son muchos nombres. Quiere cumplir sus promesas.

—¿Terminaste? —le pregunta Ellie al verla cerrar la laptop.

—Por el momento. Solo necesito recoger y avisarle a Hafsah que estás aquí y que no volveré sola a casa, como se lo prometí.

—De hecho, me escribió hace rato. Su grupo de estudio alargó la reunión, así que apenas iba a irse.

—¿Sola?

—No me dijo.

Rebecca se levanta y hace un gesto de dolor al sentir cómo sus músculos se estiran tras estar inmóviles por un buen rato. Guarda todo en un fólder, pensando que ya acomodará sus papeles después.

—Vamos a buscarla por el camino, por si acaso. Aún quedan imbéciles y descerebrados en el mundo.

—Dale tiempo.

Rebecca niega con la cabeza mientras se acomoda la mochila.

—Por favor no digas esas pendejadas en voz alta. No mientras haya tantas investigaciones de asesinato en curso.

Ellie solo se ríe y recoge la basura.

—¡Por eso! ¿Quién va a notar uno más?

El muerto, sus amigos, su familia, la policía…

—Has corrido con mucha suerte —dice Rebecca en voz baja mientras se acerca a la puerta. Aún no la abre, pero ya puede sentir la electricidad de la atención de Ellie como una tormenta a punto de estallar—. Pese a todas las veces que la policía te ha llevado a la estación, pese a todas las veces que has agredido gente, aunque sea por una causa noble, nunca te han levantado cargos. Y por tu bien espero que así sigan las cosas.

—¿Pero? —pregunta Ellie, con tono y expresión desafiantes.

Como Rebecca la conoce mejor que nadie, puede ver que hay algo más detrás de ese gesto, confusión, intriga y un poco de algo que casi parece esperanza.

—Pero. No eres intocable, y uno de estos días, si no andas con cuidado, te vas a meter en algo de lo que no saldrás riéndote.

—Quieres decir que…

Rebecca se pasa la lengua sobre los labios y luego se muerde el inferior por un largo rato. Ni ella ni Ellie desvían la mirada. Al fin, Rebecca toma aire.

—Solo te pido que seas cuidadosa. —Abre la puerta y la sostiene para que Ellie salga primero.

25

Andar por el campus de noche con Ellie es una experiencia completamente distinta que con cualquier otra persona. No es que pase nada impresionante o que la gente las vea y salga corriendo en la dirección contraria. Es solo que Ellie tiene un aura tan poderosa de «Peligro: Aléjate», que casi se siente como si nada pudiera pasarles. Da la impresión de que si alguien planeara atacarlas, sopesaría el riesgo en el que estaría poniendo su propia vida y su cuerpo y decidiría retractarse.

Pero el camino no es tan relajante como debería. Quizá si no acabara de decirle: «Creo que eres una asesina, pero estoy contigo». Habría sido genial que su cerebro exhausto no lo dijera. Por suerte, Ellie parece perdida en esa idea que no debió ser dicha, por lo que no intenta continuar con la conversación. Gracias a Dios.

Con los finales a solo unos días, hay más gente afuera de lo normal, desesperada por aprovechar los últimos minutos con sus grupos de estudio. Pero también hay partes donde Ellie y Rebecca son las únicas personas a la vista. Si anda alguien más por ahí, están detrás de los edificios o de los árboles.

Llegan hasta McCarty Hall sin ver a Hafsah. Lo cual estaría bien y tal vez significaría que el grupo de estudio sigue adentro si no fuera porque… las puertas están cerradas y las luces del lobby apagadas. Eso no necesariamente significa que no está ahí, pero sí que no podrán entrar a ver.

Rebecca saca su teléfono y le manda un mensaje a Hafsah para preguntarle dónde está. No recibe respuesta ni le aparece como leído.

—Las mejores rutas hacia Sledd pasan por el camino que elegimos.

—Puede que se haya puesto nerviosa y decidió tomar una ruta no tan buena —señala Ellie, dándose unos golpecitos en el muslo con su botella de agua. Al igual que la de Hafsah, es pesada, de acero, y tiene dos bandas de plástico con picos en la agarradera. Mira a su alrededor.

—O puede que alguien se la haya llevado.

—Cínica.

—Vamos a buscarla, ¿de acuerdo? —Rebecca está cansada, lo sabe, y se siente agotada y con las emociones a flor de piel, lo cual la tiene de nervios, pero quiere saber dónde están sus amigas. Quiere encontrar a Hafsah, volver al dormitorio, ver cómo están las otras y quedarse dormida escuchándolas hablar para saber que toda su gente está sana y salva en un mismo lugar. La hace sentir como si fuera un pequeño dragón que protege a su manada, pero al menos es un sentimiento familiar. Cuando Daphne volvió a casa del hospital, Rebecca cruzaba de su patio al de ella cada noche antes de acostarse, porque no podía dormir sin saber que su prima estaba a salvo y protegida.

Mientras avanzan, le va mandando más mensajes a Hafsah con la esperanza de que le responda, pero nada. Abre un mapa del campus en su teléfono. No tiene clases en McCarty, pero está cerca tanto del estadio como del dormitorio, así que no hay muchos lugares donde pueda estar.

—Tal vez deberíamos ir al estadio —dice—. Tiene muchos recovecos y ranuras por fuera.

—¿Hay alguna razón en particular por la que estás tan preocupada por Hafsah hoy?

Rebecca aún puede sentir las historias dándole vueltas en la cabeza, despertando una desesperación inusual por saber dónde está su amiga.

—Sigo pensando en el artículo —dice, y como Ellie también la conoce bien, solo asiente—. Además, mi cerebro reptiliano me pide que estemos juntas en el nido.

—Y no queremos decepcionar a tu cerebro reptiliano.

Siguen caminando, y Rebecca masculla furiosa sobre las promesas y la hipocresía de Hafsah y cómo le va a poner una correa para niños durante un día por causarle tanta preocupación.

Ellie le da un golpecito en el brazo.

—Escucho voces —susurra.

Bajan la velocidad y pisan con más cuidado. Rebecca también las escucha, una es de hombre y otra de mujer, y vienen de uno de los pasillos de arriba del estadio. Las sombras sobre el camino les impiden ver con claridad hasta que se acercan más. Se asoman sobre el muro que separa la banqueta del jardín y la cancha.

Hafsah está con la espalda contra un respaldo, con las manos arriba y las palmas hacia afuera. Frente a ella, en una postura imponente, un hombre tiene su hiyab en un puño y la otra mano sobre el hombro de ella. Se ve tan engreído, tan seguro de sí mismo. Ella se ve aterrada.

Es el oficial Kevin.

Rebecca lo mira con el estómago revuelto. El oficial Kevin, que es un poco machista y muy paternalista, pero siempre está dispuesto a acompañar a las chicas a su casa.

Mierda.

Junto a ella, Ellie parece estar igual de impactada, pues los mira con la boca abierta.

—Tengo que irme —dice Hafsah con voz temblorosa. Habla lo más fuerte que puede sin gritar, intentando ser escuchada; fuera del miedo, es la voz que Rebecca ha escuchado incontables veces mientras practica sus presentaciones—. Quedé de verme con unas amigas para regresar juntas al dormitorio.

—En un rato te podrás ir a casa, cariño —le dice él, y todavía se atreve a reírse—. Solo tendrás que ganártelo. Con todo lo que hacemos para que las señoritas estén a salvo, nos merecemos un poco de atención de vez en vez.

Rebecca agarra a Ellie al notar cómo su amiga está por lanzarse contra él.

—¿Quieres que le dispare? —susurra—. ¿O a ti? ¡Trae un arma!

—¿Vas a dejar que…?

—Claro que no, pero ¡finjamos que somos capaces de pensar!
—Le llama a Hafsah en vez de mandarle un mensaje y eleva una oración para que no traiga su celular en silencio.

Y no lo trae así. Hafsah se sobresalta al escuchar cómo el timbre rebota en el concreto, pero luego parece recobrar un poco la fuerza y la seguridad.

—Son mis amigas —dice—. Me están buscando.

—Te pueden buscar un rato más. —El oficial la suelta del hombro para sacarle el celular del bolsillo y aventarlo sobre el muro. Ellie se avienta para atraparlo y luego tira su botella de agua para que suene como si el teléfono hubiera caído al suelo.

—Una nenita tan amable como tú no querría ser grosera, ¿verdad?

Mierda.

Rebecca se agazapa detrás del muro y jala a Ellie para que haga lo mismo.

—Ve hacia el lado de la calle —susurra—. Yo iré a la puerta de cristal y gritamos su nombre como si la estuviéramos buscando hasta encontrarnos en la mitad, donde están. Rápido.

Ellie parece estar a punto de protestar, pero asiente y toma su botella de agua como si fuera un bate mientras avanza. Rebecca se va corriendo hacia los árboles junto a la entrada más elegante del estadio, que es un enorme arco de cristal y metal entre dos secciones de ladrillo. Apenas puede escuchar a Hafsah desde ahí.

—¡Hafsah! —grita—. ¿Dónde estás?

De entre las sombras sale una expresión de sorpresa, seguida de un golpe seco y un gemido ahogado de dolor que hace que a Rebecca le hierva la sangre y se sienta lista para mandar al carajo el plan, aunque haya sido su idea.

Pero de pronto escucha a Ellie.

—¡Hafsah! ¡Ya, perra, contesta el teléfono!

El oficial Kevin maldice y suelta el hiyab de Hafsah mientras Rebecca se acerca, usando su teléfono como linterna.

—¡Hafsah! Hafsah, ¿dónde…? ¡Ah! —Echa la luz directo a los ojos del desgraciado—. ¡Ahí estás! ¿Estás bien?

La luz se refleja en la lágrima que corre por el rostro de su amiga.

—Se asustó un poco, es todo —dice el oficial con una sonrisa encantadora y sostiene sus pulgares del cinturón.

—Ellie también te está buscando —dice Rebecca, mirando de reojo al oficial. Específicamente hacia la mano izquierda, que está muy cerca de su pistolera—. Deja le aviso. —Y antes de que el oficial decida si quiere intentar silenciar a dos chicas en vez de a una, Rebecca le grita a Ellie.

—¡Está adentro!

—¡Voy!

Ellie corre y trepa el muro para dejarse caer en el pasto.

—Este es tu teléfono, ¿no? —Se lo muestra—. ¿Viste un caimán o algo así?

—Algo así —responde Hafsah con voz ronca—. Qué bueno que lo encontraste.

Ellie no avanza para entregárselo, sino que se queda con él en la mano, con la cámara apuntando hacia el oficial y su amiga. Rebecca se da cuenta de que está grabando, y da gracias por su voluble amiga.

—Qué suerte que te encontraste con un ciudadano tan honorable como el amigable oficial Kevin.

—¿Sabe? Debería pedirles a los de sistemas que revisen la cámara de su uniforme, señor —agrega Rebecca, intentando, quizá sin éxito, sonar inocente—. Al parecer pasa más tiempo apagada que prendida.

Él se cubre la cámara con una mano, aunque da lo mismo. Ya todas vieron que no tiene la lucecita roja encendida.

—Vámonos, Hafsah. Creo que les voy a invitar la cena a domicilio a todas. Una última alegría antes de los finales, ya que no podremos ir al río la próxima semana. —Ellie muestra los dientes con una sonrisa obviamente amenazante—. ¿Sí se enteró, oficial Kevin? Ayer encontraron otro cadáver. Otro descerebrado que les hizo daño a chicas del campus. Supongo que los caimanes se hartaron de que trataran así a las caimanas.

Sin duda las caimanas sí se hartaron.

Rebecca se acerca a Hafsah con una mano extendida, y su amiga la toma con mucha fuerza, temblando.

—¿Dónde está tu mochila?

—Se le cayó aquí —dice el oficial, que sigue fingiendo que no pasa nada. Rebecca nota que no deja de mirar a Ellie, aunque es difícil saber si en realidad está viendo a su amiga o al teléfono que sigue apuntado hacia él.

Rebecca cuelga la botella de agua en una correa de su mochila y toma la de Hafsah antes de avanzar con su amiga junto a ella.

—Lo dejamos para que siga patrullando, oficial. Nosotras nos encargamos de que llegue a casa con bien.

—Déjenme que vaya por mi bicicleta, las puedo acompañar…

—Váyase a la verga —dice Ellie con indolencia.

Hafsah y Rebecca hacen un gesto de miedo al ver la mano del policía cerca del arma, por lo que Rebecca mueve a su amiga para que quede detrás de ella.

—¿Qué no me escuchó, oficial Kevin? —Con una risita maliciosa, Ellie avanza despacio hacia las otras, cuidándose de no perderlo de vista—. Las caimanas del campus ya están protegidas. Pero estoy segura de que los desgraciados y los violadores le agradecerán que los cuide. Que pase buenas noches, ¿me oyó?

Las chicas siguen retrocediendo hasta llegar a un espacio bien iluminado. Rebecca le pasa la mochila de Hafsah a Ellie, pues solo trae la bolsa de su bicicleta.

—¿Puedes trotar? —susurra.

—¿Y si mejor corremos? —pregunta su amiga, casi llorando.

—Sí. No estamos lejos.

Se echan a correr con Hafsah entre las otras dos. Rebecca vigila el área frente a ellas mientras Ellie va echando miradas hacia atrás. Como ya son tres, es probable que el oficial no intentará propasarse, pero igual podría seguirlas para amenazarlas en el intento de que no digan nada, o simplemente para ver adónde se van. Es riesgoso ir directo a Sledd, pero Rebecca no quiere perder tiempo buscando a alguien que las deje entrar a Thomas.

Ellie azota su identificación en el lector y casi las avienta al interior en cuanto la puerta se abre. Cuando al fin están seguras adentro y con la mínima protección extra que les da la puerta cerrada, Hafsah casi se desploma sobre Rebecca. Las tres se van a los sillones y se dejan caer ahí mientras Hafsah se echa a llorar con desesperación.

Kerry se asoma detrás del escritorio de la recepción, alarmada.

—¿Está bien?

—Espera. —Ellie observa el teléfono de Hafsah con el ceño fruncido. Hafsah usa un código de desbloqueo en vez de su huella digital o su rostro para que no la puedan obligar a abrirlo, pero todas las de la suite se saben el código, por si hay una emergencia. Un poco después, el teléfono de Ellie anuncia un mensaje recibido—. Voy a mandar el video.

—No, por favor —exclama Hafsah—. No servirá de nada.

—Claro que sí. —La pelirroja se hinca frente a sus amigas y se abraza a las piernas de Hafsah—. Esta vez no es tu palabra contra la de él. Tenemos pruebas en video. Eso hará la diferencia.

—¿Cuándo ha sido así? —pregunta con pesar.

Rebecca acaricia la espalda de Hafsah en círculos.

—El oficial Kevin acorraló a Hafsah —le dice a Kerry, quien dejó el escritorio para acercarse a los sofás, preocupada—. Intentó obligarla a… —Aprieta los labios, pero es la clase de silencio que se explica solo.

La otra chica se sienta en el brazo del sofá con gesto angustiado.

—¿Necesitas que te lleve a la clínica o a urgencias?

Hafsah niega con la cabeza.

—Solo me dejó algunos moretones. Ellie y Rebecca llegaron a tiempo.

—Debí preguntarte si alguien del grupo te podía acompañar de regreso o darte un aventón —masculla Rebecca—. Me hiciste prometértelo, pero yo no hice lo mismo por ti, y mira lo que pasó.

—No fue tan grave —dice Hafsah con una sonrisa nerviosa. Por más desganado que es el gesto, se ve peor por el camino de lágrimas en sus mejillas—. Ya sabía que no debería andar sola.

—No tendría por qué ser así. —Pero Rebecca no insiste más. Hafsah ya la está pasando suficientemente mal, no necesita cargar también con la culpa de su amiga. Hay otras formas de ayudarla—. Vamos a revisar tu calendario de exámenes en la habitación y lo compararemos con todas las de la suite. Si no logramos que haya alguien acompañándote a cada uno, buscaremos a otras chicas.

—No hace falta durante el día. Él hace sus rondas en la noche.

—¿En serio quieres confiarte? —pregunta en voz baja.

—… no.

Ellie se acuclilla y escribe mensaje tras mensaje en su teléfono.

—Con esto van a correr a ese bastardo. Rebecca tiene razón; deberíamos escoltarte hasta que eso pase, pero va a funcionar.

Rebecca mira a Kerry, que parece tan incrédula como ella. Piensa que lo peor que podría pasar es que le den una sanción o que lo suspendan de manera temporal por traer apagada la cámara, pero no cree que pase nada más. Aunque Ellie empezó a grabar en cuanto recogió el teléfono de Hafsah, no cree que haya capturado nada grave en realidad.

Ellie las mira y hace un gesto enojado.

—¿Qué? Lo tenemos grabado atacándola.

—Veamos el video —sugiere Kerry—, para que veas bien qué es lo que tienes.

Gracias a Dios por Kerry. Ha sido una gran supervisora, en especial después de lo que pasó con Kacey. Rebecca va a extrañar su paz, su sensibilidad y su incapacidad para tolerar la mierda de otros. Hasta Ellie parece respetarla, al menos cuando no está cegada por la furia.

El video es…

Quizá se vería más en una pantalla grande, pero por lo que alcanzan a ver en el teléfono, con Hafsah recargada en Rebecca con los ojos cerrados, está demasiado oscuro para ver bien de lo que se trata. Puedes ver las sombras moviéndose un poco y escuchar los gritos de Hafsah, pero fuera de eso, es solo el oficial Kevin soltándole el hiyab y parado demasiado cerca de ella. La verdad es que queda peor Ellie que el policía.

Kerry niega con la cabeza.

—Lo siento, Ellie, pero eso no va a servir de nada.

Al ver cómo Hafsah se lleva la mano al hiyab, masajeando el lugar donde la agarró el oficial Kevin, Rebecca niega con la cabeza.

—Vamos arriba. Te vas a sentir mejor cuando te cambies de ropa.

Hafsah la mira con una expresión de pura gratitud, pero Ellie suelta un sonido burlón.

—Claro. Otra ropa lo arreglará todo.

—De las tres, ¿quién fue atacada este mes y por tanto sabe qué te hace sentir mejor? —Rebecca y Hafsah levantan la mano.

Ellie las mira con rabia.

—¿Y la justicia? ¿Eso no las hará sentir mejor?

—¿Qué clase de justicia crees que obtendremos? —suelta Rebecca—. Los policías se protegen entre ellos; lo sabes. Haya hecho algo malo o no, hay un muro azul que se interpone entre tú y la justicia que crees que podrías obtener con ese video. Lo sabes.

—¡Todo tiene su límite!

—Esto no —le dice Rebecca, pese a lo mucho que le duele—. No un intento de violación. Ni tampoco una violación consumada. A veces ni un asesinato. Los policías se apoyan entre ellos estén bien o mal, porque los entrenaron para ser ellos contra el mundo, y si van contra eso, los buenos son expulsados. No dejes que la adrenalina te engañe haciéndote pensar que un video donde se ve medio intento de abuso va a cambiar eso.

Kerry le da unos golpecitos a Hafsah en el hombro.

—¿Cómo le haces para vivir con estas dos?

—Las mantengo en lados opuestos de la suite. —Su sonrisa parece tener más fuerza, como si ver a Ellie y Rebecca discutiendo hubiera restaurado un poco el orden natural de las cosas.

Ellie las ignora.

—¿Y qué? ¿Crees que vas a cambiar el mundo con tus artículos? Esto es lo que la policía hizo bien, pero ah caray, acaban de matar a alguien a sangre fría, así que estaría bien que mejoraran eso.

—Claramente la policía sí va a hacer cambios sugeridos por alguien que dice: «Que se chingue la policía». —Rebecca suspira—. No digo que no lo denuncies, Ellie. Solo digo que no va a tener la clase de consecuencias que esperas. Te apuesto a que en el Departamento de Policía de Gainesville saben que el oficial Kevin es un problema, y sin duda lo saben también en la policía de la universidad, pero sigue aquí, con su placa y su uniforme. Esto no será el punto de quiebre que esperas.

—Pues entonces ¡deberíamos matarlo! —grita Ellie y luego se pone de pie para empezar a dar vueltas de un lado a otro entre los sofás como una fiera enjaulada—. Si no podemos hacer que responda por sus actos, lo matamos antes de que pueda lastimar a alguien más. ¡Sería por el bien de todas, carajo!

Kerry se ve alarmada, Hafsah agotada y Rebecca solo niega con la cabeza y suspira.

—Ellie.

—Estoy segura de que a los caimanes les encantaría. Puede que esté un poco fibroso por la bici, pero comida es comida, ¿no? Y más en temporada de apareamiento.

—Ellie.

—¿Por qué limitarse a los estudiantes cuando hay tantos imbéciles en el mundo que deben morir? —Su cabello se sacude por la fuerza de sus movimientos. Está convertida en un huracán de rabia—. Si es de la policía de la universidad, igual ayuda a limpiar el campus.

—¡Ellie! —Cuando al fin se da la vuelta para quedar de frente al sofá, Rebecca la mira con severidad—. ¿En serio nunca has escuchado hablar sobre la negación plausible?

Ellie la mira confundida por un instante y luego se echa a reír a carcajadas, tan volátil como siempre.

—Por Dios, Rebecca, hasta parece que quieres que lo mate.

—Si te van a arrestar y a interrogarte por algo, preferiría que fuera después de los finales —señala Rebecca, con una voz tan fingida que logra sacarle una risita a Hafsah—. Es difícil conseguir donaciones para la fianza cuando todos están concentrados en los exámenes.

Ellie se deja caer en un sillón y se echa a reír con las manos sobre la barriga.

—Igual lo voy a matar.

—Me lleva… —Mira a su amiga con severidad. No está siendo cuidadosa.

Una alerta hace que Ellie mire su celular.

—Dice el Det Corby que llega en diez.

Rebecca se incorpora.

—¿Por qué?

—Porque le mandé el video.

Eso no explica por qué va a ir a hablar con ellas al respecto, a menos que Ellie haya agregado algún mensaje incendiario para acompañar al video. No hay mucho que pueda hacer un detective de la policía de Gainesville sobre las faltas de un policía de la universidad, en especial si es tan probable que su capitán bloquee cualquier cosa que intente hacer. Pero ¿por qué viene? Seguramente está hundido en la investigación del chico del río.

—¿Te quieres cambiar antes de que llegue? —le pregunta a Hafsah, pero su amiga niega con la cabeza.

—Creo que no debería. Y la verdad, cuando llegue al cuarto, no voy a querer salir de nuevo.

Rebecca la abraza de lado.

—Me ha pasado.

El teléfono de la recepción suena y sobresalta a Kerry.

—Mierda. Bueno, debo volver al trabajo. Si necesitan algo...

—Te avisamos —le promete Rebecca—. Gracias.

Como Hafsah ya dejó de temblar, aunque sigue sollozando de vez en vez, Rebecca se levanta y toma sus botellas de agua, incluso la de Ellie, que cuelga de su mochila.

—Ya vuelvo. —Aunque el aire acondicionado esté muerto y les haya quitado a todos las ganas de vivir, al menos aún hay agua fría. Llena las tres botellas en el bebedero y luego mete un brazo para mojarse la cara interna de la muñeca. Su abuela siempre le ha dicho que cuando tenga demasiado calor se enfoque en los puntos de pulso, pues eso le ayudará a que el resto de su cuerpo se enfríe más rápido. No sabe si es verdad, pero igual lo hace.

Tras entregar las botellas a sus dueñas y acomodarse en el sofá, pone su muñeca casi helada en la frente de Hafsah, quien gime y se pega más a ella.

—Se siente maravilloso —dice entre dientes.

Ellie se bebe el agua de golpe con tragos enormes, y luego hace un gesto de dolor y se agarra el estómago. Rebecca niega con la cabeza. Una chica de Florida como Ellie debería saber bien que no hay que tomar agua tan fría tan rápido; obviamente le va a provocar dolor de estómago.

—¿Cómo está Delia? —pregunta Rebecca.

Ellie resopla.

—Está escondida entre sus libros y se niega a dar detalles. Encontró una parte de un cadáver, pero se niega a hablar de eso.

—Yo creo que la policía le ordenó que no dijera nada —señala Rebecca—, así que deja de molestarla. Está en shock y tiene que estudiar.

—Sí, con seguridad está muy concentrada en su proyecto final, en el que analizará la estructura tánica de su agua de cadáver.

—El profesor le dio una muestra nueva hoy —aclara Hafsah—. Dijo que vio que Delia tomó la muestra de forma correcta y que no era justo que el hecho de que la oficina del *sheriff* le haya quitado la muestra original repercuta en su calificación.

—¿Por qué? —pregunta Rebecca con gesto confundido, intentando descifrar la ciencia detrás de esa decisión, aunque debe reconocer que ese no es su fuerte—. El río está lleno de agua; ¿qué podrían obtener de la muestra de Delia que no encontrarían en cualquier otra que tomaran ellos mismos?

—No pregunté.

Ellie se encoge de hombros.

—Se lo podemos preguntar al Det Corby cuando llegue.

26

No tienen que esperar mucho. El detective llama a la puerta al llegar, y Kerry les hace una seña a las chicas para que se queden donde están en lo que va a abrirle. Trae los brazos y las manos bronceados, pero su rostro y nuca tienen un color rosado por las quemaduras del sol. Rebecca sabe que podría ser peor, pues tanto ella como Ellie gastan más en bloqueador solar que en champú, pero de todos modos se ve bastante doloroso.

—¿Estás bien, Hafsah? —Son las primeras palabras que salen de la boca del detective.

—¿Más o menos? —le responde ella, con una sonrisa insegura—. Se me van a hacer algunos moretones en los hombros y la espalda, pero fuera de esto, creo que estoy bien.

—¿En la espalda?

—No se alcanza a ver en el video por la falta de luz —le susurra Rebecca a Hafsah—. Solo se escucha tu grito.

Hafsah asiente.

—Cuando las chicas empezaron a gritar mi nombre, me empujó contra una columna de concreto.

El detective se sienta en el descansabrazos del sillón donde está Ellie, para no estar parado frente a Hafsah con postura amenazante. Rebecca nota con pesar que se ve exhausto. Sin duda su capitán lo está presionando para encontrar al asesino. Porque se trata de jóvenes prometedores y eso. El detective se frota el rostro con las manos y hace un gesto de dolor por las quemaduras del sol. Luego suspira y baja las manos al regazo, mirando a Hafsah con solemnidad.

—Cómo quisiera tener algo bueno que decirte.

Hafsah y Rebecca asienten, pues ya se lo esperaban, pero Ellie suelta un chillido y le da un golpe en la rodilla al detective.

—¿Qué chingados, Det Corby?

—Primero que nada, Hafsah, doy gracias de que no te haya podido hacer nada más.

—Pero no es suficiente para condenarlo —dice ella—. Lo sé.

—¡Hafsah!

—Es lo que Rebecca intentaba decirte, Ellie. Aunque hubieras grabado todo, desde que me vio, ¿qué pasaría? ¿Le pondrían una amonestación?

—Tú decides si quieres reportarlo con la policía de la universidad —continúa el Det Corby antes de que Ellie pueda oponerse . Tienes todo el derecho a hacerlo

Con una mirada a Rebecca, quien solo se encoge de hombros, Hafsah lo piensa, haciendo girar sus pulgares uno contra otro bajo las mangas de su blusa.

—¿Qué tan probable es que el resto del departamento tome represalias? —pregunta al fin.

—Quién sabe —responde él—. Las mujeres policía lo entenderán; lo odian, pero no han podido hacer que lo saquen del departamento. Con los hombres es más difícil saber. A muchos no les agrada Kevin ni están de acuerdo con lo que hace, pero eso no significa que no lo van a proteger mientras esté en sus manos.

Rebecca suspira. La solidaridad es una droga dura. Quisiera decir que su familia es inmune, pero también ellos han defendido a elementos corruptos. Puede que los policías no estén de acuerdo y expresen sus quejas en privado, pero en público son un muro de apoyo impenetrable.

—Y el Departamento de Policía de Gainesville no tiene jurisdicción, ¿verdad?

—Si la policía de la universidad decidiera abrir una investigación, y si decidieran recusarse para evitar sesgos, podrían pedirle al Departamento de Policía de Gainesville o a la oficina del *sheriff* de Alachua que se encarguen. En resumen: no.

Rebecca espera que el Det Corby sea honesto, pero de todos modos se lo agradece. No intenta suavizar sus respuestas, pero tampoco las presenta de una forma en la que puedan influir en Hafsah o asustarla. Solo está respondiendo, y lo hace con tanta naturalidad como si estuviera hablando del clima, pese al terrible peso de sus palabras. Puede ver cómo Hafsah se va tranquilizando, se incorpora un poco en su lugar y su respiración recupera el ritmo. A su amiga la relaja la lógica.

—Entonces, fuera de una marca más que no tendrá relevancia en un récord que sin duda es extenso, ¿reportarlo con la policía de la universidad no serviría de nada? —pregunta Hafsah.

—No sé.

—No te ofendas, agradezco tu presencia, pero… ¿por qué estás aquí?

—Quería asegurarme de que estabas bien —dice él, con una sonrisa tímida—. Además de ofrecerme por si quieres gritarle a alguien.

—Creo que me confundiste con Ellie.

—Solo si veo que me sueltas una patada en los… —Sus mejillas se ruborizan, y no termina la idea.

Pero no hace falta. Hafsah y Rebecca sueltan la risa, y Ellie parece estar indecisa entre si sentirse halagada u ofendida.

—Y también vine para decirte que seas cuidadosa —continúa él, con tono más serio—. Reconozco que, al ser hombre, tengo una perspectiva diferente sobre Kevin, pero te creo, y les creo a todas las demás que me han contado cosas similares sobre él. Y me han contado que cuando decide que tiene derecho a algo, es paciente e implacable.

Rebecca se pregunta, agobiada, ¿por qué si el detective ya tenía sospechas sobre el oficial Kevin no las había prevenido?

—Caza por persistencia —murmura Hafsah—. Así fue como el hombre antiguo se convirtió en superdepredador. Si no atrapas algo corriendo, solo sigues caminando hasta que se canse y lo alcances.

—Cuando le dicen que no, su respuesta siempre será reagruparse y seguir trabajando en ello. —El Det Corby extiende una mano hacia Hafsah, con la palma hacia arriba, sin exigirle que la tome, pero dándole la opción de hacerlo si quiere contacto. Cuando Hafsah se la toma, el detective entrelaza sus dedos con los de ella, de modo que pueda soltarse con facilidad si así lo desea—. Durante la próxima semana, si vas a cualquier parte, aunque sea en grupo, mantén tu teléfono grabando. Aunque lo traigas en el bolsillo. Es más fácil borrar un video si no pasa nada.

—Es más fácil ignorar un video si pasa algo —señala Ellie, cruzándose de brazos.

—Lo que grabaste muestra que es un tipo raro, pero no que es un degenerado —responde el Det Corby casi con paciencia. Aunque ya está empezando a cansarse. Es una reacción común a las conversaciones con Ellie—. Sí, es probable que haya más personas que podrían identificarlo como un degenerado. No se trata de lo que muestra el video. ¿Necesito recordarte que tú hiciste algunas amenazas no precisamente veladas que hacen que el video sea más problemático para ti que para él, si decides darlo a conocer?

Ellie mira con enojo a Rebecca.

—Debiste dejarme atacarlo. Pero no, querías que fuéramos inteligentes.

—Y cuidadosas —agrega Rebecca.

—Gracias a Dios, porque de otro modo pudieron terminar arrestadas por atacar a un policía. —El Det Corby le devuelve la mirada molesta a Ellie. Rebecca se pregunta si le dolerá al fruncir el ceño, con lo mucho que se tensa la piel cuando se quema—. Si lo hubieras atacado, sería su palabra contra la tuya, lo cual casi siempre va a terminar favoreciendo al oficial en la corte. En este momento, y dada la atmósfera extraña en el campus, sin duda lo habría favorecido. Lo único que tiene que hacer es decir que las chicas del campus están haciendo una cacería de brujas que solo se basa en rumores malintencionados. Así lograría desestimar las historias sobre él y tú quedarías como una potencial asesina sedienta de sangre a la que no le importa la reputación de los hombres.

—Es una potencial asesina sedienta de sangre a la que no le importa la reputación de los hombres —aclaran Rebecca y Hafsah a coro. A decir verdad, es la reacción esperada; sería raro que no aprovecharan la oportunidad para decirlo. Cuando voltean a ver a Ellie con una sonrisa, notan que está fingiendo enojo, pero en realidad se siente halagada.

Hafsah le da un apretón a la mano del detective y luego retira la suya; él de inmediato la suelta.

—No me voy a enemistar con la policía de la universidad si no hay esperanza de tener buenos resultados —anuncia—, y si no lo voy a reportar, me gustaría irme a bañar. Gracias por venir a ver cómo estaba, detective. Lo aprecio.

—Quisiera poder ofrecerte una buena solución.

—Yo también quisiera eso. Pero no lo culpo por no poder. —Con ayuda de Rebecca, se levanta del sofá y toma su mochila—. Buenas noches, detective. Ellie, no le gruñas mucho. Es de los buenos.

—Y por eso debería ayudarnos a acabar con los peores —responde, pero hace un gesto con la mano hacia Hafsah que indica que no debe preocuparse—. ¿Ya tienen nombre para la parte del cadáver que encontró Delia?

—Se llama pierna —le informa él, agitando una mano para despedirse de Hafsah mientras ella pone los ojos en blanco y se va hacia la escalera.

—Maldito listillo.

—En el video le dices al oficial Kevin que el cadáver es de otro descerebrado que lastimaba chicas. ¿Cómo sabes?

Rebecca se sorprende ante el cambio drástico de tema.

Con gran madurez, Ellie le suelta una trompetilla al detective.

—Lo supuse. Por Dios, Det, relájate.

—Descerebrado no es un insulto que uses mucho.

Rebecca lo mira. Otra vez, no es su amigo, no con ese tono de voz, no si está preguntando sobre una palabra en específico y sin relación con la plática anterior. Pero no dice nada, pues le intriga qué está pensando el detective.

Ellie solo se encoge de hombros. Dado que ella es tan sutil como un ladrillazo en la cara, no es muy buena para reconocer la sutileza en los demás.

—Unos tipos de fraternidad andaban por el campus preguntando si alguien había visto a su descerebrado. Seguro de ahí se me pegó.

—¿Te acuerdas de cuál fraternidad?

—¿Qué onda con el interrogatorio, detective? —pregunta Ellie, acomodándose el cabello hacia la espalda—. Es obvio que no me acuerdo de cuál fraternidad. ¿Cómo se distinguen? Todas son «Beta de Mierda» y «Alpha Chi Mira Mi Verga». Solo a ellos les importa.

Es raro que Ellie diga eso, porque se pasó varias semanas del primer año aprendiéndose todas las fraternidades y sororidades del campus para poder reconocer las letras a primera vista. Dijo que quería saber con quién ir a quejarse por la conducta de sus hermanos y hermanas. Rebecca se reacomoda en su lugar, incómoda. Esquivar preguntas no es nuevo en Ellie, pero ¿mentir de manera abierta? Eso no se había visto antes. Por lo general su problema es ser exageradamente honesta.

Antes de caer en el agujero de sus dudas, Rebecca piensa que quizá Ellie solo está castigando al Det Corby por no poder ayudar a Hatsah.

Ellie se levanta y toma su mochila y la de Rebecca, lanzándolas con tal fuerza sobre su hombro en una trayectoria circular, que el Det Corby tiene que esquivarlas de lado.

—Si vas a seguir con estas tonterías, mejor me voy a ver si Delia ya tiene ganas de hablar.

—O podrías ponerte a estudiar —sugiere Rebecca—. Dicen que está de moda.

—Una moda muy aburrida —responde Ellie—. No me dejaste atacar al oficial Kevin, así que tengo mucha energía. Necesito entretenerme.

—Pues ve a golpear a alguien.

—¿Al oficial Kevin?

—No. —Es difícil saber quién lo dice con más resignación, si Rebecca o el Det Corby.

Ellie les saca la lengua y se va hacia las escaleras.

El Det Corby suelta un quejido, se levanta y va a acomodarse en el sillón junto a Rebecca. Recarga la cabeza en el respaldo lo más que las quemaduras en la cara le permiten. Su rodilla roza la de ella.

—Es una de las personas más agotadoras que he conocido en mi vida —le dice a Rebecca, susurrando—. Y lo peor es que me cae bien.

—Creo que solo es agotadora para las personas a las que les cae bien; la verdad nadie más hace el intento por aguantarla. —Rebecca se acomoda de lado en el sillón, con una pierna doblada frente a ella, entrelaza los dedos en su pulsera de tobillo y la mira. La anterior la rompió de tanto agarrarla, así que Daphne se pasó parte de sus vacaciones de Navidad haciéndole una nueva con colores que representan a Kacey: azul eléctrico, naranja atardecer y crema con un poquitito de naranja. Algunos de los hilos ya se empezaron a adelgazar y otros simplemente se rompieron. Si le pide otra a Daphne, ¿la va a preocupar?

Pero, claro, ha sido un mes difícil, aunque Daphne no sepa todo. Quizá no se sorprendería tanto.

Una mano cálida cubre la suya y detiene sus movimientos nerviosos. Sus mejillas se llenan de calor.

—¿Estás bien? —pregunta el detective con tono suave.

Ella se encoge de hombros y deja de jugar con la pulsera para jugar con los dedos de él, siguiendo el camino de sus callos. Le preocupa lo de Hafsah y el oficial Kevin, lo que pasó y lo que podría pasar, pero es Ellie quien ocupa gran parte de sus pensamientos en este momento, aunque no sabe bien cómo decirlo. Además, no está segura de querer hacerlo. Es seguro compartir teorías y miedos con Hafsah, pues ambas quieren proteger a su amiga, pero decírselo a un detective es la antítesis de eso.

—Ya identificaron al chico del río, ¿verdad?

Él pone un gesto sorprendido y luego asiente.

—¿Es tan obvio?

—Quizá no para Ellie. Pero te has burlado de ella por su talento para recabar nuevos insultos, y nunca te habías interesado en ninguno en especial.

—¿Podrías no decírselo a Ellie?

Ella enarca una ceja.

—¿Por qué lo haría?

—Los de la fraternidad le decían Descerebrado. Tenía un tatuaje debajo de la rodilla. O sea que conseguimos los últimos rayos X que le tomó su dentista antes de encontrar su cabeza.

Con gesto tenso, Rebecca se aclara la garganta, como si con eso pudiera desaparecer la imagen en su cabeza. Recuerda un video que circuló por Twitter tiempo atrás, una de esas cosas que se vuelven virales sin razón aparente, sobre un caimán que iba nadando lentamente en un tanque con una sandía en las fauces. Cómo quisiera que su mente no relacionara esas imágenes.

—Qué fuerte.

—Perdón.

—No, yo pregunté.

—Mañana vamos a revelar su nombre.

—Me atrevo a suponer que tiene un historial.

—Tu amiga Kacey, entre otras.

Lo siente como un golpe al pecho. Trae el recuerdo de Kacey como una herida abierta tras haber hablado con Linsey Travers por la mañana, y sus dedos vuelven a la pulsera, girándola con desesperación mientras intenta respirar. Puede sentir la mano del detective en la suya, mientras la otra toca su mejilla con suavidad, apenas rozándola con las yemas de los dedos.

—Aquí estoy, Rebecca —susurra él—. Respira. ¿Puedes hacerlo?

Tras un momento incómodamente largo, al fin puede tomar aire. Sus mejillas se enrojecen casi tanto como las de él por las quemaduras de sol. Pero en vez de perderse en su pena continúa respirando hasta que logra recuperar un poco la calma. El inesperado golpe de sentimientos tras un largo día y una noche aún más larga le provoca dolor de cabeza. Escucha cómo él se reacomoda frente a ella, pero tiene los ojos cerrados y no los quiere abrir de nuevo, no todavía. Luego siente cómo una tela se posa contra su frente. Debe ser la camisa de él. Rebecca suspira y se acomoda, hundiendo el rostro en el pecho de él, quien la abraza con un gesto que le da consuelo sin dejar de ser respetuoso. Se pasó toda la noche escuchando los traumas de otras chicas, pasó todo el día repasándolos y luego ocurrió lo de Hafsah… El mundo no es un lugar seguro.

Pero se siente segura cuando está con él.

—Perdóname —dice al fin el Det—. Debí decírtelo de otro modo.

Ella niega con la cabeza, pero siente que aún no puede decir nada.

—Después de que se lo informaron a la familia de él fui con los Montrose para decírselos en persona —continúa—. No se podían enterar a través del comunicado de prensa. Quise darles esta noche para que pudieran procesarlo antes de que se desate todo.

—Gracias —mascula ella contra su camisa. Huele a bloqueador solar, sudor, ciprés y un poco de agua de pantano. La verdad no es muy agradable, pero no quiere alejarse de él.

—En otros temas, leí tu artículo.

Aunque aún no está lista para soltarlo, considera que es importante verle la cara. Sin ganas, se incorpora y sube la otra pierna al sillón para cruzarlas y poner las manos sobre su regazo.

—¿Cómo? —pregunta ella—. Te lo envié hace como una hora.

—Nos fuimos del río en cuanto se puso el sol. Nadie tenía ganas de andar cerca de un lugar infestado de caimanes por la noche. Al regresar me puse a ver mis correos mientras cenaba. Lo leí en el teléfono. —Estira un brazo sobre el respaldo del sofá y se acomoda para verla mejor—. He disfrutado y admirado casi todo lo que has escrito, Rebecca, pero este se voló la barda.

—¿En el buen sentido? —pregunta al ver que él no agrega más.

—En el mejor sentido —dice él con una carcajada—. Logra... logra encapsular la atmósfera extraña que hay en la escuela últimamente. Además conseguiste un excelente equilibrio. No ignoras a los muertos, pero dejas claro que son parte de una historia mayor, y esa es la que vas a contar. Espero que la gente lo entienda —agrega, con un gesto de pesar—, pero no creo que un hombre pudiera haber escrito una historia así.

Ella asiente.

—Tiene sentido.

—He estado recibiendo incontables llamadas de los medios desde que salió la primera noticia. Si me das permiso, me gustaría ponerte en contacto con algunos de ellos. Quieren mucho más de lo que yo les puedo ofrecer; mientras esperan la información oficial, creo que tu historia es exactamente lo que están buscando algunos.

Rebecca sonríe, pero luego le viene otra idea a la cabeza. Se muerde el labio.

—Si publico esto en… en donde sea… ¿podría causarles problemas a ti o a la investigación?

Él niega con la cabeza y le sonríe.

—Lo dudo. No tienes información privilegiada en el texto, y ni siquiera habla sobre la investigación. Además, nunca me mencionas de manera directa.

—¿Y eso te hace sentir menos importante? —pregunta ella, con tono juguetón.

—Obvio —responde, y le da un golpecito en la punta de la nariz a Rebecca, provocando que haga bizcos—. Es un buen texto, y si la gente obtiene una explicación para eso que la tiene tan asustada, mi departamento recibirá menos llamadas de personas en pánico porque están matando a sangre fría a todos los hombres del campus.

—No a todos. Yo diría que un treinta por ciento se salva.

—Auch.

—Estoy casi segura de que tú serías uno de los que se salvan.

—De todos modos es triste que sea un porcentaje tan bajo.

—En una noche como esta, me sorprende que sea tan alto —dice ella, con solemnidad.

Él asiente y le acaricia la mejilla con un dedo; Rebecca se recuerda que tiene que respirar.

—Ya te dejo para que estudies y vayas a ver cómo está Hafsah. Al rato te envío los contactos de la prensa.

—Me parece bien. —Se levanta del sillón y estira una mano para ayudarlo a levantarse. Se tiene que obligar a no ponerse roja al notar que él no la suelta de inmediato—. Estoy esperando los comentarios de un par de profesores y de las chicas con las que hablé. Ojalá que lleguen pronto, aunque estemos en finales.

—Por el tema, me imagino que no tardarán. Buenas noches, Rebecca. Por favor, cuídate.

—Tú también. —Lo mira hasta que desaparece tras la puerta y, porque es un poco patética, no desvía la mirada hasta un momento después.

251

De pronto, Kerry suelta una carcajada y Rebecca se asusta. Ay, Dios, se le había olvidado que Kerry estaba en la recepción. ¿Cómo se le pudo olvidar que había alguien más con ellos? La supervisora está doblada sobre el escritorio, casi ahogándose de la risa. Un par de jadeos dan la impresión de que hasta le está doliendo.

O que le dolió tener que aguantarse la risa.

—Ay, Rebecca —dice al fin, y se limpia las lágrimas de los ojos. Se sigue riendo—. No te caería mal una cubeta de agua fría.

Con el rostro colorado, Rebecca decide que una retirada estratégica no será indigna, por lo que toma sus cosas y se va corriendo hacia las escaleras.

27

En los tiempos en que «verdugo» era un trabajo y no un epíteto, había una especie de ritual. Tú les pagabas, tal vez con tu propio dinero, o bien con el de la Corona, dependiendo de las órdenes del juez, y el verdugo preguntaba: «¿Me perdonas?». Siempre me ha llamado la atención ese pequeño detalle. «Esto es mi trabajo y yo no quiero matarte, pero la corte decidió que debes morir. ¿Me perdonas?».

En otras palabras: no es personal.

Pero hay algo personal en la muerte, en ser quien la provoca. No importa el método que se use. Ya sea de cerca o de lejos o, ya saben, a través de los caimanes; es profundamente personal. Aunque no te quedes a ver cómo la vida se apaga en su mirada, eres el vehículo por el que abandonaron este plano de existencia. Una persona llegó a su fin por ti.

Las semanas de finales siempre crean la sensación de que todos están conteniendo el aliento. A los residentes permanentes les urge que los demás se vayan a sus vacaciones de verano, y es obvio que los estudiantes están al borde de la locura. Los proyectos de construcción explotan durante el verano, pues hay trabajos que son más fáciles cuando no hay tanto tráfico. Las escuelas locales no salen de vacaciones hasta dentro de un mes, así que la locura por los exámenes no está por todo el condado, y falta una semana para los exámenes de prepa.

Este es un vecindario antiguo junto a la Treintaiséis. Sus casas están separadas de manera cómoda, en espacios bien conservados pero no de forma obsesiva. Todo se ve un poco decaído, desde los techos, pasando por los autos, hasta las mujeres en bata que salen a recoger el periódico. No es un lugar campirano, para nada, pero no es raro escuchar un disparo de vez en vez para asustar a los mapaches.

Me pregunto si alguien ha intentado asustar a los caimanes a tiros. Creo que sería más probable que solo los haga enojar.

El reconocimiento siempre es parte de lo que hago. Los caimanes no son las creaturas más predecibles y, pese a algunas evidencias que señalan lo contrario, tampoco lo son los universitarios. Son estúpidos, claro, en especial si andan tomados. Es decir, los chicos. Pero si vas a hacer algo sin que te vean, sin que te atrapen, tienes que asegurarte de que no vas a sobresalir.

Y por eso hago el reconocimiento. Descubro sus patrones y costumbres. ¿Cuándo están más vulnerables? ¿Cuáles son las debilidades de las que puedes aprovecharte? ¿Dónde hay cámaras, dónde se fija más la gente, dónde están los puntos ciegos? Hasta ahora, me ha funcionado muy bien.

Además hay reglas. Debes tenerlas, porque si no lo haces no eres más que un monstruo. Eso también es parte de la investigación: ¿Qué hicieron esos imbéciles? ¿En qué se han salido con la suya? ¿A quién han lastimado? Nadie es inocente por completo, pero cuando decido satisfacer mis instintos me pongo parámetros muy estrictos: se lo tienen que haber ganado. Nadie muere por chismes. Nadie muere si parece que en realidad está intentando cambiar.

Con esas reglas en mente, y cuando la investigación y los preparativos quedan concluidos, es momento de poner manos a la obra. No puedes dudar; eso es importante. O lo haces o te vas a la chingada, pero cualquier cosa entre esas dos decisiones solo logrará que la cagues.

Todo está en silencio; creo que la mayoría de sus habitantes está dormida. No suele haber mucha gente que ande de fiesta en martes. Está demasiado lejos de la universidad. Hay un centro de estudios superiores cerca, pero no tiene residencias para los estudiantes. Los edificios cercanos que aceptan estudiantes están rodeados de casas para ancianos y centros de cuidados para enfermos, como Kacey, de modo que cualquier escándalo por la noche se acaba pronto entre regaños. O sea que el barrio está tranquilo desde bastante temprano durante las noches entre semana.

La casa al final del callejón está flanqueada por propiedades vacías. Al oeste se ve un letrero de SE RENTA mal acomodado en el suelo reblandecido por la lluvia. Al este, la casa tiene puertas y ventanas blindadas con láminas de madera, lista para hibernar, pues sus habitantes, que vuelan acá persiguiendo el calor invernal, regresaron al norte en busca de un verano más fresco. Esa me confunde un poco. Entiendo que prefieran un clima más cálido, y si tienes los recursos para comprar una segunda casa, ¿por qué no hacerlo? Pero ¿por qué en Gainesville? Quizá tienen nietos aquí o algo parecido, pero es la única razón que tendría sentido. Sea cual sea la razón de su extraño amor por Gainesville, basta para pagarle a un vecino para que les pode el jardín y se asome de vez en vez a la casa para asegurarse de que no haya ningún desastre.

O al menos así lo hacían. De acuerdo con los periódicos de hace dos semanas, el hijo mayor de los vecinos tomó las llaves para hacer una fiesta cuando sus padres no estaban en casa, y tuvieron que llamar a los bomberos cuando el grupo de adolescentes borrachos decidió prender una fogata en el patio trasero. El artículo decía que los chicos están castigados hasta que entren a la universidad, pero si fueran mis vecinos reconsideraría la elección de cuidador.

La casa de en medio está un poco más maltratada que las otras. Se ve lo suficiente cuidada, pero no con el mismo amor que las demás, y sin orgullo. Es la casa de alguien que hace el mínimo esfuerzo posible y se conforma con eso. Además es fácil espiarla desde el techo de la casa tapiada. El patio trasero tiene un jardín y se nota dónde termina una propiedad y empieza la otra por la hierba crecida contra el pasto perfectamente cortado. No hay una reja que las separe. Desde ahí, la escalera de madera que el cuidador dejó afuera lleva al techo, donde uno se puede acomodar en el gablete y queda a más de un metro por arriba del área que la rodea.

Me pasé las últimas noches ahí, observando. Corroborando lo que las encantadoras personas en la app del vecindario dijeron sobre la casa de en medio. También había información más general que me resultó útil.

Por ejemplo, el número de quejas por los garajes. Los residentes dicen que, a menos que te tomes la molestia y asumas el gasto de cambiar la puerta original, varios controles tienen la capacidad de abrir casi la mitad de los garajes del barrio. Obvio no probé con todos, pero sí un par con los controles baratos que encontré en algunas tiendas de cosas para el hogar. Con los nuevos métodos de pago automatizado, si pagas en efectivo y no levantas la cabeza, puedes lograr que nadie se fije en ti.

La casa de en medio se abre con la tercera frecuencia y sin problemas. Claro está que me deshice por separado de los otros dos.

Como el habitante de la casa de en medio aún no vuelve y las de al lado están desocupadas, no hay nadie lo suficientemente cerca como para que le llame la atención el sonido de la puerta del garaje abriéndose y cerrándose. Y, aunque hubiera, seguro ya están acostumbrados a que el ocupante llegue de madrugada.

Aunque, si la app del vecindario es de fiar, también están acostumbrados a que mientras anda borracho suelte balazos a la nada, pero ¿qué tanto problema puede causar una ventana rota entre amigos? (Al parecer hay toda una discusión sobre eso en la app de los metiches).

El oficial Kevin Frasier del Departamento de Policía de la Universidad de Florida es un hombre de costumbres. Les insiste a sus víctimas potenciales hasta que les resulta casi imposible decirle que no. Se quita el uniforme en la estación cuando termina de trabajar. Se toma casi una botella entera de un vodka que más parece gasolina y se va a su casa en su vagoneta vieja y maltrecha. Hay un lapso entre el momento en que se cierra la puerta del garaje y el momento en que se enciende la luz de la cocina; me parece que se queda en su auto para terminarse la botella. Cuando entra a la casa pasa junto a la pila de trastes sucios en el fregadero y se acomoda en un sofá reclinable rodeado de un papel tapiz setentero, descolorido y en partes despegado, y se toma unas cuantas cervezas frente a la televisión hasta que se queda dormido con la televisión encendida.

Me encantan las creaturas con rutinas. La gente predecible hace que todo sea mucho más fácil.

Cierro la puerta del garaje y me acomodo entre las sombras, junto a un refrigerador descompuesto; tiene la puerta a medio abrir y el interior está lleno de botellas con su bebida que está a un grado de ser aguarrás. Anoche, mientras esperaba a que volviera a casa, dejé unas cuantas botellas de la misma marca en el estante más alto sobre las que ya tenía. El oficial Kevin es demasiado alto como para que le queden a la altura de los ojos, pero es parte de la naturaleza humana el tomar lo que vemos primero. Con un par de golpecitos de martillo y una de las agujas para hacer diseños de fieltro de Luz, logré abrir unos agujeritos en las tapas para inyectarles más vodka mezclado con las pastillas para violar pulverizadas que encontré en el auto de Forrest. Luego cubrí los agujeros con unas calcomanías rojas, del mismo tono que el resto de la tapa. En la penumbra del garaje es difícil distinguir entre las botellas adulteradas y las que no lo están, en especial si no te estás fijando. Tras contar las calcomanías, corroboro que falta una de mis botellas.

Cuando sale a algún mandado se asegura de estacionarse de reversa en el garaje al regresar, de modo que su auto esté listo para salir a toda velocidad si lo llaman. Pero cuando termina su turno en el trabajo está cansado y borracho, por lo que hasta entrar de frente al garaje le resulta complicado. El refrigerador, la caja de herramientas y la podadora aplastada tienen muescas que demuestran que no siempre logra acomodar su auto con éxito.

Hay una ventana como de veinte minutos respecto a la hora en la que suele volver del trabajo; la puerta del garaje comienza a abrirse como a los trece. Aunque ande borracho, por lo general maneja razonablemente bien, sin duda por los años de práctica, pero hoy lo está haciendo peor que nunca. Apenas logra esquivar el buzón de un vecino y casi se estrella con el suyo pero, tras un volantazo, al fin mete su carro al garaje, en un ángulo que se le va a dificultar cuando quiera sacarlo.

Deja el carro encendido, con el radio a todo volumen. Parece que ya se terminó la botella de vodka, a juzgar por la cerveza que trae en la mano. Es fácil enojarse, más fácil que no hacerlo, pero por Dios, es un maldito hipócrita. La botella vacía está en el asiento del copiloto, recargada en la palanca de velocidades.

Si el oficial Kevin se tomó toda la botella, con todo y *roofies*, se entiende que estuviera manejando tan mal.

Salgo de entre las sombras y me recargo en la puerta del conductor. Dejó las ventanas abajo, pues no le preocupa la lluvia dentro del garaje, aunque yo no me confiaría de los insectos. No hay nada entre él y yo. Se tarda un minuto en darse cuenta de que estoy ahí.

—¿Qué? —es lo único que logra decir.

—Se ha portado muy mal, oficial Kevin.

Hace bizcos por el esfuerzo de enfocar sus ojos en mí.

—¿Qué? —repite, arrastrando la palabra.

—Es claro que no soy un caimán. —Tras revisar una vez más mis guantes, tomo la botella vacía y dejo en su lugar una que tenía en la basura. No es bueno dejar evidencias. Cuando la botella adulterada ya está segura dentro de la bolsa a mis pies y acompañando a las demás que saqué del refrigerador, me estiro para apagar el auto y tomar el arma que trae en el portavasos. Entiendo que no debe ser muy cómodo manejar con una pistola colgada a la cadera, pero que la traiga en el portavasos es a la vez ridículo y perturbador.

El oficial suelta un gemido mientras se le empiezan a cerrar los ojos.

—Es una vergüenza para su oficio —le informo, casi temblando por la rabia. «Contrólate». Ya lo podré sacar luego—. Lastima a las personas que debería proteger, y pone en peligro otras vidas con sus vicios. Usted es una de las razones por las que tanta gente desconfía de quienes se supone que están ahí para ayudarnos. Usted es parte del problema. Y no es que yo crea que soy parte de la solución, pero sin duda soy una solución, y hoy voy a arreglar esto.

—No puedes… —Su boca se sigue moviendo, pero sus palabras ya no son más que balbuceos.

—No se preocupe, oficial Kevin; algo bueno saldrá de su muerte. Mucho más de lo que hacía en vida. No solo es que las chicas del campus estarán más seguras sin usted. Además va a ayudar a sus hermanos y hermanas uniformados. —Acomodo con cuidado su mano izquierda sobre la pistola y se la llevo a la sien. Su rostro se deforma por el miedo, además de los efectos del alcohol y las drogas, pero esa clase de miedo impotente, que nada logra contra su cuerpo anestesiado por los químicos—. Los policías tienen tasas de suicidio alarmantes. Con la presión del trabajo y las cosas que ven… Y a veces con los problemas que causan. Los policías y los soldados. Muchas veces se llevan a sus seres queridos entre las patas, pero usted no tiene seres queridos, ¿verdad, oficial Kevin? Está completamente solo en el mundo. Qué bueno.

El hombre mueve la mano derecha con torpeza, intentando agarrar algo. Su teléfono, quizá.

—Les va a hacer un gran favor a sus hermanos y hermanas policías, oficial Kevin, pues estará creando conciencia sobre el suicidio. Es una muerte más digna de la que merece, pero me ha ido bastante bien con los caimanes y no quisiera arruinar el patrón. Verá, usted no encaja, salvo porque sí. Esto será rápido y, cuando lo encuentren, la gente dirá que fue una pena. Imagínese. La gente sentirá pena por su muerte. Creerán que fue demasiado y se hablará sobre la falta de apoyo emocional para la policía. ¿Quién sabe? Quizá alguno de sus compañeros podría salvarse gracias a esos servicios. Morirse será la primera cosa buena que haga en la vida.

Un lamento sale de lo más profundo de su pecho, aunque no logra controlar la boca lo suficiente como para darle forma completa. Es claro que la droga de Forrest Cooper era de la buena.

—Pero en este momento —continúo— usted y yo sabemos la verdad. Ambos sabemos que es un hijo de perra, una basura que acosa a chicas vulnerables, que se excita al abusar de su poder y obligarlas a hacer cosas que no quieren. Ambos sabemos que es tan repugnante como los imbéciles que se convirtieron en comida para los cocodrilos. No debió lastimar a ninguna de las chicas que juró proteger, pero su último error fue lastimar a una de las mías. Eso no se lo voy a pasar. Si existe el infierno, espero de todo corazón que arda en él. Esto va por Hafsah y todas las chicas a las que haya lastimado.

El disparo resuena por todo el garaje, y antes de que mis oídos logren asimilar el ruido, la sangre y los sesos ya se regaron por todo el asiento del copiloto. Su mano, con un dedo aún en el gatillo, cae dentro del carro y se atora en el volante mientras su cuerpo se resbala en el asiento, un poco cargado a la derecha.

Es una muerte mucho más digna de la que se merece.

Reviso para asegurarme de que no me haya caído sangre. O, aún más importante, que no haya bloqueado la trayectoria de las salpicaduras de sangre. Su muerte pierde fuerza si no se ve por completo como un suicidio.

Cuando quedo satisfecha con mi aspecto y el del cretino muerto en el auto, abro la puerta del garaje por última vez y la cierro tras salir. Va a llover con ganas; dudo que logre volver sin mojarme. La lluvia servirá para limpiar las huellas que haya podido dejar en la entrada de la casa. Tomo mi bicicleta de entre las sombras de la casa del vecino y me voy pedaleando bajo el cielo aún oscuro de la madrugada.

El oficial Kevin tiene libres los próximos dos días, ¿y luego? Bueno. Es poco probable que el departamento no sepa que tiene problemas con la bebida. No sé si ya han hecho excepciones con él en el pasado, pero deben saberlo, y las cosas han estado complicadas para él en el campus desde que salió el video. A diferencia de la policía de la universidad, a las chicas del campus no les importa que lo que se ve en el video pueda explicarse. Les importa que saben lo que pasó antes. Lo que algunas saben que habría pasado después, si no lo hubieran detenido a tiempo.

Teniendo en cuenta la cantidad de huevos que se le han lanzado al oficial Kevin mientras hace sus rondas en bicicleta, puede que el departamento agradezca que aparentemente se haya tomado unos días extras. Quién sabe cuánto tiempo pasará antes de que alguien lo venga a buscar.

Sigo pedaleando en dirección al campus mientras el cielo estalla en truenos que anuncian la tormenta. Las botellas que traigo en la mochila chocan unas contra otras, como si quisieran recordarme que ahí están. Cuando esté lo bastante lejos las vaciaré y las tiraré por ahí. Luego buscaré otro lugar dónde tirar el control para la puerta del garaje. Tal vez cuando llegue al campus estaré empapada, pero libre de evidencias.

El reconocimiento es muy importante.

28

Rebecca piensa que debería haber una regla que estipule que, si un profesor pone una tarea enorme para la semana de finales, no tenga permitido además hacer un examen dificilísimo. Sabe que no encaja en ninguna definición legal de castigo cruel e inusual, pero de todos modos es horrible.

Claro que no le ayuda en nada que Ellie esté en el escritorio de atrás de ella, golpeteando su pluma o lápiz, lo que sea que esté usando para escribir sus respuestas, al ritmo de distintas canciones. El sonido es molesto por sí solo, pero la forma en que la mente de Rebecca en automático intenta identificar cada nueva canción es una distracción insoportable.

Ahora es la de «Los locos Addams».

Bosteza e intenta concentrarse en el examen de Historia de la Justicia Criminal en Estados Unidos. Le encantó la clase pese a que dejaban muchas tareas, y el profesor no temía confrontar a los estudiantes y hacerlos cuestionarse sus puntos de vista. Tampoco les huía a los temas delicados. El presente, decía, es la historia que está siendo escrita, y la estudiamos de la misma manera.

Si tan solo pudiera sintetizar un semestre de clases en ciento veinte preguntas de opción múltiple, cuarenta respuestas cortas y dos ensayos. Al inicio del paquete venía una sugerencia de dedicarle una hora a cada sección.

Está casi segura de que el profesor es sádico.

Al frente del salón, en una esquina, uno de los escritorios se ladea hasta caerse al suelo. La de último año que estaba sentada ahí se recarga en la pared y se echa a llorar escandalosamente. Rebecca hace un gesto de dolor, pero vuelve la vista a su examen mientras el profesor va a ver lo que pasó. No les va a dar tiempo extra solo porque a una persona tuvo una crisis nerviosa.

Rebecca termina diez minutos antes y usa el tiempo que le queda para leer sus ensayos mientras se masajea la mano entumida. No podrá hacer gran cosa si se encuentra algo que no le guste; la parte de opción múltiple es con lápiz, pero las respuestas escritas tienen que ser con pluma azul, así que solo puede hacer algunos ajustes en lo que ya está escrito. Se siente más o menos orgullosa de sí misma y sus respuestas, en especial teniendo en cuenta que casi todo su tiempo de estudio lo dedicó a revisar las respuestas que llegaron por correo electrónico sobre su artículo.

Bosteza de nuevo, escondiéndolo tras una mano. No se arrepiente de todas esas noches casi en vela, no exactamente, pero fuera de Ellie y los lloriqueos de la que se cayó, el salón está tan callado y el sonido de las plumas sobre el papel es tan soporífero que solo quiere acurrucarse y dormir.

A dos minutos de que se acabe el tiempo, Ellie termina su última canción, la de «Misión imposible», y cierra su libreta azul y el examen soltando un largo gemido. Al estirarse, patea el respaldo de Rebecca y, por si esta pudo haber creído que fue un accidente, la patada se repite unos segundos después.

Rebecca la ignora. El profesor tiene opiniones muy estrictas sobre copiar, y no va a arriesgarse a que le invaliden el examen por voltear a ver qué quiere su amiga.

El aviso de que se acabó el tiempo despierta un escandaloso coro de quejas por todo el salón, pues al menos la mitad de los alumnos asegura que no alcanzaron a acabar. El profesor Inglesbee se apoya en su escritorio y se encoge de hombros.

—Cada examen de este semestre fue diseñado para enseñarles a priorizar lo que saben —les dice—. Si no saben algo, si no están seguros de algo, pasan a lo que sí sepan y luego vuelven a las que les faltan. Si no aprendieron eso durante el semestre, tal vez no aprendieron casi nada de mí, y eso se verá en sus exámenes.

Ellie suelta unas risitas y toma su mochila y la botella de agua con una mano para agarrar las cosas del examen con la otra.

—Vámonos, Rebecca. Mami tiene hambre.

Rebecca hace una mueca.

—Por favor no te digas Mami. Suena horrible.

—Dentro de un minuto mi estómago te va a decir maldita bruja si no nos vamos.

Rebecca guarda sus útiles, se acomoda la mochila y va a entregar el examen junto con su amiga.

—Ah, la Pandilla Pelirrojilla —dice él, sonriendo—. ¿Cómo creen que les fue?

—¡Esa es una pregunta capciosa! —responde Rebecca, riéndose.

Ellie le sonríe con cierta malicia.

—¿Cuántos llegaron a las últimas treinta de opción múltiple y entraron en pánico porque estaban demasiado fáciles?

—Me gusta recompensar a los que saben contestar sus exámenes de forma inteligente. ¿Ya te contestó algo el *Washington Post,* Rebecca?

—Como tuve el teléfono guardado en el bolsillo durante todo el examen, no tengo una respuesta distinta a la que le di cuando me lo preguntó hace tres horas. —Saca su teléfono para revisar el correo—. Mierda.

La quijada de Ellie choca con la de su amiga cuando se acerca para intentar leerlo ella también.

—¿Mierda qué? ¿Mierda buena o mierda mala?

—De la mejor mierda. ¡Quieren publicarlo el viernes!

Ellie hace un bailecito feliz alrededor de su amiga.

—¡Te van a publicar en el *Post*! ¡Felicidades, perra!

—Felicidades, Rebecca —dice el profesor Inglesbee—. Es un texto increíble, y me alegra que haya encontrado un espacio.

—Gracias por sus sugerencias —responde Rebecca. Ya le están doliendo las mejillas de tanto sonreír—. Me ayudaron mucho para darle fuerza a la última parte.

—Que se la pasen bien en sus vacaciones, señoritas. Espero verlas a ambas el próximo semestre en la clase de Asuntos Contemporáneos.

—Bonito verano, profesor —dicen a coro. Otros estudiantes las miran con recelo, pero es difícil saber si lo hacen en respuesta a su celebración o a lo que Ellie dijo sobre el examen.

Rebecca revisa una vez más el correo mientras todos salen del salón.

—Tienen algunas notas y comentarios, y van a revisar con su equipo legal si podemos o no mencionar a las fraternidades, pero en general creen que es un buen texto y están emocionados por darlo a conocer. Mierda.

—¿Estás hablando de tu examen?

Ambas levantan la vista hacia la voz que las tomó por sorpresa.

—¿Det Corby? —dicen al unísono. A Rebecca le da un vuelco el corazón.

Se ve pálido y tenso, y solo levanta una mano a manera de saludo. Junto a él, uno de los detectives más grandes pasa la vista de él a las chicas, con gesto intrigado. O sea que no es el Det Corby, es el detective Corby.

Por un presentimiento, Rebecca apaga la pantalla de su celular y baja la mano con la que lo sostiene.

—No vinieron a desearnos buena suerte en nuestros finales, ¿verdad?

—No. —El detective Corby se aclara la garganta y voltea a ver al otro—. ¿Alguna de las dos había escuchado el nombre de Dillon McFarley?

Rebecca frunce el ceño y niega con la cabeza, pero la reacción de Ellie es muy distinta.

—Claro que sí conozco a ese hijo de perra. Es el desgraciado que atacó a Kacey.

Con el estómago revuelto, Rebecca pasa la mirada entre Ellie y los detectives de gesto adusto.

—Está muerto, ¿verdad? —pregunta, con tiento, más que nada por hacerle un favor a Ellie. No le contó lo que le dijo el Det Corby tras el ataque a Hafsah, ni quiere meterlo en problemas por compartir información privada.

—Ya identificamos al chico en el río.

—¡Carajo! —exclama Ellie—. ¿Y Delia encontró a ese desgraciado? Y no dijo ni pío, maldita.

Rebecca casi se estrella el celular en la cara al llevarse la mano a la frente.

—Tenemos que llevarte a la estación para hacerte algunas preguntas, Ellie —dice el detective Corby con tono severo—. Como somos amigos, estaré presente, pero será el detective Washington quien te haga las preguntas.

Rebecca toma aire y puede sentir cómo su corazón se acelera, latiendo casi dolorosamente contra su pecho.

Pero Ellie es Ellie.

—¿En serio? —Con un suspiro teatral, Ellie se echa el cabello hacia atrás sobre el hombro y le da un golpecito a Rebecca—. Oye, ¿te acuerdas del abogado que me conseguiste cuando lo de la redada de bragas? ¿Le puedes hablar?

Rebecca hace un movimiento vago con la mano.

—Sí le hablo, pero no sé si él trabaje con casos de, eh…

—¿Asesinato? —sugiere Ellie sin pena.

Rebecca hace un gesto de pesar, mirando con nervios entre su amiga y los oficiales.

—Voy a llamar a su oficina para preguntarles. Si no, le hablo a mi tía para ver a quién me recomienda.

—Súper. Vete a trabajar en tus correcciones.

Sí. Obvio esa es su prioridad. No es como si unos policías se estuvieran llevando a su amiga. Claro.

Ambos hombres miran a Rebecca y asienten. El detective Washington, que debe ser uno de los hombres más altos que ha visto en su vida, le da una tarjeta con su nombre, teléfono, correo electrónico y la dirección de su oficina.

—Quizá también tengamos que hacerte algunas preguntas a ti —dice—. Supongo que el detective Corby tiene tus datos.

Ella solo lo observa por un momento.

—Eh, sí, señor, sí los tiene. Yo, eh, debería… Ellie tiene otro examen por la mañana. ¿Debería avisarle a su profesor?

—Si puedes mejor mandarme un correo a mí con el horario y la información del profesor, te lo agradecería. Y también tu información, por favor.

—Sí, señor —dice Rebecca y traga saliva con dificultad. Se siente como una niña de cinco años intentando explicarle un problema a su geniuda tía abuela Cloris.

Los hombres se van con Ellie entre los dos. Ninguno la toca, ni intentan esposarla. Rebecca se tiene que recordar que no dijeron que estuviera bajo arresto. Solo tienen que hacerle algunas preguntas. Y también se las harán a ella en algún momento.

Aún tiene el nombre y el número del abogado en su teléfono; le pareció buena idea guardarlos, dado que vive con Ellie. La llamada a su oficina la responde una secretaria apenada que le explica que el abogado está fuera por una emergencia médica familiar. Le ofrece comunicarla con el otro socio, pero Rebecca lo recuerda como un hombre mayor y refunfuñón al que le caen mal los estudiantes en general y Ellie en particular, y no va a confiar el bienestar de su amiga en la esperanza de que ese hombre sea profesional.

Así que, en el camino hacia McCarty para esperar a que Hafsah salga de su examen, llama a su tía Becky, quien se casó con uno de sus tíos de sangre unos meses después del nacimiento de Rebecca y decía en broma que le pusieron ese nombre por ella. Su tía es la razón por la que no quiere que le digan Becky, pues la familia no necesita dos, pero las otras formas en las que se les dice a las Rebeccas nunca le han gustado. Su madre se reía diciendo que eso era otra prueba de que Rebecca nació vieja.

—Hola, niña. ¿Estás emocionada por volver a casa por unas semanas?

La voz de su tía hace que el corazón le dé un vuelco. Es una mujer que transmite alegría y seguridad, incluso a través del teléfono.

—Solo una semana, tía Becky, pero no te hablo por eso.

—Oh no. Espera. —Se escuchan unas voces ahogadas, como si su tía hubiera puesto la mano sobre el micrófono, y luego los sonidos del fondo desaparecen tras el chasquido de una puerta al cerrarse—. Dime. Parece algo serio.

—Se acaban de llevar a Ellie para hacerle unas preguntas sobre lo de los caimanes.

—¿Sobre lo de los caimanes o sobre los asesinatos?

—En este caso, son lo mismo.

—¿Fue ella?

Rebecca toma aire.

—No tengo idea.

Su tía suspira con tal fuerza que suena como un silbido a través de la bocina.

—Qué cosa. Es una de tus mejores amigas, ¿no puedes apoyarla con un «claro que es inocente»?

—Conoces a Ellie. ¿Tú podrías?

—¿Ya buscaste a Grable?

—Está fuera de la ciudad por tiempo indeterminado. Además —continúa, con voz ligeramente temblorosa—, los detectives dijeron que quizá me harán preguntas a mí más adelante.

—¿Por Ellie o porque tú también podrías ser sospechosa?

—Mmm… No dijeron, pero supongo que por Ellie. Si sospecharan de mí también, ¿no me hubieran llevado ya?

—Tal vez. Bueno, entonces dos abogados. Van en camino. ¿El detective te dio alguna dirección?

Tras leerle la información de la tarjeta, le pasa también el contacto de Ellie. También le da el nombre y el número telefónico de la mamá de su amiga. Becky promete enviar a alguien a la estación para que ayude a Ellie. Lo que no dice, aunque Rebecca la conoce lo suficiente para saberlo, es que va a elegir con mucho más cuidado a quien represente a su sobrina.

—Mantenme informada, niña, y yo le aviso al resto de la familia. Si necesitan que te quedes en Gainesville durante las vacaciones, iremos por tus cosas y te conseguiremos un hotel.

—Gracias, tía Becky.

—Te quiero, niña.

—Yo también te quiero.

Media hora después recibe un mensaje con el nombre, teléfono y correo electrónico del abogado de Ellie. Rebecca se lo pasa a su amiga sin esperar que le conteste, pero pronto recibe un «chingón, gracias» como respuesta. No puede estar tan mal si la dejan usar el teléfono, piensa.

Termina rápido las modificaciones que le solicitó el *Post* y lo envía de inmediato. También se los manda a todos en su lista para que vean el texto final y sepan la fecha en la que va a salir. Si alguien cambia de parecer sobre su participación, tal vez aún hay tiempo de arreglarlo. O eso espera.

No diría que nada de eso logra que deje de pensar en Ellie. Ellie, que aceptó las bebidas que le regalaron como agradecimiento. Ellie, que siempre sabía los rumores de lo que cada chico había hecho. Ellie, que no se da ni dos segundos de sorpresa antes de ponerse a celebrar.

Hafsah sale de su examen antes de lo esperado, cansada pero contenta.

—¿Cómo te fue? —le pregunta Rebecca mientras guarda sus cosas.

—Bastante bien, de hecho. Dudo que vaya a ser de las mejores, pero creo que mi calificación va a estar bien. ¿Y a ti?

—Bien. Creo. El *Post* aceptó mi artículo y la policía se llevó a Ellie para interrogarla.

Puede ver cómo Hafsah se mueve con incomodidad, intentando organizar toda esa información.

—¿Por Merolico? —pregunta al fin.

—Por los caimanes.

—¿En serio? —Hafsah niega con la cabeza, abre la puerta y salen hacia el horrible calor de afuera—. ¿Qué evidencia tendrán que es tan sólida como para interrogarla?

—¿Además de cómo se porta siempre y que sabía la causa probable por la que murió cada uno de ellos?

—Ah. ¿Ella está bien?

—Está encantada. Mi tía le consiguió un abogado. Seguramente habrá lágrimas.

—¿Del abogado o de la policía?

—¿*Sí?*

—¿Por qué somos sus amigas?

—Terapia de exposición.

Hafsah suelta una carcajada y entrelaza un brazo con el de Rebeca. Avanzan unos cuantos metros antes de recordar que no pueden caminar de esa forma, pues su diferencia de estaturas se los impide.

—Ellie va a estar bien, ¿verdad? —pregunta Hafsah mientras retira su brazo para que ambas puedan caminar con normalidad. Pese a que intenta sonar tranquila, se le nota lo nerviosa—. O sea, si alguien puede librarse de eso, es Ellie.

—Supongo que pronto lo descubriremos —murmura Rebecca—. El Det Coby se ve destruido.

—¿Qué tanto afectará a su imagen que una de sus exalumnas sea una asesina?

—Que pudiera ser una asesina —corrige con pesar.

—Que probablemente sea una asesina —contraataca Hafsah—. Con o sin caimanes, no estoy segura de que tenga las manos limpias.

—Pero seguimos sin decir nada.

—Es por el bien de todas.

—Y volvemos a lo mismo.

—Y seguiremos volviendo. Pero bueno, ¿así que van a publicar tu artículo? ¡Qué genial!

Rebecca niega con la cabeza. Sabe que Hafsah intenta hablar de algo más positivo, pero Ellie está en un cuarto en la estación de policía y con lo irascible e imprudente que es, ¿cómo no se va a preocupar?

—Muy discreto tu cambio de tema —dice sin ganas.

Hafsah le da unos golpecitos en el brazo.

—Va a estar bien. Es Ellie.

¿Eso bastará esta vez?

—Y en serio me enorgullece mucho que vayan a publicar tu artículo —continúa Hafsah—. Es un logro increíble. Me alegra que todas esas chicas hayan podido hablar contigo.

—Gracias. —Rebecca sonríe, y un poco de la alegría de la noticia vuelve a correr por sus venas. No tuvo ni dos minutos para disfrutarlo cuando se enteró.

Cuando vuelven a su dormitorio, Susanna y Delia siguen en un examen, pero Luz y Keiko ya están ahí. Keiko llora al saludarlas, por lo que voltean a ver a Luz.

—Es por el alivio —traduce—. Le fue muy bien en la presentación de su portafolio, y el único examen que le falta es facilísimo.

—Qué bueno. Felicidades, Keiko. —Rebecca se asoma a la habitación de Ellie. A diferencia de las demás, que al menos hicieron el esfuerzo por empezar a empacar, todo sigue en su lugar. Observa el espacio, considerando si le serviría la distracción—.

Oigan, como están interrogando a Ellie, ¿debería buscar mis cosas que ha tomado, o las dejo?

—¿Están interrogando a Ellie?

Les explica todo a Luz y Keiko mientras intenta contar con la mirada cuántas prendas de ropa suyas han terminado en la habitación de Ellie. Ella le devolvió todo dos días atrás, limpio y perfectamente doblado en una bolsa de lona. Sería bueno empacar, no solo porque ya es necesario, sino porque la ayudaría para moverse y sacar un poco de la tensión que tiene.

Tras pasar un largo rato pensándolo, les manda un mensaje a sus tíos para que debatan entre ellos si debería o no sacar sus cosas del cuarto de Ellie o si eso interferiría en una posible inspección de la policía. Luego se pone a empacar el resto de sus cosas, pues como la noticia ya corrió por todo el dormitorio, no le queda ni esperanza de estudiar. Algunas personas están hablando sobre Dillon McFarley y su muerte, pero el resto sobre Ellie. Alguien ya empezó una campaña para reunir fondos para sus gastos legales. Rebecca y las otras chicas se turnan para vigilar las puertas y les explican a las demás que no, no pueden entrar al cuarto de Ellie para dejarle regalos. A unas cuantas les explica con más paciencia que tampoco pueden dejar una ofrenda frente a la fotografía de Kacey, aunque agradece su gesto. Más vale no complicar las cosas si es tan probable que la policía quiera revisar la habitación de nuevo.

Al fin se disipa su energía nerviosa y el cansancio le gana lugar a sus ansiedades, al menos por un rato. Un poco después de las tres de la mañana, Rebecca despierta al escuchar que la puerta de su habitación se azota contra la pared. Aún sin lograr abrir los ojos del todo, se da la vuelta y busca el cuchillo que sigue pegado detrás de su mesita de noche. De pronto escucha la risa de Ellie.

—Perra —mascula Rebecca, volviéndose a tumbar sobre la cama. Hafsah ni siquiera se ha movido un poco. Se talla los ojos y lentamente enfoca a Ellie—. ¿Ya volviste?

—Ya volví —responde Ellie con alegría y se echa sobre la cama, casi encima de Rebecca—. Muchas, muchísimas, muchísimas preguntas, pero me dejaron ir cuando les dije dónde estaré cuando terminen las clases y cómo contactarme. Además, la abogada quiere hablar conmigo cuando terminen los exámenes.

¿Le das las gracias a tu tía de mi parte? Es la mejor.

—¿Mi tía o la abogada?

—Las dos. —Ellie se quita los zapatos para acomodarse en la cama y abrazarse a su amiga por la espalda—. Creo que soy su única sospechosa.

—¿Y eso te emociona? —pregunta Rebecca, bostezando. Algo en ella se relaja al tener a Ellie en la suite. Su cerebro reptiliano descansa al saber que su gente está ahí, descansando y a salvo. Ya pensará en la escasez de sospechosos cuando esté más despierta.

—Me siento un poco mal por el Det Corby.

—¿Solo un poco?

—Tenías razón; su capitán lo trae en chinga para que encuentre al repartidor de comida a domicilio para los caimanes.

—Ay, Dios —Rebecca esquiva la saliva que sale con la carcajada de Ellie—. Qué macabro suena cuando lo dices así.

—No creo que a su capitán le importe si arresta a alguien inocente —continúa Ellie cuando recupera la compostura—. Pero a Corby sí.

—Claro que le importa —dice Rebecca.

—Pero, quizá, y dado que yo soy sospechosa, le van a pasar todo el caso a Washington. Y así no tendrá que preocuparse más por eso.

—Con seguridad no se va a preocupar de que alguien a quien considera su amiga sea la única sospechosa por el momento de varios homicidios.

—¿… me considera su amiga?

—¿Creías que no?

—Hum. Siempre creí que solo me toleraba porque tú le caes bien y a veces andamos juntas. —Se abraza más a su amiga y le hunde el rostro en el cuello—. Qué dulce.

Rebecca le da unos golpecitos en el brazo. La noche en que mataron a Merolico durmieron así, pero esta vez Ellie está de buenas y claramente feliz, pese a lo peligrosas que son las sospechas de los detectives. ¿Cómo le hace para no sentir que tiene la soga al cuello? Rebecca suspira y le da otras palmaditas en el brazo.

—Hay algo de lo que no hemos hablado —susurra Ellie, solemne de pronto.

Y no van a hablarlo a las tres de la mañana. O nunca, si Rebecca puede elegir. Sean cuales sean los miedos de Ellie, sus teorías, sus sospechas… ella prefiere no saber. No quiere tener la seguridad de cuáles son. Quiere la negación plausible que a Ellie no parece interesarle.

—Duérmete —dice—. Tengo examen a las nueve.

Ellie se queda callada y quieta por un largo rato, y luego se pega más a Rebecca y sonríe.

—Sí vamos a ir de fiesta el viernes por la noche, ¿verdad?

—Sí, pero primero tenemos que superar el jueves y las primeras partes del viernes.

—Aguafiestas.

—Di buenas noches, Ellie.

—Buenas noches, Ellie.

Rebecca lanza una patada hacia atrás que da en la espinilla de Ellie y la hace gritar.

29

El jueves por la tarde, después de su examen, a Rebecca le piden que vaya a la estación de policía, donde se encuentra con Natalie McKinney, la abogada que le consiguió su tía. Es una mujer alta y de piel muy clara, con sedoso cabello blanco recogido en una trenza y unos lentes de sol que no se quita ni en interiores. Es reservada pero no grosera; su presencia tranquila y segura ayuda a Rebecca a calmarse mientras hablan con el detective Washington. El detective Corby está a un lado, escuchando y observando, pero sin pronunciar más palabra que el saludo al recibirlas.

Mientras el detective Washington le hace las preguntas, a Rebecca le da la sensación de que en realidad no tiene nada contra Ellie. Sospechan porque la actitud de Ellie siempre es sospechosa, y el detective Washington intenta descubrir si es fundada o infundada. Como a mitad de la entrevista toman un breve descanso para usar el baño y tomar agua, y Rebecca le escribe a Hafsah para contarle cómo va. Como respuesta recibe un mensaje molesto informándole que, otra vez, están revisando sus cuartos, y que los policías están arrancando todos los papeles que hay en las paredes de Ellie.

Como Hafsah tenía planes de empacar, le sorprende que no esté más enojada. Deben dejar limpios los dormitorios para el sábado a mediodía, y ninguna quiere repetir el desmadre del semestre pasado, cuando Ellie, Delia y Luz estaban desesperadas por encontrar todo para meterlo en bolsas y llevárselas a sus familias, que esperaban abajo, impacientes, mientras Keiko lloriqueaba intentando embalar las cosas más delicadas en empaques en los que no cabían. Los padres de Rebecca llegaron a la seis de la mañana; entre los tres acomodaron todas sus cosas en la cajuela y luego se burlaron de ella y se fueron a almorzar con unos amigos de Gainesville mientras Rebecca ayudaba a las demás. Cuando se reunió con sus padres para comer, su mamá le lanzó una mirada, le dio unas palmaditas en la mano y le prometió un coctel al llegar a casa.

Si su mamá estaba dispuesta a darle una bebida alcohólica, seguro se veía muy mal.

El resto de la entrevista es menos enervante, pues ya sabe por dónde va. El detective no intenta asustarla ni engañarla para sacarle información, y hace sus preguntas con amabilidad pero sin sonar condescendiente. Cuando le pide información adicional o que revisiten algún tema que ya mencionaron, no parece que esté intentando enredarla o descubrirla en la mentira. Aunque Rebecca aún no está del todo relajada, al menos ya no le tiemblan las manos.

Después de confirmar su información de contacto y dónde va a estar la próxima semana, antes de volver al campus para sus clases de verano y su trabajo como becaria, la dejan ir. La señorita McKinney le dice que lo hizo muy bien y que la mantenga informada de cualquier cosa que pase. Luego se despide deseándole buena suerte en su último examen.

Pero ya es viernes, y ese examen ya pasó. Al entrar al salón se encontró al profesor leyendo su artículo en el *Washington Post*. Pero aún faltan varias horas antes de que el resto de las chicas sean libres. Rebecca y Hafsah tienen la regla de que las fiestas de cumpleaños no pueden comenzar si no están todas presentes, así que no, Ellie, las otras no se unirán a la fiesta cuando lleguen. Tras insistirle mucho, logra que Ellie empaque sus cosas, menos lo que necesitará para la noche.

De malas, Ellie empieza a hacer pilas sobre su cama. Rebecca le pasa la ropa, y aprovecha para tomar lo que pudo haber saltado de su clóset al de Ellie.

—¡Ah! —dice Ellie de pronto—. Eso me recuerda. —Se agacha, saca una bolsa de debajo de la cama y se la entrega a Rebecca.

—Los regalos son hasta en la noche, ¿recuerdas?

—No es un regalo.

Confundida, Rebecca toma la bolsa y ve lo que hay adentro. Son unos jeans nuevos, con etiqueta y todo. Es la misma marca de los que desaparecieron y un estilo bastante parecido. Son de un azul un poco más oscuro y tiene unas calaveras hechas de estoperoles en las bolsas de atrás en lugar de los adornitos que tenían los suyos, pero es claro que la talla y la forma son la misma.

Con un suspiro, se sienta en la orilla de la cama de Kacey y se acomoda los pantalones sobre el regazo. Ellie la mira por encima del hombro con gesto desafiante. Rebecca no está segura de qué quiere decir con eso. ¿Quiere que diga algo? ¿O quiere que se quede callada?

—Las calaveras son como de mal gusto —dice Rebecca al fin.

Ellie se ríe y se sienta en el suelo con la espalda contra la cama.

—A veces me cuesta trabajo entenderte, doña sonrisas y arcoíris.

—De papá —la corrige—. Soy su consentida.

Ellie solo la mira.

Rebecca sonríe. Es raro ver que su amiga se quede sin palabras.

—Mira —dice tras un momento, ya sin el gesto divertido—. Sobre esa conversación que no sé por qué quieres que tengamos: no la vamos a tener.

—¿Por qué no?

—Porque no necesito que me des explicaciones. Todos tenemos nuestros límites y distintas reacciones cuando alguien los cruza. Hacemos lo que tenemos que hacer. Pero… —Toma aire, nerviosa, y se humedece los labios—. No puedo protegerte si conozco la verdad —susurra, pues sabe que la puerta está abierta y que pueden llegar las demás—. No importan mis sospechas, pero no puedo saberlo y mentir. Tú haces mucho por protegernos, más de lo que Delia, Susanna, Luz y Keiko se imaginan; ¿podrías protegernos un poco más dejándonos en la ignorancia?

La pelirroja se muerde una uña. Rebecca nota que ya le están sangrando las cutículas. ¿Cuándo empezó a hacer eso?

—O sea que ¿Hafsah…?

—Sospecha —reconoce—, pero tampoco debe confirmarlo. Su fe es algo muy importante para ella; por favor, no la obligues

275

a elegir entre tu amistad y lo que le haría tener que jurar sobre un libro sagrado y mentir.

—¿Por qué no estás como loca?

—Ha sido un mes muy complicado —responde con teatralidad, y Ellie se ríe. Rebecca recorre los estoperoles que forman una calavera con la punta de un dedo—. No estamos buscando razones para hacer de tu vida un infierno. Si quieres devolvernos el favor, por favor, no las pongas frente a nosotras.

—Se escudarán en la ignorancia.

—Si nos lo permites.

Rebecca y Ellie se miran por un largo rato en un silencio tenso. Luego Ellie señala con la mano hacia sus cosas.

—No veo por qué no podría dejar todo esto para mañana.

—Porque la mudanza de invierno literalmente se robó años de mi vida. —Tras guardar los pantalones en la bolsa, se levanta—. Me voy a llevar esto a mi cuarto y luego volveré para empacar las almohadas. Vas a guardar tus cosas. Y cuando termines, si es que lo haces rápido y queda tiempo antes de que vuelvan las demás, vamos a hacer algo solo tú y yo.

—¿En serio?

—En serio en serio.

Ellie recibe el soborno con una sonrisa y se pone a acomodar sus cosas, esta vez con más ganas.

Unas horas después todavía quedan cosas sin empacar, pero han avanzado lo suficiente como para que Rebecca se sienta cómoda para salir. Aún falta para que las otras terminen sus exámenes, regresen y empaquen antes de que inicie la reunión.

Pese a las protestas entre risas de Ellie, Rebecca no le dice adónde van. Toman sus bicicletas y hacen una parada en la florería para recoger un pedido especial. Acomoda la caja con cuidado en su mochila casi vacía y rellena los huecos con papel para que vaya mejor acomodada. Ellie se está divirtiendo muchísimo en su papel de la niña quejumbrosa, tanto que no se da cuenta de dónde están. Cuando se detienen, Ellie levanta la vista, mira la puerta y se pone pálida.

—Dijiste que no podías verla —comenta Rebecca en voz baja mientras encadena su bicicleta a un poste—. No tienes que entrar si no quieres o no estás lista, pero pensé... —Se levanta y se sacude el polvo de manos y rodillas—. Pensé que quizá si no estás sola, podría ser más fácil.

Ellie traga saliva y mira la puerta.

Mientras su amiga lo piensa, Rebecca amarra la otra bicicleta y luego va a esperarla afuera de la puerta, mirando sobre su hombro de vez en vez. Tras algunos minutos, Ellie va a su lado con pasos nerviosos y entran juntas hacia el fresco interior del centro de cuidados especiales. La recepcionista las saluda con una sonrisa mientras sostiene un teléfono entre la oreja y el hombro. Rebecca guía a su amiga por las escaleras y pasillos hasta detenerse frente a una de las puertas. No se ve distinta de las demás, a decir verdad. Si no sabes lo que hay detrás, no hay nada terrible en ella.

Se quedan ahí por un rato. Rebecca toma a Ellie de la mano y nota que está temblando. Tras darle un suave apretón, entrelaza sus dedos con los de su amiga y no hace nada más, dándole a Ellie todo el tiempo que necesite.

—Siempre he pensado que una parte de ella debe odiarme —susurra Ellie.

—¿Por qué?

—Porque nunca vine.

Pero Rebecca niega con la cabeza.

—Si aún queda suficiente Kacey en su cuerpo para sentir algo, lo último que sentiría es odio. Creo que entendería que algunas cosas son demasiado difíciles. Es... es doloroso verla así —reconoce—. En especial porque se superpone a la Kacey feliz y vibrante que conocimos. Pero ella entendería que no pudiste hacerlo antes y que ahora sí.

—Mi mamá no quiere que me traiga las almohadas de Kacey el próximo semestre. Cree que debería donarlas. Y que debería aceptar una roomie el próximo año.

La chica a la que asignaron en su suite cuando volvieron de las vacaciones de invierno no tenía nada de malo. Ni las tres que pusieron después. Ni las dos que llegaron el otoño pasado, cuando los padres de Kacey la dieron de baja de la escuela. No tenían nada de malo salvo porque no eran Kacey, y ni siquiera Keiko ni Delia se quejaron cuando Ellie las obligó a irse. Rebecca no cree que ninguna se vaya a sentir cómoda con una nueva compañera el próximo año, ni cree que esa nueva compañera pueda ser feliz si las demás ya están tan unidas. O *aisladas,* que es una palabra que les queda mejor.

—Tal vez si dejas el póster de Kacey en casa —dice al fin—. Podrías quedarte con una foto normal en la mesita de noche. La mitad de las almohadas se pueden quedar en tu casa y, en vez de llenar toda la cama, acomodas las otras contra la pared como si fuera un sofá. Así no sería exactamente una cama ni el espacio de nadie más, pero…

—Sería un punto intermedio.

—Sí. Y un paso para sanar.

Ellie toma aire, nerviosa, y asiente.

—Bueno. Creo que puedo con eso. Y quizá a mi mamá le parezca bien.

Pasan casi diez minutos frente a la puerta y, al fin, Ellie toca la perilla de metal con la punta de los dedos.

—¿Cómo reconcilias el extrañarla tanto y a la vez tenerla justo enfrente?

—Porque no es ella. Es solo su cuerpo, Ellie. Kacey ya no está ahí. —Al menos, eso espera.

Ellie abre la puerta.

No hay forma de ignorar que la habitación tiene un aspecto clínico; Kacey no puede encargarse de sí misma, y hay varios recordatorios de eso. Pero se ha hecho todo lo posible para que el lugar se vea acogedor. Aunque no es exactamente un hogar, al menos está personalizado. Las fotografías que llenaban su lado del cuarto en el dormitorio están en las paredes entre pósteres y litografías. Las paredes mismas están pintadas de un rosa profundo, con cortinas del mismo color, pero más claro, sobre las ventanas y cubriendo el espacio para las cosas de la enfermera. Es obvio que la cama es de hospital, pero está cubierta con las sábanas de su casa, con todo y la cobija de retazos que hizo su bisabuela.

Unas pilas de libros y CD demuestran cuánto tiempo pasan ahí sus padres. Junto a la cabecera de la cama hay una mecedora con una canasta de tejido y un costurero a un lado. Cerca de ahí hay un sillón reclinable y un escritorio para laptop. Las cosas se ven más suaves, menos tiesas que cuando llegaron en noviembre. Todo parece menos lúgubre por el uso.

El cabello de Kacey ha ido perdiendo el brillo y ya no le cae por la cara y los hombros con la fuerza de sus gestos, sino que está recogido en una trenza de lado y mucho más corto que como solía usarlo. Es más fácil cuidar el cabello corto, pero sus padres no se atrevieron a quitarle todo el largo. Kacey amaba su cabello; hasta donde Rebecca sabía, nunca pasó por la clásica etapa de pelirroja a la que le incomoda su color. Su rostro está más redondo como efecto de los esteroides para sus pulmones. Los brazos descansan sobre la colcha, con las manos hacia arriba y los dedos ligeramente curvados.

Rebecca cruza la puerta y deja su mochila en la mecedora. Tras sacar la caja de la florería, deshace el moño, la abre y pone un florero azul sobre la mesita de noche, el cual se llena con flores de azahar entrelazadas con rosas color durazno y oxido. Se las pidió hace meses a la florista, pues sabe que la temporada de esas flores se acaba mucho antes que el semestre. Valió la pena el trabajo que le costó encontrar un invernadero que pudiera darle las flores fuera de temporada a la florista. Gemma le dio el dinero, pues se salió de su presupuesto.

A Kacey le encantaban las flores de azahar. Su madre tenía cultivos de naranjas, y Kacey solía llevar cajas llenas de esa fruta o jugo recién exprimido a la suite. Su abuelo tejía coronas con las flores para acomodarlas sobre su cabello.

Como Ellie sigue petrificada en la puerta, Rebecca se sienta en la orilla de la mecedora y toma a Kacey de la mano, que está fría y con la piel seca. Se pregunta si debería sacar un poco de crema para ponérsela, pero decide que quizá no le haga bien a Ellie ver eso. Luego se aclara la garganta y empieza a hablar en voz baja, contándole a Kacey lo que ha pasado desde la última vez que la vio. Los Montrose la hicieron prometer que vendría menos seguido en temporada de exámenes para no afectar su calificación. Rebecca vio que era una buena idea, pero sobre todo, vio el alivio en los padres de Kacey cuando ella aceptó.

Le cuenta a Kacey sobre los caimanes, sí, pero también que Hafsah se irá a pasar el verano en Houston como becaria de la

NASA, que Luz y Keiko tienen planeado hacer un viaje por carretera a Nueva York para pasar días enteros en los museos. Le narra la mañana en que Delia despertó temprano para poner un tinte semipermanente en la botella de acondicionador de Susanna, con lo que su cabello rubio se volvió verde brillante, y cómo Susanna se vengó echando una diamantina superfina en todos los botes de crema de Delia.

Ellie se va acercando mientras Rebecca habla, hasta quedar justo frente a ella. Las manos le tiemblan, pero igual toma la de Kacey y se hasta para tocar su frente con los dedos de su amiga. Tras un rato, Ellie se aclara la garganta y se incorpora, parpadeando para sacudirse las lágrimas de los ojos.

—Rebecca no te ha contado todo —le dice a Kacey—. Le falta decirte lo del Det Corby.

—Ay no.

—Así está la cosa…

Rebecca niega con la cabeza pero no la interrumpe ni le pide que se calle. Solo están las tres en la habitación; no se va a morir de vergüenza.

Pasan casi una hora con Kacey, bromeando y contándole historias cada vez más ridículas a su amiga. Pero al fin el reloj le avisa a Rebecca que casi es hora de que una enfermera le dé su baño a Kacey.

—Debemos irnos —dice—. Seguro las otras ya terminaron sus exámenes.

—¿Y de empacar?

—La fiesta no empieza hasta que todo esté empacado.

—Apretada. —Ellie se inclina para darle un beso en la mejilla a Kacey—. Te extraño —susurra.

Rebecca mete la mano a su mochila. Sin las flores, está casi vacía, salvo por una carpeta con el artículo del *Gainesville Sun*. Está enmicado con cinta adhesiva, porque era lo que tenía. Lo observa por un momento y luego lo pone bajo la mano de Kacey. El rostro de Dillon el Descerebrado las mira entre sus dedos.

A diferencia de los muchos artículos que salieron antes sobre las víctimas, este fue escrito por alguien que conocía a Kacey, una de sus primas políticas a la que no le importó tanto la posibilidad de que la demandaran como contar la verdad sobre Dillon McFarley. Salió por la mañana. De camino a su examen, Rebecca se encontró una copia del artículo y otra del suyo en el altar al caimán cerca de su dormitorio.

Ellie la observa y hace un gesto de asco al ver el rostro de Dillon.

—Me alegra que esté muerto.

—A mí también.

Sin quitar los ojos de la foto en blanco y negro, Ellie niega con la cabeza.

—Ojalá supiera quién lo hizo, para estrechar su mano.

Rebecca hace un gesto sorpresa y abre la boca para hablar, pero pronto cambia de opinión. Hay cosas que es mejor no decir. Ella lo entiende, aunque Ellie no.

Afuera, mientras Ellie desamarra las bicicletas, Rebecca saca su teléfono para activar el sonido y se encuentra con una inesperada cantidad de mensajes. Al menos la mitad son de números que no conoce. Intrigada, abre los de Jules con la esperanza de que le aclaren algo. Lamentablemente, son casi puros signos de exclamación y palabras sin sentido. Dando un clic sobre la información del contacto, llama a su amiga en vez de mandarle mensaje.

—¿Dónde diablos estás? —dice Jules en vez de saludarla—. ¡Tienes que ver esto!

La última vez que Rebecca escuchó esas palabras fueron de boca de alguien que estaba tocando en todas las puertas a las seis de la mañana para reunirlas en el *lounge*; fue la mañana en que se enteraron de la muerte de los primos Cooper en la granja de caimanes.

—¿Ver qué?

—¿Estás en el campus?

—Voy de regreso. ¿Por qué?

—Ve a Row. Te prometo que valdrá la pena. ¡Córrele!

Rebecca se retira el teléfono de la oreja y mira la pantalla con la notificación de que la llamada se dio por terminada.

—¿Cómo te caería pasar por Row antes de ir a casa?

Ellie se lamenta.

—¿Por qué?

—No sé. Pero al parecer todo el mundo quiere que vaya.

—Y no queremos decepcionar a todo el mundo, ¿verdad? —Ellie se encoge de hombros y guarda las cadenas en su mochila.

No pueden echar carreritas porque hay muchos semáforos y cruces peatonales, pero avanzan lo más rápido que pueden. La mitad de la gente del campus se va hoy, para adelantarse al caos del sábado, así que el tráfico está peor que nunca. Tras pasar Sledd Hall, se guían por los vítores y sonidos de celebración. Se miran una a la otra, confundidas, y siguen avanzando.

Hay una enorme multitud afuera de una de las casas de Fraternity Row, tan densa que Rebecca y Ellie no pueden ver qué es lo que causa tanto alboroto. Rebecca mira a su alrededor y encuentra un grupo de chicas de sororidad conocidas. Están abrazándose y dando saltitos mientras se ríen como locas. Tras doblar su bici y guardarla en la bolsa, se abre paso hacia donde están.

—¿Qué pasa? —pregunta.

—¡Hasta que llegas! —grita una de las rubias—. ¡Lo lograste! ¡Ven! —Ella y sus hermanas toman a Rebecca por los brazos y la jalan entre la gente. Ellie las sigue, hasta que llegan al letrero con el nombre de la fraternidad. Jules está encima de este con cámara en mano, junto a un videógrafo de periodismo que trae una enorme cámara montada al hombro.

—¡Ya llegó! —anuncia la chica de la sororidad—. No te preocupes, nosotras te cuidamos tus cosas.

Desconcertada, Rebecca deja que la suban al letrero. Ella y Ellie se tardan un poco en equilibrarse y luego miran hacia el jardín, donde se ve un viejo basurero de metal verde sobre el pasto. Los hermanos de la fraternidad llevan playeras con enormes letras y máscaras de superhéroes que les tapan el rostro. Aunque busca a los Jokers, porque a los de las fraternidades les encanta el Joker por razones perturbadoras, no encuentra ni uno.

—¿Qué hacen? —le pregunta a Jules.

—Mira.

La puerta principal de la casa está abierta de par en par, con dos chicos corpulentos haciendo guardia para que no pase nadie. Hay otros alrededor del basurero, vigilando a la multitud. Unos más van y vienen entre la casa y el basurero, cargando maderas para echarlas en el contenedor. Unas cuantas golpean contra el metal, pero casi todas caen sobre las que ya están adentro. Luego una trompeta ceremonial resuena desde las bocinas que están en el porche, y da inicio un nuevo desfile de chicos que salen de la casa en pares, sosteniendo unos tablones de los que cuelgan pedazos de tela en clavos y grapas industriales.

Rebecca se sobresalta cuando una mano la agarra por el brazo con tanta fuerza que quizá le deje un moretón. Cuando recupera el equilibrio, voltea y ve que es Ellie, quien no les quita la vista de encima a los chicos ni aunque está aferrada al brazo de su amiga.

—¿Qué pasa? —susurra.

—Es el tablero de las bragas —responde Ellie—. Van a quitar el marcador.

—¡No solo lo van a quitar! —agrega Jules, dando saltitos en su lugar—. ¡Miren!

Los chicos avientan los tablones en el basurero y se escuchan porras con cada uno. Rebecca está casi impactada con la cantidad de tablones. ¿De qué tamaño era el marcador? Con las manos vacías, los chicos se colocan a los lados del basurero haciendo una fila hacia la puerta. Un nuevo chico sale de la casa, con una enorme caja de cartón. Se detiene frente al contenedor, abre la caja y la voltea sobre la madera. De su interior cae un aluvión de fotografías.

La multitud ya creció tanto que llega hasta la carretera y obstruye el tráfico.

Tres chicos más salen de la casa, con paso lento y ceremonioso, cargando unas canastas de ropa sucia llenas hasta el tope de ropa interior de mujer. Los vítores aumentan cuando vacían las canastas en el basurero con todo lo demás. Uno de los chicos se sube a una orilla del contenedor y levanta las manos para pedir silencio. Increíblemente, lo obedecen.

Cuando se quita la máscara de Linterna Verde, una exclamación de sorpresa recorre a la multitud. Tenía sentido mantener el anonimato, aunque no sea tan difícil descubrir la identidad de cada miembro de fraternidad buscándole un poco. Pero, esto… Esto podría tener un impacto aún más fuerte que la misma quema.

—Me llamo Thomas Wyatt —dice, con toda la potencia de su voz—. Soy presidente de esta sección.

Los abucheos son la única respuesta, y él los acepta con estoicismo.

—Debí oponerme al tablero cuando lo propusieron hace tres años —continúa cuando los insultos le permiten volver a hablar—. Debí oponerme en cada oportunidad que tuve desde ese día. Cuando mis hermanos me eligieron presidente debí acabar con el tablero con mis propias manos, de haber sido necesario. Fue una vergüenza y una falta de carácter. Lo siento. —Espera a que los murmullos vuelvan a apagarse—. Para aquellas que fueron violadas por los chicos de esta fraternidad, para aquellas que fueron lastimadas y humilladas, primero por las acciones y luego por aparecer en el tablero, ofrezco mis disculpas. Nunca podremos compensárselos. Pero hoy el tablero arderá.

A Rebecca le duelen los oídos por la fuerza de los hurras y gritos.

—Hoy nuestra sección acepta un nuevo código de conducta para todos los hermanos en adelante —dice cuando el público se lo permite—. Los últimos años ese tablero y la conducta que provocó han definido nuestra reputación. Fuimos tan estúpidos que creímos que era algo bueno. De ahora en adelante no habrá segundas oportunidades. Cualquiera que viole o agreda, cualquiera que intente traer el tablero de regreso, cualquiera que use drogas, la fuerza o la intimidación… será expulsado sin derecho a defenderse. Hemos lastimado a mucha gente, y eso no volverá a pasar. Lo haremos mejor. Seremos mejores. Y empieza así.

Uno de sus hermanos le pasa una antorcha encendida. Los chicos que rodean el basurero reciben otras. Dos hermanos vierten combustible líquido sobre la madera y la tela.

—¡Diez! —grita Thomas. Con el siguiente número, la gente empieza a corear junto con él. Al llegar al ocho, parece que la mitad de la ciudad lo está diciendo. Rebecca mira a las chicas de la sororidad, que se están riendo, llorando y bailando en su lugar mientras gritan los números con todos los demás—. ¡Uno! —suelta la multitud, y los chicos lanzan las antorchas al basurero. Thomas se baja de un salto del contenedor justo cuando el combustible se enciende entre un sonido seco y una columna de humo.

Entre los gritos y hurras, Rebecca escucha el clic constante de la cámara de Jules a su derecha. A su izquierda, Ellie observa las llamas, con los ojos muy abiertos y llenos de luz.

—Estás llorando —murmura Rebecca.

—Es por el humo.

Pero el humo va hacia arriba; lo poco que se escapa de ese camino no va en dirección a ellas. Rebecca no discute, simplemente abraza a Ellie por la cintura, apoya la cabeza contra la de su amiga y ven el tablero de las bragas arder.

30

Rebecca y Ellie vuelven a sus dormitorios oliendo a humo y con la cara adolorida de tanto sonreír. El encuentro en la fraternidad se convirtió en una fiesta, con todo y pirámides de bebidas, pero no era cerveza, sino refresco de marca libre. Obvio no es la respuesta a la paz mundial, pero es algo. Tuvieron que volver porque ya tenían planes en Sledd Hall.

Pasan por un estacionamiento lleno de estudiantes subiendo sus cosas a los carros y chocando unos con otros. Dos chicas se están gritando, rodeadas de cajas abiertas y contenedores con cosas tiradas alrededor.

—Supongo que no volverán a vivir juntas —dice Ellie.

—Espero que no.

Al pasar por el altar al caimán de siempre, Rebecca estira una mano y roza con los dedos su artículo enmicado. Eso no era lo que buscaba, pero es lindo que la reconozcan.

Sus compañeras de suite las esperan impacientes y solo se tranquilizan a medias con la explicación hasta que Ellie adopta una pose dramática y grita «La Quema del Tablero» siguiendo el ritmo del conocido himno de graduación. Eso pone a las chicas al borde de su asiento, y hasta Rebecca, que lo presenció, se está riendo con tanta fuerza que casi llora.

Se da un baño rápido mientras las demás terminan de empacar. No quiere ir a su fiesta de cumpleaños oliendo a humo, aunque le encante la razón por la que huele así. El tablero de las bragas ya no existe, y una fraternidad entera se asustó tanto por la atención que se comprometió públicamente a enmendarse. Aunque quién sabe si lo van a cumplir o no; es el último año de Thomas Wyatt como presidente. ¿Qué elegirá la fraternidad de otoño? Pero es algo… algo hermoso, inesperado y por completo extraño.

—¿Adónde vamos? —pregunta Hafsah cuando Rebecca vuelve a la habitación, envuelta en toallas, para buscar en la pequeña maleta con sus cosas para la noche—. Nadie sabe qué ponerse.

—Vamos a cenar, a comprar alcohol, y luego volveremos al *lounge*.

—¡Nooo, maldita zorra! —grita Ellie, que está tumbada en la cama de Hafsah—. ¡Se suponía que iríamos a un club! ¡A bailar! ¡A beber!

—Salvo por lo del club, todo lo demás lo podemos hacer aquí, y no voy a beber en otro lado —responde Rebecca—. Y no solo por seguridad; Jules me dijo que varias chicas de las que hablaron conmigo para el artículo quieren pasar a saludarme. Es mi cumpleaños y yo elijo, y lo que elijo es estar cómoda.

Ellie hace un gesto de enojo pero no discute más. La chica del cumpleaños siempre elige, y no puede exigir que eso se respete en su cumpleaños si no lo aplica para las demás.

Todas se ponen jeans y blusa casual para salir salvo Hafsah, que trae una camiseta de manga larga. La cena es en Moe y luego van a la licorería más cercana, donde pasan cerca de media hora divirtiendo al cajero con sus discusiones sobre qué comprar. Rebecca se niega a permitir que compren el vodka asqueroso de Ellie. Si tomaran gasolina se pondrían igual de mareadas y se intoxicarían menos. Ellie se la pasa intentando colar su botella en la canasta, Rebecca se la pasa sacándola para ponerla en su lugar y, al final, esa cosa horrible no termina en la caja registradora, donde el cajero, que está de lo más divertido, les da un veinte por ciento de descuento sobre el total de la cuenta sin razón.

Delia suelta un gritito de emoción y corre a tomar un par de botellas de ron para aprovechar el descuento.

Las botellas van cascabeleando en sus bolsas mientras caminan de regreso a Sledd, lo cual las hace reír a carcajadas. Rebecca aún no toma ni una gota de alcohol, pero ya se siente medio borracha por el huracán de emociones que le ha traído el día. Keiko y Delia intentan bailar al ritmo de las botellas chocando entre sí, lo cual les sale mejor cuando Delia se quita las sandalias. Hafsah y Susanna se ríen y caminan a los lados de las bailarinas para evitar que se caigan de la banqueta.

Al llegar a Sledd suben corriendo las escaleras y hacen una breve parada en su suite para ponerse ropa más cómoda. Rebecca se cambia los jeans, que son los que Ellie le compró, los de las calaveras, por *leggings*, y aunque se va a estar asando en un rato, se pone la sudadera de los Royals que aún no le devuelve al Det Corby. Hasta Hafsah se burla de ella por eso.

Cuando llegan al *lounge*, un estruendoso grito de «¡Sorpresa!» asusta tanto a Rebecca que casi se le caen las botellas que trae en las manos. El *lounge* está lleno de chicas, la mayoría de las cuales ni siquiera vive en Sledd, pero Rebecca reconoce a un ochenta por ciento de aquella larga noche que pasó escuchando sus historias. Algunas, incluyendo a las chicas de la sororidad que ya debería saber cómo se llaman, tienen unos rayones de ceniza en las mejillas, como una extraña mezcla de jugadoras de futbol americano y católicas en miércoles de ceniza. No necesita preguntarles para saber que la ceniza es de la quema del tablero de bragas.

En la mesita de centro hay un enorme pastel rectangular con un caimán hecho de betún cubriendo casi toda la parte de arriba. Sobre el caimán, con lo más parecido a la tipografía del periódico que puede lograrse con una dulla, se lee un titular que dice: «Las Caimanas Contraatacan», y en letras más pequeñas debajo: «por Rebecca Sorley».

—Mi artículo no se llama así —dice ella, riéndose.

—Pedimos el pastel antes de que saliera —responde Jules—. Teníamos que ponerle algún título.

El resto de la mesita y las barras de la cocina de junto están cubiertos por bolsas y tazones de botana, y hay decoraciones de caimanes por todas partes. Es ridículo y maravilloso, y Rebecca no puede dejar de reírse de todo lo que ve. Linsey Travers se le acerca con una coronita plateada de plástico con las gemas pintadas de verde y se la pone en la cabeza a Rebecca. Por un momento, ella considera ir a su habitación para traerse los aretes de diente de cocodrilo que le envió Gemma. Pero solo por un momento, pues no quiere pasar el resto de la noche defendiéndolos de Ellie.

Además de los regalos y la comida, las chicas trajeron sus propias bebidas de todo tipo. Con alcohol o sin él, todas tienen su botella o lata. De todos modos comparten, probando las bebidas de las demás, pero no hay una fuente común en la que se pueda poner droga. Sintiéndose segura entre sus amigas y personas que confían en ella, con puertas y escaleras separándola del mundo exterior, Rebecca bebe, y la fiesta sube de nivel cuando alguien conecta su iPod con unas bocinas portátiles.

La cantidad de gente que hay en el *lounge* cambia todo el tiempo, pues algunas chicas se van para terminar de empacar o ir a otras fiestas, y otras llegan. Rebecca está sentada en el respaldo de uno de los sofás largos, con la espalda recargada en la pared, y sonríe cada que ve que alguien nuevo se acerca al pastel.

Ellie abre una botella de whiskey nueva y se la pasa a Rebecca.

—¡Bebe! —le ordena—. ¡Hoy tu artículo llegó a todo el país! ¡Bebe!

El *lounge* se llena de gritos alegres y todas las que traen bebida en mano la levantan para brindar. Rebecca hace lo que le pide su amiga y tiene que toser un par de veces para no ahogarse con lo que claramente fue mucho más que un traguito.

—¡Por Ellie! —dice—. ¡Porque de alguna forma logró que no la arrestaran! —Todas se ríen mientras le pasa la botella a Ellie, que le da un trago.

—¡Por Keiko! —grita Ellie, levantando la botella—. ¡Para que nunca te deshidrates, por más que llores!

Con cada brindis, le van pasando el whiskey a la siguiente compañera de suite, y cada uno es más ridículo que el anterior. Hasta Hafsah le entra al juego, aunque ella le da un trago a su botella de Gatorade.

—¡Por Jules! —anuncia Rebecca, y la chica levanta su pequeño envase de agua mineral y vodka de sabor—. ¡Por conocer a medio pinche mundo!

Jules sonríe y le da un trago a su bebida.

—¡Y por Kerry! —continúa Rebecca. La chica parece sorprendida, pero igual levanta su trago—. ¡Por ser la mejor supervisora de Sledd Hall, carajo! —El brindis es recibido por una oleada de hurras, aunque casi la mitad viene de chicas que ni siquiera viven ahí.

Tras un par de horas, la fiesta ya se convirtió en unos cuantos grupitos platicando en los sillones mientras se acaban las bolsas de papas. Eso no le molesta a Rebecca; le gustó la sorpresa con toda la gente, pero también le gusta estar tranquila con sus amigas, riéndose de tres años de historias y chistes locales. Al escuchar un sonido extraño, pone cara de confusión.

—¿Alguien más escucha esa cancioncita? —pregunta.

—Es tu celular, pinche borracha.

—No estoy borracha —le aclara a Ellie, y luego le saca la lengua. Cuando logra sacar su celular del bolsillo de la sudadera sin caerse del sillón se siente orgullosa de sí misma, y de pronto suelta un gritito al ver el nombre en la pantalla—. ¡Es nuestro Corby!

La risa masculina que sale de la bocina le informa que contestó la llamada por accidente. Con cuidado, enciende el altavoz para que todas escuchen.

—Conque nuestro Corby, ¿eh? Al menos esta vez no me dijiste detective.

—Pero sí eres detective —señala ella—. Hola.

—Hola. —Todavía se está riendo, pero está bien. Rebecca podrá desahogar su vergüenza en casa, donde solo Gemma sabe de sus sentimientos bobos—. Si quisiera hablar contigo y tus amigas, ¿adónde debería ir?

—¿Viste que alguien puso mi artículo en el altar?

—¿En el altar? ¿Te vas a casar?

—No en ese tipo de altar, el altar del caimán —le aclara.

Hafsah se acerca al teléfono y le informa que están en el *lounge* del tercer piso y que Kerry se ofrece a bajar por él. De todos modos ya tiene que irse a dormir, porque será una mañana pesada intentando ayudar a todos con la mudanza.

—¿En cuánto llegas? —pregunta Kerry, fijándose en cuánta cerveza le queda.

—En un par de minutos —responde él, con voz distorsionada—. Como es la última noche de la semana de exámenes, hay muchos policías. Esta noche se harán varias rondas extra.

—¡Ay, no! —grita Susanna—. ¿Y el oficial Kevin? ¡No estamos lo suficientemente sobrias como para proteger a Hafsah de ese asqueroso!

Hay un trágico silencio al otro lado del teléfono.

—Las veo pronto —dice el Det Corby.

—¡Por el Det Corby! —dice Ellie cuando cuelgan la llamada—. ¡El mejor policía de esta pinche ciudad!

A Susanna se le escapa un hipo y de pronto empieza a canturrear «Tanto amore segreto». Delia le da un almohadazo en la cara para que se calle.

Al escuchar unos pasos rítmicos que se acercan por el pasillo, Rebecca se da la vuelta y ve al Det Corby que viene hacia ellas. Otra vez trae chaleco. Le gusta cómo se ve en chaleco. Keiko asoma la cabeza sobre el sillón con los ojos muy abiertos.

—No trajiste al oficial Kevin, ¿verdad? —pregunta, nerviosa.

—No —le responde él—. De hecho, por eso vine. —Mira con curiosidad la botella de vodka de vainilla en la mano de Rebecca, que se ha estado tomando en lo que la de whiskey está con alguien más—. Por la tarde encontraron al oficial Kevin muerto en su casa, pues no había ido a trabajar. Al parecer, se suicidó.

—Uy, qué pena —dice Ellie alegre y le da un enorme trago al whiskey. Rebecca hace lo mismo. Le da un trago a su vodka, pero no celebra. Tal vez no debería hacerlo, aunque sí le dan ganas.

—¿No puedes fingir, Ellie?

—Se murió un degenerado. A los únicos que eso les da tristeza es a otros degenerados. ¡Un brindis por todas las chicas que ya no tendrán miedo del oficial Kevin!

Las otras se ven un poco apenadas mientras van pasando la botella. Ellie se mete entre Rebecca y el Det Corby para interceptar la botella de manos de Luz.

—Tú no puedes tomar; eres demasiado joven —le dice al detective.

—¿Yo soy demasiado joven? —mascula él, negando con la cabeza. Luego le sonríe a Rebecca—. Felicidades —dice con tono cariñoso—. El *Washington Post* es grande.

—Solo los domingos —aclara ella—. Los demás días es de tamaño normal.

—¿Qué tan borracha estás?

—No estoy borracha. ¡Estoy alegre! ¿Quieres saber cómo lo sé? —Levanta las piernas y se da la vuelta en el respaldo del sofá para quedar de frente a él, pero no calcula bien y pierde el equilibrio. Hafsah rescata la botella y el Det Corby rescata a Rebecca, riéndose y abrazándola para evitar que se caiga—. Soy una borracha a la que le da sueño —susurra demasiado alto. Tras acomodar su cara en el cuello del Det, respira profundo—. Hueles mucho mejor sin agua de pantano.

—Agua de río —corrige Delia.

Las enormes manos del Det Corby se sienten tibias en sus costados, donde la sudadera se le levantó por el movimiento. Sus dedos rozan las costillas de ella. Si se olvida de que está tomada, y es muy buena para eso cuando anda tomada, es casi como si la estuviera abrazando, pero esta vez no es triste.

—No te vas a meter en problemas por estar aquí, ¿verdad? Por lo de que Ellie es una asesina y eso.

—¡Oye! Presunta asesina, si me haces el favor.

—Me quitaron del caso como medida precautoria —dice él—. Pero sí, es bueno que Ellie se vaya a su casa durante el verano.

—Apuesto a que ya no habrá más muertes —comenta sin dudarlo Susanna.

Ellie le da otro almohadazo.

Rebecca se mira la sudadera y hace un gesto de sorpresa.

—¡Es tu sudadera! Debería devolvértela. —Cuando se acomoda para quitársela, él se la detiene con manos suaves.

—Quédatela —le dice—. Se te ve bien.

Ella sonríe, aunque Ellie se burla haciendo un sonido de asco.

—Hace demasiado calor para salir —confiesa Rebecca, casi gritando—. Pero hace rato, cuando estábamos, ya sabes…

—¿Afuera?

—¡Sí! Había luciérnagas, y eran hermosas. —De algún modo logra partir la palabra «hermosas» en cinco sílabas y extenderla diez segundos—. Eso significa que va a llover. Las luciérnagas salen antes de las tormentas eléctricas; eso dice mi abuela.

—No sé si sea verdad, pero el canal del clima le da la razón con su pronóstico —le informa Hafsah.

—¡Un brindis por tu abuela! —grita Ellie e intenta pasar la botella de nuevo.

—¿Será posible que se esperen a no estar frente a un policía que sabe que son menores de edad?

Rebecca se ríe con tal fuerza que casi pierde el equilibrio, y de pronto los brazos de él son lo único que evita que se caiga.

—¡Es mi cumpleaños! Hoy, hace veintiún años, Gemma se convirtió en mi abuela, así que ¡brindemos por Gemma! Dale la botella al Corby detective. Digo, al Corby Det.

—¿Y si me dices Patrick? —pregunta él, tan cerca de Rebecca que su nariz casi roza con la oreja de ella.

—¿Ahora que soy legal?

Él se ruboriza y se aleja un poco, lo que hace que Ellie suelte una carcajada. El Det no toma la botella que le ofrece Luz.

Pero Rebecca sí, y luego se la devuelve a Ellie.

El Det Corby se aclara la garganta.

—Feliz cumpleaños, Rebecca.

—Igualmente.

—Creo que quiso decir «gracias» —aclara Hafsah.

—También.

Ellie se acomoda contra el respaldo del sillón, con su cabello rojo alborotado como llamas, y mira al detective con una sonrisa.

—¿Le trajiste un regalo?

—¡No sabía que era su cumpleaños! —lo defiende Susanna.

Mientras ella y Ellie discuten si eso es una excusa o no, y Keiko esconde las almohadas antes de que vuelvan a pegarle a Susanna, Rebecca bosteza y se abraza al cuello del Det Corby, acurrucándose en él. El problema de andar tomada es que si no mantiene el ritmo, le da sueño.

—Este es mi regalo —susurra—. Es el mejor regalo.

Puede sentir más que escuchar la risa de él. Cuando quita una mano del costado de Rebecca, ella se entristece hasta que vuelve a sentirla, esta vez en su mejilla. El Det se acerca y le planta un beso suave en la comisura de la boca.

—Feliz cumpleaños —repite—. Espero que te la hayas pasado increíble.

Ella le planta un beso en la mejilla, mucho menos suave y elegante.

—Con esto, sí.

Ellie silba y Susanna intenta hacer lo mismo, pero solo termina escupiéndole a Keiko, quien se echa a llorar porque es Keiko, y Luz corre a consolarla y en ese movimiento se le cae una botella abierta, que se derrama por todo el piso. Hafsah solo hace un gesto de fastidio, y Rebecca se ríe y se acurruca más en el hombro y cuello del Det Corby.

El tablero de las bragas ya no existe, el oficial Kevin está muerto y las chicas del campus pudieron contar sus historias para un periódico de circulación nacional. Rebecca está orgullosa de sus logros. En verdad que ha sido un cumpleaños maravilloso.

31

Yo no maté a Merolico el Imbécil.

Siento que es importante decirlo.

Aunque maté a muchas personas en el último mes, Merolico Caraculo-Valeverga III no fue uno de ellos. Hay una diferencia entre tomarse algo personal y hacerlo personal y, a diferencia de Ellie, yo respeto esa diferencia y su importancia.

Me tomo personal que tantos desgraciados hagan que el mundo no sea un lugar seguro para las mujeres.

Pero no lo hago personal; no ataco a los que me atacan, porque eso levantaría sospechas. El oficial Kevin es lo más cerca que he estado de esa línea, pero mi cerebro reptiliano es fuerte, y atacó a Hafsah, así que valía la pena correr el riesgo de escuchar a la rabia. Dillon le hizo daño a Kacey, pero eso fue hace meses, tantos que ya había lastimado a otras, tantos que la mayoría de la gente no lo conectaría de inmediato con una venganza de nuestro grupo.

Tras dos días de haber vuelto a casa para mi semana de vacaciones, recibo una llamada de Ellie para informarme que se la van a llevar a interrogarla de nuevo, esta vez por Merolico. Es una conversación breve, y sospecho que desde el asiento trasero de la patrulla, pero no suena preocupada ni asustada. No creo que sea inocente, pero es tan buena esquivando obstáculos que ya ni los ve como problemas.

La mecedora rechina cuando mi abuela se sienta en ella para acompañarme en el porche trasero. Estoy sobre el barandal, recargada en un poste, contemplando el paisaje. Nuestra tierra es técnicamente un rancho enorme, pero mi familia ha ido entregando partes de forma no oficial como regalos de bodas para varias generaciones de hijos que se han casado, dejándolos que construyan ahí sus propias casas. Ahora ya rodeamos casi todo el lago. Hay familia por todas partes.

Me llega una voluta de humo. Gemma suele salir con su primer cigarro ya encendido. Algunas personas les dicen Abue o Nana o Tita o sus abuelas. Gracias a uno de nuestros primos mayores que no podía pronunciar bien el «abuela» de bebé, todos le decimos Gemma a la nuestra. Nos quedamos un rato en silencio, salvo por el chirrido rítmico de su mecedora.

—Te tengo una pregunta, chiquilla.

Me acomodo para verla sin perder el equilibrio o tener que torcer el cuello.

—¿Qué vas a hacer si les echan la culpa a tus amigas de lo que hiciste?

Casi siempre nos aseguramos de que no haya familiares cerca, pero es mediodía y casi todos están trabajando, y los que no, están dormidos, porque trabajan de noche. Los primos menores y unos cuantos más grandes que aún tienen vacaciones de verano quién sabe dónde están, pero no en la casa que comparto con mis padres y Gemma, y no están a la vista. Estamos seguras.

—Tal vez nada —reconozco—. Nunca fue mi intención incriminar a Ellie ni despertar sospechas sobre ella. Eso lo hace sola.

—¿Pero?

—Pero a caballo dado no se le ve colmillo. No es mi culpa que la gente de inmediato piense en ella con los homicidios.

Suelta otra voluta de humo. Sus labios están un poco deformes porque el tejido literalmente cambió de forma por la frecuencia con la que fuma. Elaine Sorley, en honor a quien me pusieron mi segundo nombre, solía ser una mujer hermosa. Aún es bella, pese a las arrugas que le han dejado los años de fumadora. Su cabello rojo ya está casi todo blanco, y lo trae recogido en una trenza que le cuelga por la espalda, pero sus ojos grises azulados siguen llenos de vida. En sus mejores años era en verdad pelirroja, no castaña rojiza como yo. Una vez, cuando me estaba quejando de mi universo de pecas, me dijo que ella tiene exactamente tres pecas, y todas están en su trasero, así que yo debería agradecer tener tantas que nadie me pide que se las muestre.

Amo a todos en mi familia, y casi todos me caen bien, pero mi abuela es especial. Ella me enseñó sobre las luciérnagas, los puntos de pulso y cuáles drogas son indetectables en el cuerpo tras morir y por tanto es seguro usarlas para asesinar a alguien.

Soy tan parecida a mi abuela.

Antes de apagar la colilla del cigarro la usa para encender el siguiente.

—Me sorprendió ver el artículo. ¿Crees que sea seguro escribir sobre tus propios homicidios?

—Pero no escribí sobre ellos. Escribí sobre las chicas del campus.

Mi abuela lo piensa por un momento y luego asiente. Junto a mis pies, el barandal tiene una caja enorme con los frascos de té que se pone a macerar al sol. Tengo un vaso con hielos y el producto terminado bajo las rodillas.

—La temporada de reproducción sigue hasta el final del mes —me dice al fin—. ¿Vas a seguir cuando vuelvas?

—No. Si paro por una semana y luego vuelvo a comenzar, sería obvio que fue alguien del curso de verano. Más vale dejarlo así, con la posibilidad de que haya sido alguien de último año, que ya se graduó.

—¿Te ayudó a sacarte esa espinita?

Levanto una mano y la sacudo de un lado a otro.

—Al principio. —Recargo la cabeza en el poste e intento condensar mis emociones en algo que tenga sentido. «La espinita», así le dice Gemma a su impulso de matar, y me habló de eso durante el verano antes de entrar a mi último año en la prepa, cuando el ataque a Daphne me convirtió en una creatura hecha de rabia. Siempre fui la más parecida a Gemma, pero no fue hasta que me enseñó cómo distinguir los chismes y rumores de la verdad para encontrar a los jugadores de futbol que atacaron a mi prima que pude ver el nivel de las cosas que tenemos en común. Ella me ayudó a descubrir las rutinas de los chicos. Durante dos años, juntas o por separado, nos vengamos de los infelices que lastimaron tanto a Daphne.

Eso también me enseñó que la venganza directa es peligrosa, adictiva y es muy probable que la cagues. El oficial Kevin fue personal. Dillon McFarley fue personal. La rabia es tan seductora, tan deliciosa que es difícil mantenerte a una distancia suficiente de ella como para que no termines haciendo una estupidez. Hay que tener cuidado, como siempre le digo a Ellie. La lista de personas que podría matar sin derramar ni una lágrima es… larga. Pero eso no significa que las pueda matar a todas.

Por eso Gemma le dice «la espinita». Es algo que te molesta, algo que puedes elegir sacarte o no, por mucha comezón que te dé. Los piquetes de mosquito dan comezón, la varicela da comezón, las heridas que están sanando dan comezón. Y no significa que debas rascarte. O como dice Gema: «Que un hombre tenga comezón en los huevos no significa que deba rascárselos en público, y algún día el tonto de tu tío Gabe lo entenderá». Gabe es un tío político, por eso a Gemma no le molesta criticar la forma en la que lo educaron.

Al final del día no tengo menos rabia que Ellie. Solo soy más buena canalizándola, entendiendo cuándo está bien sacarla y cuándo es mejor no hacer nada. Esperar. Es tentador entregarse a la furia, pero entre más te entregas a ella, más te vuelves su esclava. Y así es como terminas delatándote.

—No quería volverme la heroína del pueblo —digo sin emoción.

Gemma suelta una carcajada ronca y me lanza una sonrisa traviesa.

—Ay, cariño. Así pasa cuando eres vigilante: si todos saben por qué mueren los que mueren, más de uno le agradecerá a quien los mata. Elegiste una buena razón. ¿En serio creías que nadie iba a descubrirla?

—No me esperaba los altares. Estoy acostumbrada a que las chicas contemos nuestras historias entre susurros, no a gritos para que todos las escuchen.

—Pero es algo bueno, ¿no? Que las compartan en público.

—Por ahora. —Suspiro, y tomo mi vaso para estirar las piernas y cruzarlas por los tobillos, dejando el que trae la pulsera de Daphne por arriba. Aún no regresa de Pensilvania, pero ya me prometió que me dará una nueva en cuanto vuelva. No me quiso decir de qué color—. La gente olvida, Gemma. Sigue adelante y olvida, y las chicas inteligentes se van a dar cuenta de eso y volverán a susurrar en los baños. Me preocupan las que no lo entiendan e intenten seguir gritando.

—Este mundo siempre va a lastimar a las mujeres, Rebecca. No puedes cambiar al mundo.

—Lo sé. Supongo que casi lograron convencerme de que sí era posible.

—Y ese es el problema de los héroes del pueblo. No puedes creerte tu propia leyenda, cariño.

—Creo que lo mejor será que lo deje por un tiempo.

—Creo que sí.

Suspiro y vuelvo a recargar la cabeza en el poste.

—No era mi intención que se convirtiera en una advertencia —reconozco—. No quería asustar a nadie para que actúe diferente; no quería inspirar a las chicas. Solo intentaba detener a los tipos que hacen tanto daño, y no quería que pudieran seguir lastimando a nuevas víctimas. Eso era todo. No buscaba un cambio social ni ser la salvadora de nadie. Solo quería detenerlos. Y luego…

—No puedes elegir cómo se interpreta tu trabajo —me recuerda—. Quizá se reflejaron en tus actos, vieron lo que querían ver, pero así somos los humanos, mi naranjita. Es algo que no puedes cambiar. Ni es algo de lo que puedas protegerte. Solo te queda hacer tu trabajo lo mejor que puedas, y el resto no está en tus manos.

—Lo sé.

Tira la ceniza del nuevo cigarro que se está fumando y me mira con gesto intrigado.

—¿Ya le pusiste sus besotes al detective?

—¡Gemma!

—Ay, mi niña. Luchar por lo que quieres no solo se trata de matar, ¿sabes?

Hay algo, algo tonto o absurdo, en que me avergüence más que me guste un chico que matar gente. De eso hasta estoy orgullosa. No creo que esté bien y ni siquiera que se justifique, pero me da satisfacción, y mientras tenga la espinita de matar que heredé de mi abuela, junto con sus ojos, nariz y el lunar en forma de corazón cerca del ombligo, puedo elegir dirigirlo a algo mejor que una matanza indiscriminada. Las acciones no son buenas, pero si traen algo bueno, es suficiente razón para seguir haciéndolas, ¿no?

De vez en vez, claro. No quiero que me atrapen.

Creo que Hafsah tiene razón al pensar que Ellie mató al maldito predicador del odio que solía andar frente a los edificios y atacar a los estudiantes que pasaban por ahí. Creo que tiene razón al pensar que Ellie mató a Merolico, porque fue un acto vengativo, desastroso y extrañamente engreído, y que le dio una satisfacción inmediata a quien lo haya hecho. Pese a que la hice de abogada del diablo con Hafsah, nunca he dudado que Ellie es una asesina. No hay mejor cuña que de la misma madera.

Lo que me pregunto es si Ellie reconoce lo mismo en mí.

Aún no tengo una respuesta a eso. No sé si algún día la tendré.

Pero al menos hace que las cosas se mantengan interesantes.

AGRADECIMIENTOS

Por más triste que fue dejar a mi equipo del FBI y su familia extendida, explorar esta historia fue maravilloso. Y también doloroso, indignante, pesado y tardadísimo. Fue una historia difícil de escribir en muchos sentidos, y estoy profundamente agradecida con todos los que me dieron unas palmaditas en la mano cada que me echaba a llorar porque no sabía qué diablos estaba haciendo y creía que nunca la iba a terminar de escribir.

Muchísimas gracias a las mujeres que se reúnen casi todos los jueves a escribir y que siempre entienden lo que significa que su pregunta de cómo van las cosas sea recibida con carcajadas histéricas y golpes contra la mesa. Aunque sufrir juntas es sufrir mejor, ustedes me dieron mucho más que eso. Por si no lo he dicho últimamente: Tessa Gratton, Natalie C. Parker, Amanda Sellet, Lydia Ash y todas las amigas que de vez en vez vienen de Kansas City, ustedes hacen que valga la pena levantarme temprano. La comunidad de escritoras aquí es maravillosa, con sus fiestas y sus penas, les estoy agradecida por siempre.

Mi hermano Robert tuvo que aguantar muchos lloriqueos y manotazos sobre el teclado, recordándome de manera constante que ya lo he logrado antes y que lo volveré a lograr. Quizá no parezca un gran consuelo, pero sí lo es. También me ayudó a recordar (o me dio a conocer) cosas sobre la Universidad de Florida y Gainesville que hubiera preferido dejar en el olvido o no enterarme de ellas, porque pese a que viví ahí por más de dos décadas, evitaba estar en el centro tanto como me era posible.

A mi increíble amiga y compañera de escritura C. V. Wyk: gracias a Dios que ya no tenemos que arreglárnoslas con planes de mensajes limitados, con todo lo que te escribo para no golpear mi cabeza contra la pared y llorar sin consuelo. Me has apoyado tanto que no sé cómo podría haber terminado ninguno de mis libros sin ti. ¿Cuántos años llevamos siendo amigas? ¿Doce? Y quiero que sean muchos, muchos más.

Muchas gracias a Jessica, mi maravillosa editora, quien siempre reaccionó de la mejor manera cuando le hablaba desesperada y no podía dejar de llorar. Gracias por sacarme del borde del estrés y por emocionarte tanto con cada paso del proceso. Y ese agradecimiento se extiende a todas las increíbles personas de Thomas & Mercer que trabajaron en este libro y los otros y celebraron cada logro. Ustedes hacen mis sueños realidad, y no hay palabras para agradecerles eso.

Cualquiera que me conozca sabe que no puedo trabajar en silencio, así que gracias a Anaïs Mitchel y Ramin Djawadi por escribir *Hadestown* y la música de *Juego de tronos*, respectivamente; era lo único que podía escuchar mientras escribía. Y cuando me puse a editar, la televisión siempre tuvo en repetición infinita a *My Little Pony: La magia de la amistad*, *The Good Place*, *El gran pastelero británico* y *Los Tudor*; saquen sus propias conclusiones.

Finalmente, gracias a ti. Por seguir conmigo, por probar cosas nuevas, por hacer posible que siga escribiendo, por contarles a otros sobre estos libros y por todo lo que hacen tú y todos mis increíbles lectores. Sin ustedes, estos libros no existirían.